于永正：忆师友、谈人生

于永正◎著

教育科学出版社
·北京·

人生留痕

——写在前面的话

一

　　小时候想当画家。邻居家有四幅郑板桥画的竹、兰、菊、梅，每年春节才舍得挂出来，挂到正月十五，就收起来了。听着大人的品评，羡慕得不得了，心想，长大了，我也要当画家。于是天天画画儿，常常画得天昏地暗，废寝忘食。

　　读初中一年级时，在恩师李晓旭老师的激励下又想长大了当作家。读了神童作家刘绍棠写的中篇小说《运河的桨声》，佩服得五体投地，更坚定了当作家的信念，而且不一定等"长大"了。于是孜孜不倦地读书，苦思冥想地写作。

　　"文革"彻底粉碎了我的"作家梦"。但改革开放后，它"死灰复燃"，我继续操笔为文，只是不写小说、散文之类，而改写教育随笔和教学论文。心想，写什么不行，只要文章能见诸报端就成。

　　功夫不负有心人。1980年第12期《江苏教育》发表了我的第一篇教学论文《选材与命题》，同年同月，《徐州日报》发表了我的短篇小说《没脑子的人》。我把《选材与命题》的用稿通知书在衣兜里整整揣了一个星期，逢人便掏给人家看。

从此，一发不可收拾。

我经常开玩笑说："写，让我变成了一条猎狗，瞪大眼睛看世界，张开鼻孔嗅四周，竖起耳朵听动静。干什么呀？搜寻生活中的真、善、美呀！"是的，写，让我读书有了动力——看看人家是怎样看待教育、教学的？人家是怎样做的？人家是怎样研究学生的？人家又是怎样写的？读与写是"洗洁剂"，经常洗去自己头脑中的污垢；读与写也是"充电器"，不断为自己的大脑注入新的理念和动力。

总之，读与写是我教育、教学不断进步的双翼。读与写的过程，是不断肯定自己、激励自己的过程，同时也是不断反省自己、否定自己的过程。在这样一个往复循环的过程中，让自己的实践有了智慧，有了理性，使自己的路走得越来越正了，越来越直了。

感谢读、写的习惯。它充实了我的人生，成就了我的事业，并且让我的人生留痕。过去的事情，用文字凝固下来，就会成为"永久"，哪怕把它放在抽屉里。不写出来，终究只是一种记忆，而记忆不会长久。记忆一旦消失了，过去，就不复存在了。

人应当有追求，有抱负。虽然不一定都能如愿以偿，但为实现理想的付出，一定会收获充盈，会收获习惯，不至于"赤裸裸地来"、"赤裸裸地去"，最终两手空空。这样，至少对得起生我养我的父母，对得起教育我，并寄希望于我的老师。14岁那年（1955年），徐州京剧团招收文武场学员（即乐队学员，包括操琴、打锣鼓的），我独自一人，提了把胡琴去应试。没考上。但我对京戏、拉琴的兴趣丝毫未减。到了晚年，才体会到这一习惯给我带来的好处。对我来说，收获习惯，比收获"琴师"、"名角"真的更重要。

二

我的文章不是在书斋里写出来的，而是做出来的。

我写的，都是我的故事，我的经验、体会与感受。没有拾人牙慧，更没有抄袭。偶尔引用别人的话，是因为他（她）说得对，引起了我的共鸣，或用来佐证自己的观点，增加说服力而已。

我常常想，为什么叶圣陶、陶行知的书好读？为什么连外国的马卡连柯、苏霍姆林斯基、雷夫·艾斯奎斯写的书也好读，不像读有些理论家的书那样晦涩、费解？他们的书不但好懂，而且让我们感同身受。为什么？因为他们是教育家，而不是空头理论家。教育家的书都是做出来的。

作为一位教师，必须把工作做好，课上好，否则写什么？还要会思考、会感受，少了这一条也不行。没有"消化生活的胃"，对所从事的工作就不会有深切的体察和深刻的认识，就概括不出规律性的东西。

教育的理论是古老的理论。我只不过是用孔子、苏格拉底等中外教育家的理论演绎自己的故事罢了。我很卖力，很勤奋，因为我总想做个学生喜欢的老师，不能愧对学生以及他们身后的家长。

但，做到这一点不容易。我不断告诫自己：不要忘记自己曾经是孩子。一想到孩提时的我，我对学生就会多一份尊重、理解和宽容。我会向学生交出这样一张"名片"——"名片"的正面写着两个大字：微笑；下面书写着三个关键词：尊重、理解、宽容。"名片"的反面写着两个大字：负责；下面也书写了三个关键词：严格、顶真、耐心。

由此，我有了许多故事和体悟；于是，写的习惯让我把它们形诸文字；于是，有了这一套书。亲爱的读者，其实，我的"教学实录"，也是我和学生书写的故事，是有趣的故事。不信，你们读读看。

好文章的确是做出来的，不是写出来的。

"做"出来的文章是鲜活的，可感的，有生命张力的（恕我也使用了"张力"这个费解的词），因而更具有可读性。

三

这套文集主要包括以下三个方面的内容。

1. 对教育的实践与感悟；

2. 对语文教学的实践与感悟；

3. 忆师友与对人生的感悟等。

本人从教五十多年，主要教的是语文学科，所以有关语文教育的，占的篇幅最多。除了有对语文教育的认识，更多的是语文教育实践——课堂教学实录。读者从中可以看出我的教育观、语文观、学生观，乃至于我的性格、为人和其他的方方面面。教学实录是最生动的教学论文，是最鲜活的语文教学法。同时，如我刚才所说，也是故事。

《做一个学生喜欢的老师——我的为师之道》，是刚写好的，本书是我对自己从教五十多年的较为全面的总结。这本书，可以说是我的"封笔"之作了。我很用心写它；写好了，也很喜欢它。和其他五本比起来，我自认为，它也是"压卷"之作。因为是一次全方位的总结，个别文字和课例，难免与其他几本书有相似或重复之处。

四

有一次，我的一位徒弟写了一篇题为《你了解学生在家里的表现吗》的文章，请我提提意见。一看题目，我就问："你是质问我吗？——这个题目我读了有点不舒服。我想，任何一位读者读了都会有同感。"接着，我对这位徒弟说，写文章要有读者意识。第一，写的东西，对读者有好处，要传递"正能量"。即使是让读者消遣，那也一定得给读者带去一抹阳光，一缕春风，让人心情放松，甚至博得读者开心一笑。如果文章写出来自己都觉得没多大意思，我绝不投寄给报刊社，不能无端地耗费读者的精力和时间。只有自己觉得有点味道，甚至把自己感动了，才小心地投寄出去。有时，把写好的稿子先请你师母"审阅"。她读后脸上若有笑意，便有门儿；若眉头锁起，评价时吞吞吐吐，我就会把它丢进纸篓，或者打入"冷宫"，以后再加工。第二，要考虑别人能否读懂，尽量不要给读者带来麻烦。老舍先生曾说过，既然我们的语汇中有"可是"、"但是"，就不一定用"然而"。写文章是与别人交流思想的，不要卖弄自己的文字技巧。因此，话说得越明白越好。第三，要摆正自己和读者的关系。我们和读者是平等对话、平等交流，不能有居高临下、教训别人的意思。即使对某些人、某些问题、某些现象有看法，在言辞上也要把握好分寸。

我的这位徒弟对我的话表示赞同，连声说："记住了！"

张志公先生说："语言的运用从今不从古，从俗不从雅，从易不从难。"

启功先生写过这样一副对联：

行文简浅显

做事诚平恒

我深以为是，而且努力去践行。至于做得怎么样，就有待于读者去评价了。

五

吴法源先生早就想为我出一套教育文集，为此，他费了不少心血。吃水不忘挖井人。感谢法源先生的抬举，感谢为本书的出版付出辛勤劳动的编辑朋友们！

目 录 | contents

第二辑
盘点自己

第三辑
人生、教育感言

第一辑

良师益友

如果说至今我这棵"老树"上还有些许绿叶，那是因为有朱作仁教授等教育家的理念在滋养，使我的课还没有远离语文。

忆霍懋征老师

一

每次见到霍老师，她总是盛情地邀我："你如果到北京，一定到我家里坐坐。我家里陆、海、空都有。"

起初，我不明白她的意思，以为她喜欢坦克、飞机、军舰，还以为她家里既有人在陆军服役的，又有在空军、海军工作的。

她笑着说："我说的是动物！我家里有空中飞的鸽子，水中游的鱼儿，还有地上走的小狗儿。"

别人告诉我，霍老师十分喜爱小动物，把动物当作孩子一般。这使我记起了她在审查苏教版小学语文教材时的一件事。

霍老师看到课本上的韵母"ei"旁边插图画的是一只小羊啃树皮，一个小朋友把绳子拴在羊脖子上，使劲地向一边拉，小朋友嘴里发出"ei"的声音。霍老师端详了半天，说："看这只小羊被勒得多可怜呐！能不能改一改，让小朋友手拿树叶把它引开？这时小朋友嘴里也照样可以发出'ei'的声音啊！要知道，我们编的是教材，要尽最大可能把真、善、美呈现给小学生。最大的善是什么？是关爱生命。"

我终于明白霍老师为什么那么喜爱"陆、海、空"了。遗憾的是，我一直没有机会去她家看她心爱的"陆、海、空"。但是，我可以想象出生活在她家的动物们的幸福。如今，霍老师走了，她家的小动物们由谁来照料呢？还能得到像霍老师那样的爱抚吗？

二

对动物如此，对她的学生就更不要说了。

熟悉霍老师的人都知道，霍老师是一位名副其实的爱的使者。有一个叫何永山的学生一连留级两年，是个有名的淘气包，学校要把他送到技工学校去。霍老师听说后执意将他留在了她的班。霍老师见何永山人高马大，便对他说："你找三个同学，连我一共五个人，组成一个小组，你当组长，我们一起打扫卫生。"于是，在何永山的"领导"下，天天早晨霍老师和另外三个同学一起打扫卫生。尊重和信任，使何永山有了转变。

细心的霍老师发现何永山经常偷觑学校鼓号队打大鼓的那位同学的动作，知道他对敲大鼓有兴趣，便向大队辅导员推荐他当了一名鼓手。他高兴极了，每天循规蹈矩地刻苦地练习。"六一"儿童节那天，霍老师亲自为他买了一件白衬衫，一条蓝短裤，帮他穿戴好了后，说："要是再佩戴一条红领巾该多好啊！"（那时何还不是少先队员）庆祝会开过后，何将衣服送还霍老师。霍老师说："这是我给你买的！"

赞科夫说："漂亮的孩子人人都喜欢，而爱难看的孩子才是真正的爱。"霍老师的确是一位真正的爱的使者。"难看的孩子"渴望的是尊重、发现、体贴。霍老师细心的"发现"，使永山有了发展特长的机会，施展本领的地方，使他在老师和同学面前挺起了胸膛；霍老师慈母般的"温暖"，使"顽石"冶炼为闪亮的"晶体"！难怪何永山称霍老师为"娘"！

老师一旦在学生眼里成为"妈妈"，就有了双重身份。当具有像霍老师这样两重身份的人出现在学生之中的时候，教育不就变得简单而有效了吗？

霍老师走了，日后的"何永山"们，还都能遇到霍懋征这样的老师吗？

三

1997年8月22日，霍懋征老师应邀参加在江阴市举办的苏教版小学语文教材培训会。当天晚上，我来到她的房间。她很高兴，说："我们是老朋友了，又是老乡。"霍老师是山东济南人，八岁时随父母去了北京，很早我们就认了老乡的。一落座，霍老师提到了她在徐州听我上的《狐假虎威》一课。她说："每篇课文都是一件完美的艺术品，我们要引导学生从整体上去感悟它，通过读去品味它。语文教学一定要有整体观念。有人搬西文的那一套方法，喜欢条分缕析，把一篇好端端的课文分割成一块块的，让学生去看。看看这一块写的什么，那一块写的什么，这一块怎么怎么好，那一块怎么怎么好。其实，一分开，哪一块也不好。就像把一个精致的花瓶打碎了，把一块块碎片拿给学生看。——那能好看吗？我不是说不要分析，但千万不能烦琐。学习汉语不能这样。就像您教的《狐假虎威》，您读得有声有色，学生读得有声有色，而且精彩的地方背下来了，就很好了嘛！在读的过程中，您不就点拨了几个词语吗？像什么'窜'啦，'扯'啦，还有'半信半疑'、'东张西望'啦，等等，这就够了。"

谈到词语教学时，霍老师说："不要机械释义、说教。要把字形和字义结合起来，用形象的语言帮助学生记忆、理解。"

"您在这方面积累了不少经验，报刊上时有报道。"

霍老师说："有一些。我教'聪明'时，我对小朋友说，我出四个谜语，看看谁聪明，能猜出来。第一个是：上边毛，下边毛，中间一粒黑葡萄（眼睛）。第二个是：左一片，右一片，隔个山头看不见（耳朵）。第三个是：红门楼，白门楼，里面坐个嘻嘻孩（嘴）。第四个是：小孩住高楼，看不见摸不着，一出来就不得了（脑子）。小朋友都猜出来以后，我说：人有四件宝，耳朵（板书'耳'），眼睛（板书'丶'），口（板书'口'）和心（板书'心'）。这就组成了一个'聪'字。我指着

◎ 我和著名特级教师霍懋征合影（摄于 1997 年春）

'聪'字说，多用耳，多用眼，多用口，多用心，一次不行，要日日用（板书'日'），月月用（板书'月'），于是组成了一个'明'字。我指着黑板上的两个字说：这才能聪明。"

话音未落，我拍手叫绝！说："您设计的这个教学环节，就是对'聪明'一词的最好的注释！"

霍老师朗声笑道："是吗？——不过，不管怎么说，得动脑子，想办法。不然，科学化、艺术化哪里来？"

霍老师走了，她的这样的智慧案例再也不会有了。

四

1997年4月霍老师到徐州市鼓楼小学听我上《狐假虎威》时，顺便看了各年级学生写的字，她连声赞叹学生字写得好。临走时，把好几个班学生写的字带走了。她说："我每到一个地方，都要让老师们看看徐州小学生写的字。小学生应该写好字。全国小学生如果都能把字写得这样规范就好了。"

后来，她真的这样做了，而且还把我们学生写的字带到了香港。

"但是，"她对我说，"这些漂亮字都被各地学校留下了，我现在没有一张了。"

我说："让学生写好字是您一贯的主张，1981年您教的毕业班参加全北京市统考时，平均分98.6，作文只有两个学生是二等，其余全都是一等！更令我们惊讶的是，您的学生写的字都非常漂亮！阅卷老师说，一改到您班的试卷，不看校名和班级就知道是您教的。"

霍老师说："但是字写得不如你们徐州小学生好。不过有一条我敢保证，我不会让一个学生掉队。这是我从教几十年来最感欣慰的一点。"

这个我绝对相信。

有霍老师这样的大爱，有她这样的理念，有她这样的学识，有她这样的智慧，有她这样的细心和耐心，让学生掉队都很难。

……

霍老师走了，她会依依不舍地走。因为她身后有无数被她教过的学生送她，学生队伍中一定会有许多"何永山"！他们一定会喊一声"老师"，喊一声"妈妈"！

霍老师走了，她会欣然地走。因为她身后有千千万万个受过她的教诲和影响的老师送她。人走了，但爱留下了，智慧留下了，责任心留下了。事业还会继续。

叩首拜别斯霞老师

2004 年元月 13 日，94 岁高龄的斯霞老师与世长辞了。噩耗传来，我抑制不住内心的悲痛，泪水一下子涌出了眼眶。我所崇拜的一代宗师，就这样悄然地离开了我们。斯霞老师，学生于永正在徐州向您叩首。

1962 年秋，我踏上了教育工作岗位。正当我感到迷茫、困惑甚至灰心的时候，1963 年 5 月 30 日《人民日报》刊登了介绍斯霞老师母爱教育的长篇报道——《斯霞和孩子》。我如饥似渴地读了一遍又一遍。斯霞老师使我真正明白了教育事业是爱的事业，而且这个"爱"不是笼统的，是很具体的，很细微的。天气热了，帮孩子脱衣服；天气突然冷了，她把自己孩子的衣服给体弱的学生穿……斯霞老师为了帮助一个小朋友改掉做事毛手毛脚的毛病，便经常请他做一些必须小心、细心才能做好的事，例如帮助老师提热水瓶，请他为老师们倒杯水。后来，我有幸在南京聆听了斯霞老师的一堂课，她执教的是《乌鸦喝水》。课题一板书出来，我便呆了，斯霞老师的字写得这么工整、这么漂亮呀！坐在我一旁的陈科长小声对我说："这就叫'一丝不苟'啊！"等听完了斯霞老师的朗读，我又一次被深深地打动了，再一次懂得了什么叫"一丝不苟"。课上，有一位小朋友读书出现了小错误，脸涨得红红的，斯霞老师俯下身子，脸几乎贴到了小朋友的脸上，轻声说："错了没关系，再试试看。"在我还很年轻的时候，斯霞老师便使我明白了教育不是"叫育"。

1985 年我被评为特级教师之后，和斯霞老师的接触多了，得到的教诲和帮助也就更多更大了。一次，她到徐州来参加一个研讨会，听我执教的

《狐假虎威》。一下课，她便走到我眼前，握着我的手，对周围的专家和老师说："于老师的课上得很精彩呀！有情有趣，又实又活，是不是呀？"停顿了一下，她又说，"不了解一个人，千万别妄加评论呀！"听了斯霞老

◎ 我在南京和著名教育家斯霞老师一起听课

师的话，我热泪盈眶。我完全明白斯霞老师话中的意思。因为我刚被评为特级教师时，有些地方的老师对我的教学颇有微词。斯霞老师的话是对我的巨大支持和鼓励！2001年秋，我应邀到斯霞老师所在的学校——南京师范大学附属小学讲学。斯霞老师知道了，亲自赶到学校听我上课、做报告，一坐便是整整半天。听过之后，一如既往，对我赞赏有加。她精力充沛，思维清晰，和我去年——2000年参加她90岁庆典时见到的一样，真看不出她已经是91岁高龄的人了。更令我难忘的是，有一年我随斯霞老师、杨再隋教授到广东顺德讲学，有一位很有名的专家对我上的作文课提出了批评。我对这位专家的批评持不同意见。斯霞老师笑着对我说："意见一定要听，即使不正确。它可以使你的路走得更直一些。"她怕我不接受，又补充了一句："真的，虚心听取别人的批评没有坏处。"听斯霞老师这么一说，我立刻想到了她在"文革"期间受到那么不公平的批判，都能泰然处之的坦荡胸怀，心里顿觉释然了。

写到这里，我再次为斯霞老师乐于奖掖后进的精神所感动，感激的泪水又一次湿润了我的双眼。斯霞老师的不断鼓励与支持，使我获得了巨大的动力。

在我担任江苏省中小学教材审查委员的几年中，每年至少要和斯霞老师一起工作数天。工作之余，最喜欢听斯霞老师谈教育、教学。1997年初

冬，在扬州审查教材时，一天晚上，宾馆经理请斯霞老师为他上小学的女儿题词。斯霞老师挥笔写下了"好好学习，天天向上"八个字，然后对经理说："请告诉孩子，要多读书，多背点古诗，背点好文章。"经理走后，斯霞老师对我说："现在的学生太苦，一天到晚埋在作业堆里，没有时间去读课外书，这种状况要改变。"接着她又向我讲起了她曾经给我们讲过的一件事：一天晚上，她的外孙女问她"钊"怎么组词。斯老师问："这个字在书上组成一个什么词？"外孙女答："李大钊。"斯霞老师说："那便就组个王大钊、张大钊。"外孙女说："老师要求组三个呢！"斯霞老师又说："那就再来个刘大钊。"斯霞老师说："这样的作业不白白浪费了学生的精力和时间吗？学语文要少做题，多读书。我上学时，就是读书、背书、写字、作文，我教学时，基本上也就要求学生做这些作业。现在，越搞越复杂了。"

还有一回在镇江，斯霞老师谈到朗读教学时说："朗读是阅读教学的最重要的训练。好多词语讲不清，读好就行了。我教过一篇一年级的课文，最后一句是：'一阵风吹来，好不凉爽啊！'怎么又'好'又'不'？对小朋友来说不好讲，读好就行了嘛。"

每次听斯霞老师讲话，我都会深感理论真是苍白的，而例子则是鲜活的，给人的印象更深，对人的启迪更大。

最伟大的真理是最简单的，最伟大的训诫是最容易理解的。斯霞老师的教导使我明白了怎样教学生学语文。

当我写这些话时，脑海里一直浮现着斯霞老师的身影，她的身板依然那么硬朗，上身依旧穿着一件红色毛衣，微笑着；耳畔一直回荡着她的声音，那声音依然不高不低，不紧不慢的，叫人感到亲切……

斯霞老师，您真的离我们而去了吗？

苍天无语，霞光万道。

斯霞老师，请走好。学生于永正在徐州遥望南天，为您跪拜送行。

张庆外传

像张庆先生这样德高望重的人，是只应写正传的。忽然记起，他年轻时，曾为某个人写过"外传"，所记之事，至今不忘。于是，我也产生了为张庆写外传的念头。

我姑且写来，读者诸君也姑且读之吧！

一

1979 年元月的一天中午，朔风怒号，大雪纷飞。我送友人后，伫立在大马路桥西头南望，触景生"戏"，哼起了《林冲风雪山神庙》里的一段唱——"大雪飘"。刚哼完"彤云低锁山河暗，疏林冷落尽凋残"，只见桥东首走来一个人。"火车头"帽子的"耳朵"耷拉着，酒瓶底儿似的眼镜片反射着白光，他嘴唇不停地动着，不时喷出一股股白气，似乎在念叨着什么。这不是张庆吗？他肯定又在背诗！我迎上一步，学着李鬼的腔调喝道："呔，站住！"

他一看（确切一点说是"一听"）是我，朗声笑道："是小于呀！断路啊，还是赏雪？"我终于看清了镜片后面的两条细而短的线段。在我 50 岁以前，张庆一直称我"小于"。

"唱'大雪飘'呢。你呢，肯定又在背唐诗！是不是还是背岑参的那首《白雪歌送武判官归京》呀？记得去年也是一个下雪天的中午，你走在回家路上，就是背的那首。"

"那是旧皇历了。这次背的是李白的《北风行》。"他边说边从短大衣口袋里摸出一张纸片，"看，上边写着呢。今天上下班路上，准备把它拿下。"

我又一次对他肃然起敬。多年前他就对我说过："我每天上下班要花费近两个小时的时间，这段时间不能白白浪费掉，于是用它来背诗词。短的，一天一首；长的，两三天一首。"这件事，验证了他说的是实话。

我本想为他拍掉身上的雪，但立刻又把手缩了回来，说："拍不得，拍不得，这是刚刚绽开的梨花呀！"

他朗声大笑，嘴里、鼻孔里喷出的白气更多了。

"看！"我指着他喷出来的白气说："文气冲天啊！"

他笑得更响了，喷出来的热气冲天而上，像巨龙喷云吐雾，像骏马仰天长啸。

二

还是冬季。一天晚上，我趁着月光去张庆家，请他为我修改一篇稿子。他一家三代六口人，挤在两间平房里。文物似的桌子上，放着一本《文史知识》。这本杂志经常发表他的作品。

我顺手拿起来翻看。这本刚来的杂志，他基本上读完了，因为几乎每篇文章都用红笔做了记号，而且生字都注了音，有的还写上了注释。这是他的读书习惯。张庆的字写得大，又是红色的，所以特别醒目。

我感慨地说："人们称你为'活字典'，原因我总算找到了。"

他说："学文如聚沙。字、词就是这样一点一点地积累起来的。学语文是个慢工，是一辈子的事情，就是不断地读，不断地记，不断地想，不断地写，别无他途。老实说，有些字，我是查了好几遍才记住的。一回生，两回生，三回生，第四、第五次见面总认得了吧！学语文不是吹糠见米，而是水滴石穿。我做学问，主要靠好习惯。"

他的"重习惯"的教学理念其实很早就形成了。

张庆看完我写的稿子，话题转到了写作上。他对我勤于动笔的习惯给予了肯定。

"当老师不读书是不可思议的，不动笔更不可思议！不写作便没有思维呀！人越写越聪明。我要求自己每周至少写一篇稿子，而且要争取发表。"

于是，我向他请教写作之道。他送我六句话：多读书（包括报纸杂志），多实践，多听课，多讨论，多思考，多动笔。

我说："多听课，做不到，没时间。"

他说："不看别人的戏，就演不好自己的戏。同样，不听别人的课，就上不好自己的课。旁观者清。我的好多文章，是听课听来的。只要肯挤，时间总是有的。"

三

1978年，张庆把爱子张文生转到了我班。那时，我在徐州市大马路小学工作，教五年级语文。不久，学校决定把四个五年级班的"尖子生"集中到一个班，由我教语文，胡士杰主任教数学。那年头，小学生升中学要考试，比哪个学校考入重点中学的人多。把"尖子生"集中起来让我们教，就是为了保证有更多的人考上重点中学。

张文生没考上"尖子班"，数学差了几分。他被分到了普通班，于是也就成了"普通生"。慕我的名而来的张文生，却还像往常一样，见了我便笑着打招呼，问我一声"于老师好"。文生长得像他妈，笑的样子像他爹。

于老师好？我当时怎么居然没在校长面前说一句挽留的话？他是谁？张庆、陈永美的儿子呀！文生是奔我而来的呀！直至今日，每每想起此事，我都为自己的愚蠢而愧疚，觉得无颜见张庆夫妇。

张庆呢，却像什么事也没发生似的，一如既往地，见了面还是小于长、小于短的。30年前如此，30年后的今天还是如此，只不过"小于"改为"老于"了。看着他那笑得连眼睛都找不到的表情，我才记起，他，是名共产党员。

四

1998 年的春天，我和张庆、高林生、高万同、孙景华、郝敬华等一行来到了连云港的一所小学，参加他们的教研活动。

一向不修边幅的张庆出人意料地穿了一身笔挺的浅灰色西装，内穿一件白衬衣，打了一条领带，脚穿一双锃亮的黑皮鞋。因为这一打扮与平时反差太大，所以吸引了不少人的眼球。

"嘿，真帅呀！这下子成了名副其实的'大帅'了！"

"这一来更像学贯中西的学者了！"

张庆一本正经地说："人靠衣裳马靠鞍，驴戴鲜花都好看。"他不笑，还故意把领带整了整——本来还正的，这一整反倒歪了。

下午评课。张庆说："上课运用多媒体是个大进步，讲《海底世界》，一放课件，多形象呀！我们没有看到过的东西，看到了。多媒体如果运用得恰当，会为教学增光添彩，取得非常好的效果。就像领带一样，穿西服时一打上，就会使人更精神。虽然说驴戴鲜花都好看，但不能戴多，全身披红挂绿，把驴弄得面目全非，驴不再是驴，就不好了。语文教学读是最重要的。读懂才是硬功夫。看《三国演义》电视剧和读《三国演义》原著是两回事。多媒体不能滥用。如果我们穿的是中山装，打领带就多余了，就会贻笑大方。总而言之，要因文而异，要从实际出发。"

我小声地对身旁的高林生说："领带和驴他都用上了，是不是有备而来的呀？"

高林生说："他的比喻真绝！"

这是张庆的本事。他常常能用朴素的语言、形象的比喻，说出深刻的道理。这才叫"哲学的思考"哩！不似有人把简单的事情说得大家都不懂，反而美其名曰"哲学思考"，说得人家都不懂了还叫什么"哲学思考"！

五

这事要追溯到上个世纪 60 年代初。

那时，张庆已二十好几了，该娶媳妇了。一位好心的朋友为他介绍了一个对象。一天，约好晚上七点在介绍人家里见面。

是日晚上，张庆提前来到朋友家。屋子不大，一张床，一个柜子，一张桌子，两把椅子。进了门，人已经坐下来了，张庆问："她还没来？"朋友说："比你早来一步，那不，坐在床沿上呢。"那年头，多数人家没有客厅，客人来了，多半以床为凳。

张庆这才注意到床上坐着一个人。于是连忙起身，说："对不起，让您久等了。"

尽管张庆语言得体，举止文雅，长得白净，笑容可掬，且穿戴整洁（我指的是当天），但没被女方相中！姑娘给介绍人回话："其他方面没说的，人家有文化，知礼仪，但眼睛近视得太厉害！我坐在床上一个劲儿地看着他，他硬是不接招儿！得了，拉倒！"回话就这么嘎嘣儿脆！

还是没有缘分。后来，人家张庆不费吹灰之力就迎娶了美丽姑娘陈永美！据说，张庆只给陈永美老师辅导了两节课，就轻而易举地打动了陈永美的芳心。这是后话。

虽说张庆视力不济，却是校对书稿的好手！他常常使自视视力为"3.0"的高林生自叹不如。

"林生，这个生字的调号错了，不是第二声，是第三声！"张庆的眼睛几乎贴到书稿上，他头也不抬，一边说，一边用右手的食指在空中画了一个"V"形。"哎呀，这个'已'字怎么变成'己'了？"他的头依然不抬。

高林生只好把他校对过的书稿从张主编手里要过来，重新校对，一脸赧然。

苏教版国标本五年级下册教材即将付印的前一天夜里，张庆还在一页一页地翻看着样本。看着看着，他突然大叫一声："这个字错了！"屋里并没有别人。一嗓子喊完，竟出了一身汗！这一册书经过了多少人的眼睛啊！可是，一个"憾"字把他们都欺骗了！"震撼"的"撼"怎么变成"憾"了？他出汗，是惊！他说："教材中出现这样的错误，作为主编，是不能宽恕的！"他继而一喜，喜的是幸亏在教材开印前夕发现了它！

听说作为主编之一的朱家珑还专为张庆的这一重大发现，开了一个庆功会。

该开！

高林生说："别看张庆近视眼，看得比谁都清！"

张庆一笑，说："近视眼近视眼，管近不管远。"

高林生感慨地说："视力再好，缺少了一份责任，就会视而不见。"

从来没见高林生这么反省过自己。

六

2005年秋，张庆连续高烧，住进了江苏省人民医院。

多日来，张庆就觉得身体虚弱，上三层楼就气喘吁吁，得停下来休息一会儿。他以为心脏出了毛病。

检查结果出来了。医生把张庆夫人陈永美请到了办公室，说："白血病。"

陈永美顿觉如五雷轰顶，继而泪如泉涌。

回到病房门口，她强忍泪水，极力装出什么也没有发生的样子，走进了病房。

张庆问："医生怎么说的?"

"没什么。"陈老师居然能从嘴角边挤出一丝笑意，十分平静地说，"是重感冒。"

张庆坐在床上向夫人一招手："俯耳过来。"

陈永美走过去，把耳朵送到了张庆嘴边。

张庆不紧不慢地说："白——血——病。"

泪水刷地又从陈永美的眼角边滚落下来。她知道，张庆对医学颇有研究，一般病症都瞒不过他。

张庆说："没事！既来之，则安之。"说完，用手一拍夫人的肩，仿佛得病的不是他，而是她；最需要安慰的不是张庆，而是陈永美。

张庆说："我的方针是九个字：不怕死，争取活，活得好。"

他遇到什么大事，都有方针出台，而且言简意赅。上个世纪80年代初，他对语文教学提出了"九十六字方针"；新课改以来，又提出了"八字方针"。

白血病刚被查出来，马上就出台了应对它的"九字方针"！他的"方针"也真厉害呀！

第二天晚上，我们几个老朋友到医院看望他。他刚输完血，坐在病床上笑着跟我们打招呼，谈的还是字词句篇、听说读写。他一再告诉我：切不可将语文教学复杂化，不要在语文身上贴那么多标签，无限地"扩容"。周德藩副主任讲得好：语文姓语，小语姓小。病房立即变成了讲坛。说它是语文高峰论坛也不为过：病房里有高万同、孙景华、高林生、郝敬华，还有我，一屋子语文特级教师呀！

他完全按照自己的方针实施治疗。首先不怕，他是个硬汉子。当病魔气势汹汹袭来时，用西医的方法——化疗扑灭之；当病情缓解时，他没有再按医生的建议继续化疗，而是固执地使用中医办法，固本强身。

三年过去了。红光满面的张庆重新拿起了《史记》，逐篇研读；他又捧起了《论语》，逐字学习；与此同时，还研究《道德经》；报刊上又陆续见到了他的大名！我又读到了他发表的文章！每看到他的大作，我就热泪盈眶！

◎ 给导师张庆拜年（摄于2007年春节）

他的脑子里、身体里，哪里容得病菌、病毒藏身呀！陈永美的脸上又有了往日的璀璨。人们都夸陈永美把张庆照顾得好。若没有她的精心照料，张庆不会有今天。

她真是没得说。听听她常对张庆说的话："你需要什么尽管吩咐。我的眼就是你的眼，我的手就是你的手，我的腿就是你的腿。"

这个"政策"一出台，张庆就再也没有出现把水向竹筐里倒，把菜盘子上的印花当作菜去夹的趣闻了。

"治疗、保养是一个方面，另外还得锻炼。"张庆对我们说，"现在我天天到云龙公园打太极拳。我是杨式太极的第三十八代传人呢。"

"瞎吹！"陈永美说，"他打拳的架势比狗拉屎还难看。"

我诧异了："从你家到公园虽说不远，但得过两条马路啊！"

张庆笑着说："我有'导盲犬'。"

"你喂狗了？"

"喂了！这条'导盲犬'可好了，一天到晚跟着我，形影不离，不但为我引路，还陪我吃饭、睡觉。"

"三陪呀！"我学着赵本山的语气说，"它在哪里？"

"这不，"他向陈永美努努嘴，"在那儿站着哩！"

我们的笑声未落，陈永美说："我不但导盲，还担任饲养员的角色呢！你们看张庆那一身膘！"

于是大家又笑。

张庆眼镜片后面的两只眼睛，又看不见了。

徐善俊和他的三个雅号

一

1985 年秋，一位身材魁梧的中年教师在徐州空军勤务学院礼堂里执教《视死如归》。这次观摩课规模很大，听课者不仅有徐州市小学语文界的老师，也有外省市的同行。《视死如归》一课中有这样一句话："什么'招'字，早从我的字典里抠掉了！"这是王若飞回答敌人的一句话，这句话好懂，按一般的处理方法，指导学生朗读一下就过去了。可这位老师却在这里教出"彩"来了！请看他教这句话的实录：

师：是不是王若飞真的拿出字典把"招"字抠掉了？

生：不是！

师：那这句话是什么意思呢？谁能改变一下说法，不说"从字典里抠掉"，但意思不变。

生：我决不说出党的机密，不当叛徒！

师：对！可王若飞为什么不这样说，而说"什么'招'字，早从我的字典里抠掉了"呢？

生：这样说，听起来特别有力，显得特别坚定！

师：是的，这句话里有两个词最能突出王若飞对革命忠心耿耿，对敌人无比蔑视，读一读，看看是哪两个？

生：一个是"早"字，一个是"抠"字。

师：对。"早"就抠掉了，早到什么时候？

生：早到王若飞参加革命的那一天。

师：说得对！从这里可以看出，王若飞从参加革命那一天起，就下决心忠于革命，决不叛变革命。——"抠"是个表示动作的词，不用"抠"还可以用什么词？

生：还可以用"擦"。

生：还可以用"涂"。

师：那么，王若飞为什么说"抠"掉，而不说"擦掉"、"涂掉"呢？请大家做一下"抠"和"擦"、"涂"的动作，比较比较，体会体会。（学生做"抠"、"擦"和"涂"的动作，纷纷举手）

生：用"抠"更有劲！

生："抠"更能突出王若飞对叛徒的恨！

这位执教的老师就是全国著名特级教师、全国优秀教育工作者、徐州市鼓楼区教研室教研员徐善俊。因为他"抠"得好，"抠"出味儿来了，又因为他平时钻研教材总是能发现别人没有发现的东西，经常有惊人之见，所以从此大家便送给他一个雅号——"善抠"。意思是说他善于钻研教材，钻得很独到，能很好地把握教材。

说到他的"善抠"，许多老师还会联想起他上《景阳冈》一课时对"三闪"的挖掘。

在学课文的第九自然段时，徐老师首先让学生读读这一段，看看老虎向武松进攻了几次，武松是怎样对付的。学生一读，即可明白，老虎向武松进攻了三次——一扑，一掀，一剪；武松都是用"闪"的办法对付的。接着徐老师问："闪"是什么意思？学生说是"侧转身躲避"的意思。但是课文中为什么用"闪"而不用"躲"？这个问题提出以后，全班学生都在积极地读书思考。有的说，"闪"是主动地躲过去，而"躲"则显得很被动，很害怕，没有办法才躲的。有的学生说："'闪'说明武松动作轻快，武功好。"又一个学生接着说："是轻功好。"

至此，我们觉得"闪"字挖得够味儿了，可徐老师并不罢休。他接着问：武松为什么一开始用"闪"的办法对付老虎的进攻？他不是一条好汉吗？不是说"就真的有老虎，我也不怕"吗？这一问，又点燃了学生思维的火花。思考之后，学生争先恐后地发表自己的意见。有的认为，老虎扑来，武松没有防备，"吃那一惊"，自然要先闪开；有的认为老虎又饥又渴，来势凶猛，这时候和它硬拼不是上策，武松是想先避开它的锋芒，挫挫它的锐气，消耗它的体力；有的想得更深、更妙：武松不是单纯的闪，而是边闪边观察，摸摸老虎的底细，瞅准老虎的破绽，寻找进攻的机会。

到此该结束了吧，不然！徐老师又问：从"三闪"中，你看出了什么？这时，课堂上的气氛异常活跃，有说武松灵活的，有说武松机敏的，有说武松勇敢沉着的，有说武松有心计的……

1991 年夏，徐老师应邀在哈尔滨上《景阳冈》一课，华中师大杨再隋教授听了之后大加赞赏，说徐老师的"三闪"抓得好，显示出扎实的功力，说这样教文学作品就有味了。杨教授所说的"功力"，就是指对教材的理解力、透视力。

徐老师为什么要花那么大的工夫来抓这些闪光的字眼呢？他下面的这段话回答了这个问题："语文教学要咬文嚼字。特别是名家名篇，很讲究词语的锤炼，作者总是呕心沥血地搜求最贴切的词语，来准确地表达意思。我们就是要抓住这些闪耀着作者智慧的'光点'不放，引导学生反复咀嚼，反复玩味，反复吟诵，来寻求文章的内蕴，体会作者遣词造句的匠心。这是培养阅读能力和用词造句能力的一项重要训练。当然，我们不一定把自己读书所得全部教给学生，钻研教材并不意味着非得挖深挖透，那不仅不可能，也没有必要。但一定要钻出点味来，自己觉得有味儿了，才能教出味儿来。"但是要"抠"得准，"抠"出味儿来，并不是一件容易的事，这需要反复地读，深入地思考。他这样介绍自己的体会和经验："好多课文，初看并不觉得有味道，看多了才觉得有意思。我的经验：动笔写教案之前，一定多读几遍课文。不读出味儿来，我是不下笔的。备课一定要把工夫花在钻研教材上。"

二

徐善俊还有一个雅号叫"善问"，意思是说他善于设计课堂提问。

近几年，他潜心研究"以问促读"阅读教学的方法，目的是打破传统的"以理解为目标，以讲解为手段"的阅读教学模式，把培养阅读能力和学习语言作为主要目标。然而究竟怎么个问法才能达到"促读"、"促思"的目的呢？徐老师在实践中进行了可贵的尝试，取得了可喜的成果，在全国各类报刊发表了许多论文阐述自己的经验。

他是怎样以问促读的呢？下面就以他教《将相和》设计的几个问题为例来谈谈。

在教"完璧归赵"时，徐老师提出了这样一个问题：蔺相如抱着和氏璧要撞柱子，是真撞还是假撞？讲"渑池会"则提了这样一个问题：渑池会上赵、秦两家打成了"平局"，还是决出了胜负？从哪儿看出来的？

这两个问题真叫"绝"了！别说是学生，就是听课的老师听了这两个问题，神经也仿佛被刺激了一下，全都紧张地思索起来了。

蔺相如到底是真撞还是假撞？一些学生坚持说真撞，因为蔺相如很勇敢；另一些学生则认为他是假撞，他不过吓吓秦王而已，说明蔺相如很机智。徐老师不置可否，只是说："请大家默读课文，前后联系起来想想。"课堂上又是一片沉静。读了，又议。新意见终于出来了："蔺相如撞柱子不能说真，也不能说假。如果秦王答应了他的要求，就不会撞；如果不答应，来抢，他就会真撞。"徐老师正要表扬这位学生，又有一个站起来说："蔺相如是见机行事，这才能看出他既机智又勇敢。"徐老师笑了，听课的老师啧啧称赞。是的，这才是蔺相如的品格啊！学生的这些见解，都是徐老师绝妙的问题给激发出来的。

小孩子喜欢讨论真假，更喜欢评论胜负。第二个问题比第一个问题趣味性更浓。粗心的学生读了一遍课文马上自信地得出一个结论："赵、秦两家打成了平局，一比一！""是吗？"徐老师一笑。学生自然明白老师的意思，于是又读书，又思考。这次读书、思考的时间很长，徐老师颇有耐心，在学生中间来回走动着，时而俯下身子和学生交谈点什么。行家们说，此时无声胜有声，阅读阅读，就是要引导学生读，引导学生思，这才叫阅读教学呢。有一个学生首先发现赵国占了上风，理由是：秦王是在一个大臣的逼迫下击缶的，那是很难堪的。"有道理！"徐老师笑了。老师的笑是对学生的极大鼓励。这句话开启了另外一些学生思维的闸门。有人接着说："课文开头说了，秦国是大国，是强国，强国的国君却为弱国的国君击缶，有失面子。赵国占了上风。"接着，第三个理由也出来了："瑟是高雅的乐器，缶是一种大肚子小口儿的瓦器，是用来打节奏的。赵王鼓瑟很动听，秦王击缶只是个配角！可见赵国占了上风！"

全场听课的老师无不为之叹服。是啊！没有徐老师的"问"，学生怎么能如此专心地读书，他们的思维哪能迸发出如此灿烂的火花！问题——真正的问题——的确是思维的向导啊！

徐老师说："钻研教材只是第一步。但是，我们决不能把自己钻研教材的结果全盘端给学生，那样就使阅读教学失去了应有之义，我们应当拿自己得到结果的方法教人。"因此他在备课时，总是考虑到学生的心理和可接受性，在关键处设疑，力求设计的问题富有启发性和趣味性，力求少而精，搔到痒处。他认为，只有这样，才能把学生的学习积极性激发起来，收到良好的课堂教学效果。

三

1991年暑假，徐老师到大连讲学、上课。课后，一位青年教师对徐老师说："我们在报刊上经常见到您的名字，在我的想象中，您是一位女老师，是一个文质彬彬的人，没想到您竟是一位这么魁梧的男老师。您在讲台上是那么有朝气，有魄力，有活力，朗读得竟是那么有感情，有韵味！具有阳刚之美。"

徐老师笑了，说："是不是因为我的名字中有个'俊'字，才使您误认为我是女的？"

我在一旁对这位青年教师说："您说对了，在徐州，就有不少人称他为

'善读'。徐老师精力充沛，情感丰富，朗读课文声情并茂。朗读是他的一绝。他常说：教材把握好了，提问设计好了，上课的思路也考虑好了，还不能上好课。教学是一种认识活动，必须有良好的情感参与，没有情感的教学，师生就成了两张皮，教学就成了死的了。尤其是老师的语言和朗读，应当有磁性，有感染力。"

徐善俊特别擅长教有关历史故事、战斗故事以及有悲壮美的课文。他上这样的课总能激起学生的情感波涛。他朗读的《景阳冈》，跌宕起伏，扣人心弦；朗读《小珊迪》却又如泣如诉，让人撕心裂肺。需要讲解时，则言简意赅，画龙点睛，或褒或贬，或抑或扬，充满激情，使人感奋，使人震撼。不知内情的人，认为徐老师有朗读的天才，有演说家的口才，其实不然。有一天晚上，我到他家去，他一边做饭，一边在听录音机里播放的夏青朗读的《金色的鱼钩》呢！他开玩笑说："耳朵这时没事干，让它听听。"我这才明白人们所说的"台上十分钟，台下十年功"的道理。

四

徐善俊从教整整 34 年了。34 个春秋，有多少个这样的日日夜夜！人们送给他的"善抠"、"善问"、"善读"三个雅号，与其说是对他的语文教学经验和教学特色的高度概括，不如说是对他呕心沥血、执着追求的赞美！

他五十才出头，可是头发日渐稀少，脑门的面积越来越大，越来越亮。同事们开玩笑说："这都是被他自己'抠'掉的呀！""是吗？"他"惊讶"地说，并"下意识"地摸摸自己光秃秃的脑门。一摸，那大脑门似乎更有了光泽。

他忘我了，入境了，这倒是真的。

江洪春先生印象

江洪春先生的名字是早就知道了的，在杂志上。我喜欢读他的文章，所以名字只见了两次，便记住了。不但记住了他的名字，连工作单位——济南市教研室也记住了。我很敬佩这位老乡，于是就"由文度人"——猜测他的样子。总以为他是个标准的山东大汉——身材魁梧，气宇轩昂，浓眉大眼，鼻直口方。要不，文章怎会写得如此大气，襟怀怎会如此坦荡？

后来，在济南见到了洪春先生。江先生五十出头儿，中等身材，小眼睛，薄嘴唇。他的长相和身材，使我大跌眼镜，对自己的想象力完全失去了信心。

望着他的眼睛，我想起了著名笑星兰成先生的一句话："别看我的眼睛小，小眼睛聚光看得清，防尘防沙又防风。"江老师的目光真的被"聚"得锐利无比。他善于洞察，善于辨析，不为假象所惑，不为风沙所迷。2001年课改以来，中国小语教改风起云涌，各路诸侯大显神通，小语教坛出现了百花怒放、异彩纷呈的局面。目光犀利、对小学语文教育有着深刻认识的江洪春先生静观其变，冷静思考，以山东人的热情肯定了其中许多正确的东西；同时，也以山东人的坦诚，指出了其中的不少弊端。这期间，他撰写了大量文章，亲临课堂听了上千节语文课，辅导了数以千计的年轻教师，为济南市乃至全省、全国小语改革做出了自己的贡献。

我相信，凡是读过江老师写的关于语文教学文章的人，尤其读过他针砭语文教学时弊文章的人，一定会说，江老师是一个真正的山东人。我爱读他写的《十六"烦"》、《十六"急"》、《十六"忧"》等，如果说这些表达的是一个山东人的率直、刚性与幽默，那么，像《缺失与偏颇》等驳论性的文章则反映出一个山东人胸怀的坦荡、对语文教学的灼见，以及理论修养的高远。我想，此类文章，也只能出于江先生——一个真正的山东人之手。触觉灵敏如此，考证严谨如此，行文酣畅如此，胸襟坦荡如此，恐怕也只有江先生了。如果说《缺失与偏颇》等文章多数是针对某一篇课文、某一首诗或某一流派的教学提出的不同看法，那么，像《文意兼得》《自悟自得》等文章，则是站在阅读教学的高层面上提出来的。前者论述的是阅读教学的目标，后者论述的是教学方法和途径。纵观江老师的著述，既有微观的，也有宏观的。微则深入肌理，宏则高屋建瓴，总能给人以明白。

文如其人，人如其文。一次，我们一起参加济南市一所小学的教研活动。江老师评课，优点说过之后，便直指要害："你为什么不关注课后要求啊？课后第一题是'带着美好的感情读一读'，第三题是'展开想象讲讲这个故事'。你置课后要求于不顾，只顾分析水罐有几次变化，为什么变化，那怎么行？语文教学不能得'意'忘'文'啊！朗读和说话，培养的是能力，这是语文教学的应有之义，而朗读不但是一种能力，也是得'文'的渠道呀！"江老师的话句句中肯，字字动情。每句话都饱含着他对语文的深刻理解，对青年教师的殷切期盼。

中午，校长留饭。江老师又摇头又摆手，连珠炮似的说："别浪费，别浪费！我家离这儿不远，你们照顾好于老师就行了！"说完，头也不回地走了。校长目送着他，说："他向来如此！"

还有一次，我们在济北小学听青年教师杨新执教《最后一头战象》。下课，刚出教室门，江老师便对杨新说："课堂上怎么不见你指导朗读呀？学生读得不好要指导呀！"到办公室一落座，江老师便让杨新把课文中的一个片段读给他听。杨新并不推辞，一本正经地读了。读完，朝江老师一笑，一脸小学生般的表情。

"你不是读书，是读字！"江老师说，"读书要有情，情不是装出来的，不是拿捏出来的，是走进文本的一种自然流露。你还没有走进文本，读的遍数还不够。"

杨新的心理素质真好！她一面认真地听着，一面还不住点头，表示着她的虔诚与接受。

事后，济北小学副校长卜令花对我说："这就是江老师！被他训哭的人多啦！但因为他说得在理，老师们都服气。相反，老师们对没有真知灼见、不能鞭辟入里、不痛不痒的评课，倒不愿意听。"

"典型的山东人！"我说。

接着卜校长对我说："济南市参加全国、全省语文教学比赛的选手，多数人被他批评得眼泪汪汪，如获全国赛课一等奖的张馨、刘雁、王艳凤、袁彬、王煦等。但他们都说，如果没有经历江老师帮助磨课的过程，绝对不会出成绩，更不会有今天。在江老师导课的过程中，他们真正体会到了，过程比结果更重要。因为过程磨砺的是意志、理念和能力。"

我说："明师出高徒。我说的'明'是'明白'的'明'。"

卜校长补充说："严师出高徒。我说的'严'是'严格'的'严'。"

我说："严格、严厉、严肃，可以使人长记性。杨新今后备课一定会备朗读的。"

果不其然。后来卜校长告诉我，不光杨新，济北小学所有的语文老师都在研究朗读，备课先备朗读。语文课上听到最多的是师生琅琅的读书声。江老师再也不必为济北小学语文教学中"无朗读指导与训练"担忧了。卜校长还说，有江老师参加的教研活动，是触动大家心灵的，是激浊扬清的，是高效的，是影响长久的。

难怪江先生在济南小学语文老师心目中有如此高的威望。现在，对语文和语文教育说三道四的人太多，但谁说得对呢？是实践。实践最有发言权，时间和实践会做出最公允的判断。

江洪春先生从事小学语文教育研究已经三十多年了，他三十多年的教研生涯基本上是在课堂上度过的。三十多年，他听了6000多节语文课。他是在实践与思索中、在反复比较中，逐步认识语文和语文教学的。等身的著述，记录下了他几十年来对语文和语文教学的思考。

待人坦诚，性格爽直，读书广博，思考深刻，目光敏锐，事业执着，勤于动笔，善于切磋，造就了一代小学语文教育名家——江洪春。

读贾志敏老师

贾志敏老师是一本书。在学生面前，他是一本教科书；在老师面前，他是一本关于语文教育学和语文教学艺术的书。

一

初读贾老师，是 1984 年秋天在蚌埠。我听了贾老师两节作文课和一个学术报告。我感到吃惊。我从来没听过这样好的作文课和生动的报告。作文课上，贾老师请几位学生和他一起演了一个"小品"：几个小朋友在马路上踢球，有一个小朋友不小心撞到了一位盲人身上（盲人由贾老师扮演）。撞人的学生立即向"盲人"道歉，没想到"盲人"生气地说了一句："什么'对不起'！我瞎你也瞎吗？"把撞他的小学生说得一愣一愣的。旁边的一位男孩插嘴了："叔叔，你怎么能这么说！我们确实不是故意的！"而撞人的男孩却说："对叔叔说话要有礼貌。——叔叔，这都怪我们！我们不该在马路上踢球。撞得厉害吧？让我们送您回家吧！……"几句话，把"盲人"的"气"说"消"了。

读者读到这里，千万别和我当初一样，认为这是贾老师事先排练好的。一切都是即兴表演的。贾老师借班上课，从来不在课前和学生打招呼。

"盲人"的一句不礼貌的话，显然是想考验学生们的思想、为人，考验他们的交际能力、应变能力。而这一切，又都是在告诉全班每个学生，如何为人、处世……贾老师把社会搬进了课堂，他把"教书"和"育人"有机地糅在了一起。

接着，让全班学生把这件事写下来。学生的兴致之高，自不待说。在学术报告中，贾老师讲了这样一个作文课例：一天早晨，卫生员站在门口检查每个人是否带手帕了。第一个小朋友通过，第二个通过，第三个通过。这时第四个小朋友走来（这位小朋友是贾老师扮演的）。卫生员问："小朋友，手帕带来了吗?""带来了，我不但洗得干干净净，还洒了法国香水呢!"

1985 年春，我和贾志敏于淮海战役烈士纪念塔前留影

"小朋友"头一昂，眼睛望着天空，把掏出来的"手帕"往卫生员眼前一递，说："给!"这时，所有的人都哈哈大笑，原来，他掏出来的不是手帕，而是一只脏袜子! 多么粗心的小朋友! 他竟然把袜子当成手帕装进衣袋里去了。看了这个"小品"，一篇篇杰作便在学生笔下流淌出来了。

——初读贾老师，我就在笔记本上写下了这样一句话：贾老师是一本活的关于语文教育学的书。

二

不久，我又在上海听了他执教的《革命烈士诗二首》。一位学生读"毒刑拷打算得了什么，死亡也无法让我开口"时，总觉得缺少一种凛然正气。贾老师说："如果你就是陈然，面对威胁你的敌人，你会用什么目光看着他们?"生答："怒目而视!"贾老师说："你对敌人说这句话时，肯定会愤怒地拍案而起，是不是?"生答："是!""那好，你读这句话时，不妨拍一下

桌子。"学生这样做了。这一拍，这一读，把陈然的凛然正气表达得淋漓
尽致。

听课的老师情不自禁地鼓掌。这掌声是给学生拍的，更多的是给贾老
师的。

贾老师没有说带着什么感情去读、用什么语气去读（这样做是"告
诉"，说得过分一点，叫作"强加于人"），贾老师也没范读（这样做是让学
生先欣赏，而后去模仿。当然，范读有时十分必要），而是启发学生去感
悟，很巧妙地从"体态语"这一角度去点拨。这样，学生的情感就不再是
外在的，不再像一个蹩脚的演员，只知按照导演的要求念台词。

一年后，我又在马鞍山市听了贾老师上的两节"保护青蛙"作文课。
这又是令人叫绝的课。其中有这样一个细节：

师：能说说我们为什么要保护青蛙吗？

生：青蛙是庄稼的保护神。

生：青蛙是人类的好朋友。

生：青蛙是捉虫能手。

（师把上述三句话重复了一遍，予以肯定。然后请一高一矮两位学
生走到讲台前，一个站在贾老师面前，一个站在贾老师后面）

师：我们三个这样站队好吗？

生：不好。应该按高矮个儿站。矮个儿站前面。（贾老师按同学说
的，重新站队）

师：这样站好，是吗？那么，刚才同学说的三句话应该怎样排
列呢？

（生恍然大悟，纷纷举手）

生：应该先说"青蛙是捉虫能手"，再说"青蛙是庄稼的保护
神"，最后说"青蛙是人类的好朋友"。因为青蛙是捉虫能手，所以
才说它是庄稼的保护神；因为它是庄稼的保护神，所以说它是人类的
好朋友……

这一细节，我在听课本上做了详细的记录，并在旁边写了一个大大的"妙"字。妙在哪里？妙在贾老师把逻辑学上的一个深奥的类概念和种概念的主从关系竟讲得如此浅显易懂。"深入"而能"浅出"，这是一种更高的教学艺术。

比"深入浅出"更高的是善待学生的艺术。课堂上贾老师和学生的关系是那么平等、和谐、融洽，真是其乐融融。尤其是贾老师的激励艺术，更是高超。"你读得真好，我都被你感动了！""大家听了，都佩服你读得好！""你写得好，读得更好！声情并茂。"这些话，连老师听了都深受感动，更不用说被表扬的学生了。如果说正面激励容易做到，那么对读错、说错的学生能反话正说就难了。请听贾老师是怎么说的："读错是正常的，一点儿不错是不正常的。""噢，这一点是人家说过了，不过你再强调一下也是好的，能引起大家的注意。"听了这些话，我从内心感动。

后来，听贾老师的课就更多了。有作文课，也有阅读课，他的每一节课都有一种艺术的魅力，无论是教材的处理、教法的设计，还是对学生各种表现的应对措施，都那么独到，那么有味。于是，在我的听课本上，又写了这么一句话：贾老师是一本韵味无穷的教学艺术的书。

三

一天，我在《文汇报》上读到一篇报道。写的是，有一天，贾志敏校长发现楼梯里面有一片纸屑。他站在远处观察学生见了它会怎么做。一个学生过去了，视而不见；又一个学生过去了，还是视而不见；第三个学生过来了，弯腰把纸屑拾了起来，并把它丢进垃圾筒。贾校长走过去问了该生的姓名、班级，于是写成了一篇生动感人的"国旗下的讲话"。

贾校长在国旗下的讲话，全来自学生中，来自生活中，没有空洞的说教，都是一件件、一篇篇或令人感动、或启人心智、或发人深省的事例和隽语。学生听了贾校长的演讲，如坐春风，如沐春雨。请看他的《孩子的心比金子还纯》的演讲：

昨天中午，我正在走廊上巡视，突然，几个二年级的孩子把我团团围住，你一言，我一语，叽叽喳喳，说些什么，我一句也没听清。看着他们个个涨红着脸，我知道他们要告诉我一件重要的事情。

原来，他们在马路上捡到一枚嵌宝金戒指。其中一个女孩子把它交到我手里认真地说："是我们捡到的，是金的，一定很值钱吧！"

这枚戒指的确很大，放在手心上掂一掂，好沉，金灿灿的，前面嵌着一块绿得发黑的宝石。我对金首饰一无所知，它是真是假，我一时拿不准。于是我请教一位女教师，她看了看，掂了掂说："假的，百分之百是假的。"一连问了几位，都是一个说法："假的。"

我把这意见告诉孩子，孩子有些泄气了。他们散开了，可嘴里还说："是真的。"

望着他们的背影，我默默地说，他们交给我的是一枚假的戒指，可是，孩子的心却比金子还纯。

难怪一位住在浦明师范学校附属小学附近的上海人民广播电台的工作人员被贾老师的"国旗下的讲话"所吸引，成了"讲话"的忠实听众，为一次次内容生动、语言优美的讲话所打动。一天，他终于按捺不住，破门造访贾校长。当他得知一篇篇讲话均出自贾校长之手，出自贾校长之口，他惊愕了。且不说内容感人、文笔流畅优美，就是那普通话、那瓷实的嗓音，也够当一流播音员的资格！他问讲话的资料从何而来，贾答，从观察中来，从学生中来，从思考中来。出版社准备把贾志敏校长"在国旗下的讲话"汇集出版，书名为《教育的诗篇》。贾老师把书稿拿给我看。我反复地读，反复地品，又读出了一层意思：贾老师是一本厚重的、具有中国特色的教育学的书。

"学高为师，身正为范。"当贾志敏作为一名教师出现在课堂上，作为一名校长出现在讲台上，他的学识、人品，不就是摊开在学生面前的一本教科书吗？

四

前不久，我们一起到张家界讲学，同住一室。无意中发现，他教过的课文都能背诵下来！就连很长的一篇《我的伯父鲁迅先生》也能倒背如流！他说的话不多，但每句都有琢磨头，有品头。我不禁说道："贾老师，您是天才！"他笑了："您也相信天才，我却不信。我之所以记得住，那是因为我的执着感动了书上的文字。您想，我教了40年的小学语文，天天认真地读它们，能不感动它们？所以纷纷跑到我脑子里来了。一个智商再低的人，也认得他的父母啊。为什么？天天见面嘛！处处留心，天天思考，总会发现点什么，想出点什么。小和尚只要天天认真念经，'神'一定会来的。"

我思忖良久，觉得这一番话可以作为贾老师这本书的"后记"，因为它道出了这本书的成因。

认识闵惠芬

一

1997 年深秋,丹阳师范学校附属小学的孙双金校长打电话邀我参加他们学校的艺术节。

"唱京剧?"

"唱京剧自然少不了。不过,主要请您来上课。"孙双金在电话里说,"请特级教师上课是艺术节的一个重要组成部分。您不是常说,'教学也是一门艺术'吗?而且,您上的课的确充满艺术魅力。于老师,我们全校师生翘首以盼,千万别让我们失望。——对了,于老师,闵惠芬将来参加我们的活动。"

"就是那位大名鼎鼎的二胡演奏家?"

"正是。她是我们学校毕业的学生。于老师,你们二位同台演出怎么样?"

我完全可以想象得出此时小孙的表情:企盼的,同时又带有几分骄矜和得意。双金的口才是没说的。他先给我戴高帽,知道给我戴高帽作用不会太大,继而又以"和闵惠芬同台演出"为钓饵,诱我"上钩"。这一招果然使我怦然心动。

话筒里传来小孙的"嘿嘿"笑声。他给自己因对"知己知彼,方能百战百胜"这句话领悟得好、运用得好打了个满分。

二

1997 年 11 月 30 日晚,丹阳影剧院内灯火辉煌。舞台上方横挂着:"丹阳师范附属小学第十届艺术节"的巨幅会标。观看演出的有学生、家长和社会各界人士。偌大的剧场座无虚席。

参加演出的，主要是附小艺术团的学生，另外有闵惠芬父女和部分老师。我纯粹是凑热闹的。那天，我唱了《霸王别姬》中的一段"南梆子"——"看大王在帐中和衣睡稳"。一句一个满堂彩。剧场内的气氛特别热烈。不过，我心里清楚，人们鼓掌的原因，多半是出于好奇。如果把掌声的意思破译出来，就是："嘿，有意思，男人装女人。"女观众的掌声里，也许还有这样一层意思："没想到，比我们女人还女人！"如此罢了。所以，我经常对自己这样说，不要一听到别人喝彩，就飘飘然；听到别人赞扬，要立即想想自己的不足。相反，听到别人的批评，甚至讥讽，倒是要沉住气，不要轻易怀疑：我是不是不行了？

这和荀子说的"不诱于誉，不恐于诽"是一个意思。

闵惠芬差一点下不了台。掌声太热烈了。演奏完第五首曲子，大幕已经拉上了，掌声还是经久不息。主持人很会讲话："各位观众，我们该让闵团长（她是丹师附小艺术团的名誉团长）休息了。"

手捧鲜花、笑容可掬的闵惠芬向观众深深地两鞠躬，一次朝左面，一次朝右面，然后彬彬有礼地退下台去。

三

演出完，回到宾馆才九点钟。闵惠芬邀我们到她房间坐坐。这是一间普通的客房，和我与《江苏教育》编辑部马以钊主任住的一样。闵惠芬和我们斜对门。不同的是，我们的写字台上放的是书，闵惠芬的写字台上放的是二胡，有好几把。

我和马主任坐在沙发上，她坐在写字台旁的一把椅子上，她的父亲闵季骞——南京师范大学音乐系教授、著名琵琶演奏家——则坐在床上。马主任跟闵教授很要好，他的女儿曾拜在闵教授门下学琵琶。马主任跟闵惠芬也熟悉。我却是第一次见到这位著名的二胡演奏家，以前只是在电视上见过她。

马主任问闵惠芬："您从哪儿过来的？"

闵答："从北京。刚刚开完全国文代会，坐飞机赶来的。今天晚上，北京也有一场演出，庆祝文代会闭幕，党和国家领导人将出席这次晚会。但我不能参加，因为我一个多月以前就答应参加母校的艺术节活动。要言而有信嘛。'人而无信，不知其可也'。于老师您说呢？"

"'大车无輗，小车无軏，其何以行之哉？'"我接着把孔子说的话背下来，作为回答。

马主任把话题转到二胡上。

我说："闵老师，您拉二胡多么投入，多么有激情啊！今晚能一连聆听您演奏五首曲子，一睹您的风采，真是不虚此行、三生有幸啊。"

闵老师说："您说得很对。我演奏的时候是很投入的。不知您注意没有，我每拉一首曲子之前，都要静坐一会。干什么的？那是在酝酿感情。因为每首曲子表达的感情不一样，拉之前，一定要进入角色。声乐艺术更讲究一个情字，因为它表达的感情更直接，马上就能让听众感觉到的。当我拉起二胡的时候，心里想的只是曲子的感情，然后把它全部倾注在手指头上；至于二胡会发出什么声音，我就不管了。如果那时想观众怎么怎么样，想我拉得怎么怎么样，就会怯场，就会紧张，就会拉走音，必须忘我。"

"妙哉，妙哉！"我连声说，"闵老师，我有一本《名言集》，那些名言，全都是有作为、有成就的人说的。为什么呢？听了您一席话，我明白了。人的认识和见解是与他的付出和成就成正比的。没有对某一事物的透彻研究，没有在某一领域里取得一定成果，没有经过一番刻苦努力而掌握某一门技能，是断然不会有鞭辟入里的见解，不会有超凡脱俗的感悟的。小鸟飞得高远，才知道天空是无边无际的，而井底之蛙只能得出'天只有井口大'的结论。您之所以有这样精辟的见解，是因为您在二胡的演奏上付出了全部心血，取得了很高的造诣。"

"造诣谈不上，更谈不上什么见解，我说的只是一些体会。"闵惠芬的思维并没有被我节外生枝的议论打断，"有一次，我在巴黎演出。正好日本的著名音乐指挥家小泽征尔也率团在巴黎演出。他很喜欢中国民族音乐，只要有空，就来看我们演出。一天晚上，他听我演奏完《江河水》后，按捺不住自己，跑到台上，双手摇动着我的肩，那长长的头发抖动着，像一头狮子似的，边哭边哇啦哇啦地说。我不懂他的话，便问翻译。翻译告诉我：小泽征尔先生说，你拉尽了人间的悲凉！一天，他又来看我们的演出。他坐在第一排。当听我拉完了《二泉映月》后，他又激动起来，跑上台对我说：'啊，太神圣了，太神圣了！人们应当跪着听这首曲子！'"

马主任插话："闵老师，您的演奏的确特别有感染力，不光是二胡发出的声音，还有您的表情，您的姿态、动作。真的，您的体态语言表现力不亚于二胡。它本身就是一首极富感染力的诗。"

我非常同意马主任的见解，闵老师却一个劲地摇头。

我见闵老师没有马上要说话的意思，接着说："唱京剧就讲究一个情字。京剧大师梅兰芳、程砚秋、麒麟童无不强调'以情带声'。这和闵老师说的是一个理儿。推而广之，朗读不也是这个理儿？讲课不也是这个理儿？和学生谈话不也是这个理儿？无情，一切艺术（包括教学）就没有生命了，就干瘪了。"

闵老师说："是的，是的。"

我们正说着，来了两位记者，要采访闵老师。我们只好退避三舍。

闵老师站起来说："请你们二位过一会儿再来。其实，坐在这儿也是没关系的。"

四

新闻记者一会儿便走了。他们搞的是新闻，无非通过广播、电视，告诉人们某年某月某日，闵惠芬到丹阳了。我们余兴未尽，又聚在一起谈天说地。

马主任感叹地说："闵老师，您名气这么大，可一点架子也没有啊。"

闵老师眼睛一眯，说："什么名气？干吗摆架子？摆架子是自己跟自己过不去。一有架子，人就得端起来，说起话来就要装腔作势、不懂装懂，这不是跟自己过不去吗？人家说你了不起你就了不起？还是个人嘛！我只是二胡比你们二位拉得好，其他的呢？其他的可能都不如你们，到底谁了不起？"

她忽然想起耳环还没摘，边摘边说："我平时不戴这玩意儿，演出才戴，才化化妆，不然在灯光下很难看，对不起观众。"说着，笑了。

我小声对马主任说："闵老师的话记录下来就可以发表。到底是大家，是真正的艺术家。"

接着闵老师给我们讲了这么一件事：

她八岁的时候，拜一位老师学二胡。这位老师说："我先教你一段锡剧，会唱了再教你二胡。"闵惠芬听了几遍就学会了。几十年后，她把这段锡剧唱腔改编成了一首二胡独奏曲，非常受欢迎。讲完了，她还小声把这首唱腔哼了一遍。虽年逾半百，却无拘无束，极尽童趣与天真。

听完以后，我说："小时候，要多学点东西。小时候学的东西记得牢，以后说不定什么时候就用得着了。"

马主任说："我们《江苏教育》曾发表过于老师写的一篇文章，题目叫《谁也说不定哪块云彩能下雨》，说的就是这个意思。"

闵惠芬连声说："对，对！这个比喻很恰当。可惜，这个道理我懂得晚了。你们当老师的还可以补救，就是说，可以把这个道理告诉学生。"

话题又扯到京剧上。闵惠芬说，毛主席很喜欢京剧。当年她和李慕良合作，李慕良京胡伴奏，她用二胡拉唱腔部分，特别是演奏高派戏，像《哭秦廷》《逍遥津》等，效果很好，毛主席很喜欢听。在主席晚年，他们二人还专门为他老人家录制了几盘录音带。闵惠芬很佩服李慕良，很喜欢京剧的唱腔。她说，她是把它当成音乐来欣赏的。

马主任感谢闵教授对他女儿的精心栽培。一向不发言的闵教授说："一定要重视艺术教育。这是素质教育的一个重要组成部分。艺术可以教化人，是开启心灵的钥匙。赞科夫说：'艺术不仅作用于学生的学习，而且影响到他们的情感，因此，艺术有助于培养信念。'关于音乐，高尔基有一句名言：'音乐是人体的灵魂，人生爆发的火花。'尼采说：'没有音乐，生命是一个错误。'许多人在学习音乐时学会了爱。它的育人功能是十分明显的。"因为闵教授是从事教育工作的，所以强调的是音乐的教育功能。

我简单地介绍了我怎样抓音乐教育的情况，闵教授和闵惠芬非常赞赏。

闵惠芬说："江泽民主席很喜欢音乐。他会弹钢琴，拉小提琴，也喜欢京剧。朱镕基更是京剧迷。他在上海工作的时候，每年春节都请她和京剧院的一些艺术家到他家里做客，又拉又唱。朱镕基拉得一手好京胡。他坐拥书城，四壁是书。可是其他陈设很简单，沙发的扶手都露海绵了。"

我们越谈越兴奋。马主任一看手表，十一点半了，于是我们连忙起身告辞。

五

第二天——12月1日中午，我们一起用餐。饭前，我们又进行了较长时间的交谈。闵惠芬讲述了70年代的一件事。

一天晚上，她在街上散步，忽然从一户人家里传来二胡的声音。她走近听了一会儿，觉得拉得还不错，便敲门走了进去。拉二胡的是一位十几岁的学生。她为他指点了一下，并鼓励说："你很有希望。"这位学生连声说："谢谢。"几年之后，她在一次演出结束的时候，一个青年人跑到后台，拉着她的手说："您还认识我吗？我就是您几年前，到我家里指导过的那个学生啊！我一直记住了您的话，按照您说的刻苦地练。可是，那时候没认出您就是闵老师！"

闵老师请他演奏一曲。果然进步不小。经她推荐，这人进了上海民族乐团。

马主任说："他是有福气，遇到了您这位名师！"

闵惠芬说："这也是一种缘分吧。没想到几句指点、几句鼓励话会有那么大的作用。"

我说："荀悦云：'不闻大论，则智不宏；不听玉言，则心不固。'您是大家，一言九鼎。不错，人需要鼓励，需要指点。但是，必须会指点，指到'点'子上去才行啊。马主任说了，遇到您，是这个青年的造化。"

闵惠芬微微一笑，郑重地说："一个人需要指点，更需要鼓励。"她把脸儿转向我，"于老师，如果把学生比作发动机，那么老师的鼓励便是燃料。这个比喻您同意不同意？"

我说："这个比喻十分确切。"

她说："我当过学生。老师每次鼓励我，我便有一股子劲，好像发动机加了油似的。我有深切的体会。"

下午，闵惠芬父女要到一所中学去，我要乘车返徐。分手时，我们互道珍重。我说："闵教授虽然年已七旬，但精神矍铄；闵老师您呢，容光焕发，更不像五十岁的人。"——那年闵老师五十岁整。

闵惠芬哈哈笑道："那是您的眼睛欺骗了您，我是癌症患者。"

我一怔。

"皮肤癌，已经几年了。"

"是音乐帮您战胜了疾病。"

"更重要的是性格、意志。你病你的，我乐我的。"说完，她又朗声笑了起来。

什么烦恼、什么病魔敢不在这笑声中退却？

我目送着她父女二人沿着花园前的街道远去。她一手提着装二胡的盒子，一手搀扶着父亲，身体笔直，步履稳健。

我在心里说："人不能没有骨骼，否则不能直立行走；人更不能没有精神，否则便会在困难和挫折面前趴下。"

六

我和闵惠芬老师在丹阳仅相处了两天，但受益匪浅。她说的话我曾经告诉过许多人。听了的人都感慨万端，有人说："闵惠芬的话以及你和她的这段交往应该记下来。"

"该?"

"该!"

于是我拿起笔，写下了以上的文字。

"无为而治"的高林生

如果说，老子的"无为而治"不仅仅是指治理国家主要以道德力量来感化人民，而不是以繁刑重罚使人民归服，还指一个人的成长不要过于约束，而要因势利导，让人自由发挥聪明才智，那么，用这句话——"无为而治"——来概括高林生是很恰切的。

一

在学校，他上课偷看课外书。

老师说，他正事不干，心不在焉，竖子不可……

他几乎没有认真听过一节课。连他自己都承认，上课能专心听上十几分钟就是好的了。干什么呢？偷看课外书。有时是公开看——不把书放在位洞里，而是公然放在课桌上。一次，上物理课，教物理的老师发现他在看课外书，便故意提了一个问题让他回答。高林生站起来一笑，问老师让他说什么。同学大笑，老师也笑，高林生再笑。就这样。看的什么书？当然是"闲书"——《儒林外史》《三侠五义》之类。即使上他喜欢的历史、语文课，也常常偷看他的课外书。为什么？因为——他说——这些课本一发下来就看了个遍，有的课文小时候就会背了，如《过秦论》《曹刿论战》等。

课余，高林生喜欢说山东快书和快板书。哪里有高林生，哪里就有月牙板声或竹板声。竹板声响遍了徐州师范学校的角角落落。如今，过了花甲之年的他，长篇快板书《劫刑车》《奇袭白虎团》，山东快书《武松打虎》还能倒背如流，说得活灵活现，气概非凡。

他喜欢体育，能跑善跳会游（游泳），还能当裁判。什么田赛径赛、射击比赛、球类比赛，他都能说出个子丑寅卯来，常常把国家一级裁判说得一愣一愣的。

他有一副好嗓子，胸腔共鸣特别好，他的胸腔空间绝不亚于世界著名歌唱家帕瓦罗蒂。在学校合唱队里是数得着的男高音。最使他出人头地的是他在话剧《年轻一代》中成功地塑造了一个踢足球的小男孩——李荣生的形象。

有一段时间，他还爱上了小提琴，大树下，花丛旁，人模人样地拉，竟也吸引了不少人的目光——用现在的话说是"眼球"。但拉的时间不长。不知是什么原因没学下去。据说是没钱买琴，在 20 世纪 60 年代初，小提琴是绝对的奢侈品。

提到学习成绩（应该说是考试成绩），许多老师都摇头："正事不干，心不在焉，竖子不可……"下面的话没说下去。说真话，他没有一门考好的，但也没有不及格的。老师也说，凭他的脑袋能考不及格？他作文写得好，而且小有名气。

作文虽然小有名气，而且还获过奖，但它并没有改变高林生"上课偷看课外书"、"正事不干，心不在焉"的形象。

二

工作了，校长说，他是个人才；老师们说，他不务正业……

师范学校毕业，高林生差一点失业——没人要。这使我想起了爱因斯坦。徐州市淮海路小学麻德普校长独具慧眼，认为高林生是个人才，将他收下。果然，高林生的语文教得很出色。麻校长说："能说会道，喜欢读书作文，语文哪有教不成的道理？"可惜，只教了一年多，便天下大乱——

"文革"开始了。20世纪70年代初，学校复课，高林生因家庭出身"高"（其父为徐州市第一中学高中语文教师，被错划成"反动学术权威"），怕他上课"放毒"，没让他参加。后来因学校年年在区运动会上得零分，领导让他改教体育，并负责训练学校田径队。没想到歪打正着，他因训练有方，在市运动会上连获佳绩而出了名。不久，区体委选派他去西安体院进修。回来后，在市业余体校担任田径教练，又被工程兵部队聘去当中长跑教练。不知他真的是训练有方，还是遇到了一个体育天才，他所带的中长跑组，一名战士在全军运动会上竟然夺得了马拉松冠军！粉碎"四人帮"后，一切恢复正常，他又回到学校重操旧业——教语文。1978年，他带的一个毕业班，44名学生，有41人考上了徐州市重点中学——一中。不能说这不是个奇迹。教学工作虽然繁忙，但他仍然忙中偷闲——经常和著名笑星韩兰成搭档演出，说相声、说快板书。不知是走了谁的门子，他还闹了个"中国曲艺家协会会员证"，成了曲艺家。1969年夏，他参加徐州市横渡云龙湖比赛，获得了第一名。"横渡云龙湖"是什么概念？从东岸游到西岸，几千米！尽管教学成绩很突出，但仍旧没改变老师们对他的"不务正业"的看法。

不久，他调到了徐州市鼓楼区教师进修学校教大学语文。他讲古文从不看书，边背边讲。他旁征博引，一会一个颜师古说，一会一个什么人什么人说，学员们听得眼都直了。几乎与他同龄的学员们既惊讶，又敬佩。敬佩他的记忆力，敬佩他的口才和学识。

几年之后，高林生被调到鼓楼区教研室，任语文教研员。因为他既有实践经验，又有一定的理论水平和文学修养，工作很出色。但教研室主任不太赏识他，说他"一心二用"。一次，他请假到外地看心脏病（38岁时，他曾患过心肌梗死，差一点拐回去），说某某地方有一名治心脏病的专家，想去看一看。主任自然满口答应。年轻轻的，得了这种病，大家都为他担心。没想到，一去20多天不回来。后来听说，他是和韩兰成"走穴"去了。

主任叹了口气，说："一心二用，不务正业。"

麻校长说："人生多彩，才有多彩的人生，应予以理解。林生是个人才，不可小觑呀！"

麻校长真是惜才爱才。麻校长说得对，恰恰是"上课偷看课外书"和所谓的"不务正业"造就了高林生，是"人生多彩"造就了"多彩"的高林生。写到这里，我记起了胡适说的一句话："那些上课偷看课外书的人，往往有出息。"我又记起了一位哲人说的话："能根据兴趣学习的人是天才。"从这个意义上说，是兴趣和爱好造就了高林生，是"无为"造就了高林生。他不是浅尝辄止（学小提琴除外），学必求通，做必求精。有些人看似爱好广泛，但朝三暮四，蜻蜓点水，终究一事无成。高林生坐拥书城，家中四壁皆书，因为书多，地方小，有些书只好委屈地蛰居床下。他一旦扎进书里，便忘乎所以。伸个懒腰想放松一下，忽见窗户已经发白的情况常有。但第二天上班，依然精神抖擞。书是养人的。从这个角度讲，是书培养了他的品格，是书使他学富五车，才高八斗。艺术呢？艺术则使他多了一份一般人少有的聪颖和灵性。谁都承认高林生是个聪明人，包括对他有偏见的人。

我常常想，林生的成长不也值得我们每一位老师思考吗？

三

当了局长，他多了一份责任感。

周德藩说，高林生是他的"知音"；高林生和他的上级与下级共同创造了鼓楼教育的辉煌……

高林生，48 岁时"阴差阳错"（高林生自己这样说）当了鼓楼区文教局副局长，分管教学工作。几十年的积淀，使高林生有了一分成熟，就像树，年轮多了便自然粗壮、深厚、稳重一样。当了局长，他多了一份责任感。一把手孙鸿英局长开明豁达，知人善任，对副手高林生信任、支持有加："放手干好你分管的工作，出了成绩是你的，出了问题是我的。"很难在局长室里找到他。他从不甘寂寞，要么在教研室，要么下学校。每学期听课都在100节以上。他很敬佩省教委副主任周德藩。1993年，他看到了"南通会议"上周主任的报告后，深受鼓舞，坚定了教改的信念，为鼓楼区的素质教育倾注了大量心血。以"五好"（写好字，读好书，唱好歌，做好操，扫好地）为"保底工程"的素质教育在全鼓楼区取得了显著的效果。应该说，在全省县、区级的教育局局长中，高林生是领会并创造性地贯彻"南通会议"精神的领军人物。来自全省乃至全国各地的参观者，对鼓楼区的素质教育，尤其是语文教学改革给予了极高的评价。周德藩主任多次到鼓楼区视察。在全省素质教育汇报会上，周主任说："高林生是我的知音啊！"一个领导者，当看到有人把他的思想物化为成果时，该是一种什么心情啊！内行的、有责任心的领导，是不喜欢"坐而论道"的下属的。

1995年，省教委请高林生到南京参加"江苏省语文教改成果汇报会"，介绍鼓楼区语文教改经验。大会本来给他安排了60分钟的报告时间，后来改为30分钟，再后来改为15分钟。15分钟讲什么？徐州地区的代表都为他捏了一把汗。浓缩的是精华！高林生13分钟的讲话，竟博得了11次掌声！

大家对高林生佩服得五体投地。

高林生嘿嘿一笑："我这几十年的相声是白说的？几十年的书是白念的？广大一线老师的汗水是白流的？我们当局长的是白吃干饭的？"

看他傲的！

不管怎么说，那一次会议高林生的确"火"了一把，他也该傲一傲。俗话说，该傲不傲也不对。

2000年6月1日，鼓楼区3000多名小学生的语文作业在省教委一楼大厅展出。同年，鼓楼区和铜山县一起被省教委定为"江苏省素质教育实验区"。

大道无痕，无为而治。

四

2001 年元旦刚过，高林生下台。

下台后不久，他到了南京，成了"苏教版小语教材常务编委"，后来，又当了培训部主任。

朱家珑说，此职非老高莫属……

高林生的一只脚刚跨进 21 世纪的门槛，便自动辞职下台了。他本来就是苏教版小学语文教材的编委之一，只是由于主编朱家珑实行"藏兵于民"的政策，才没有脱产常驻南京罢了。

下台了，就无须"藏"了。于是，朱家珑请他到南京，成了"常驻编委"。不久，又给他封了个教材培训主任的官儿，说："现在，我们苏教版小语教材已走向全国，培训教师的任务十分重要，主任一职非老高莫属。"众皆称是。从此，他穿梭于大江南北，奔波于长城内外，比"华威先生"还忙。飞机、火车、汽车成了他流动的家。他的老伴曹树芳无奈地直摇头。——有什么办法呢？

在这个位置上，他的才能得以充分的施展，口才得以充分的发挥。在这个位置上，他创造了人生的第二个辉煌，似乎这个位置才是他真正的人生坐标。

他的口才能把他的思想发挥到极致。比如说，他脑子里有"一"，经过他的口，能变成"二"。他甚至能把不同意他的观点的人，说得热血沸腾，为他鼓掌。天才！演说的天才！

2005 年元月 20 至 21 日，苏教版小语教材全国第八次培训会在陕西省西安市举行。21 日晚，来自全国各实验区的 1200 多位代表在陕西省政府宴会厅举行盛大联谊会。联谊会由高林生主持，他上串下联，自然流畅；才思敏捷，妙语连珠。中间或穿插一曲他的男高音"单唱"，或穿插一段山东快书，雅俗共赏，跌宕起伏。整个儿联谊会热气腾腾，欢声笑语，不绝于耳。在神圣的讲台上，他是一位儒雅而又富有激情的学者；在欢乐的舞台上，他是一位睿智而又才华横溢的主持人和演员。二者皆能行者，舍他其谁？

老师们把掌声送给了他，同时也把他传递的苏教版小语教材编写者的热情与友谊、理念与意图带回了家。

在南京，他仍不忘忙中偷闲，拜在著名思维科学家张光鉴先生门下，研究张教授的名著《相似论》，研究起深邃莫测的脑科学来了。一段时间下来，他居然能融会贯通，又居然能举一反三，触类旁通，和张教授一起写出了洋洋洒洒的《科学教育与相似论》！接着又写出了令人刮目的《小学语文教学新思维新策略》。2002年，他在"范进中举"的年龄，被评为江苏省特级教师，同年被南京师范大学聘为主讲教授。

如果说"特级教师"和"大学教授"是"大器"的一种标志，那么，高林生是"大器晚成"了。"您是大器，早成的往往不是大器。"我每每这样说，他便嘿嘿一笑："什么大器，一介书生而已！"

"人到无求品自高"，何况他本来就"无求"呢？他不是范进。高林生得"道"了。高林生，"无为而治"的高林生。

双　金

认识孙双金，是1989年他在成都获得全国阅读教学比赛一等奖的时候。他执教的是《白杨》。那"白杨"深深地扎根于每个听课老师心中，双金也由此名扬全国。那时他才二十几岁。他课上得好，人也儒雅、英俊，一身江南才子气。其实在这之前我就知道丹阳有个孙双金。镇江市教研室的王杰老师经常在我面前提及他，说他是个十分优秀的青年教师，只是未见面罢了。

后来，我们二人的交往逐渐多了起来。他多次请我到丹阳去作课，我也多次请他到徐州来交流。这么一来二去，我对他的了解就多了。

他荣获全国阅读教学比赛一等奖的殊荣是历史的必然。因为他具有这种实力。如果当时是靠的别人，就不会有今天的孙双金。不少获全国比赛大奖的人，后来销声匿迹。原因是什么？就是他只是个"演员"。课是许多人给"导"出来的。孙双金的课则主要是凭实力，自己"钻"出来的。

实力来自于刻苦，来自于孜孜以求。双金比其他优秀青年更刻苦。就拿学普通话来说吧，对于生在丹阳、长在丹阳的双金来说，难度之大就可想而知了。丹阳话，就连近在咫尺的镇江人都听不懂。丹阳人说软软的吴语舌头很是灵活，可一说普通话，就拐不过弯来了。但是孙双金能说一口很地道的普通话，再加上他天生的具有磁性的嗓音，听他说话、朗读课文，真是一种享受。他说的真比唱的好听——如果去掉这句话中的贬义的话。冰冻三尺，非一日之寒。他学普通话真是下了苦功的。双金说，他有两位尽职尽责的好老师，一位姓收，叫收音机；一位姓录，叫录音机。录老师读一句，他跟着读一句。录老师不厌其烦，孙双金不厌其听，一遍又一遍，直到自己觉得说得像录老师了为止。有人说，孙双金有学语言的天赋。孙双金说，没有，他靠的是刻苦、用心。

孙双金捧了一等奖回来，工作更加勤奋，学习更加刻苦，不久，又获得了江苏省"优秀教育工作者"的称号。

在他很年轻的时候，真的获得了令人羡慕的双"金"——一枚叫"全国阅读教学比赛一等奖"，一枚叫"江苏省优秀教育工作者"。

功夫不负有心人，有志者事竟成。在双金过了而立之年不久，他又获得了双"金"——一枚叫"江苏省特级教师"，一枚叫"江苏省十大杰出青年"。再后来，接踵而至的就不只是"双金"，而是"多金"了：全国师德先进个人、全国十大明星校长、南京市中青年专家、南京市拔尖人才、南京市基础教育专家……2012年他成为江苏省第一批"教授级"小学教师。在我和广大一线老师眼里，他是教育家。我在很多场合和文章中一口一个"教育家"地称呼他，没有一个人持疑义的。正所谓"金杯银杯不如群众的口碑"。

最有造诣的还是他的语文教学。孙双金是一个思想者。他的思维常常很独特，或者说他有独特的思维触角。他的教学思想以及对教材的处理方法往往很独到，很新颖。印象特别深的是几年前他执教的一组送别诗。他把李白的《黄鹤楼送孟浩然之广陵》《赠汪伦》，王维的《送元二使安西》，高适的《别董大》组合在一起进行教学。同样是送别友人，同样是抒发依依惜别之情，但表达的方式不一样。有的是以"目"相送——"孤帆远影碧空尽，唯见长江天际流"；有的是以"歌"相送——"李白乘舟将欲行，忽闻岸上踏歌声"；有的是以"酒"相送——"劝君更尽一杯酒，西出阳关无故人"；有的则是以"话"相送——"莫愁前路无知己，天下谁人不识君！"

这种组合的本身不就是一种创造吗？没有独特的思维触角，怎么会有这种独特的发现呢？

孙双金前不久打出了"情智语文"的旗帜。这是他多年来从事小学语文教学的深切感悟和独特体验。虽然"情智"不是语文的全部。何谓"情智"？这一组送别诗的教学不就为它做了最好的注释吗？

语文本身是有情的。一篇篇课文都是作者感情的产物——"情动"而"辞发"嘛！语文老师也是有情的，否则怎能"披文入情"？"披文入情"，就是在阅读的时候，语文老师之情和课文之情产生共鸣。一个语文老师一定要有丰富的情感。孙双金因为是个有情有义之人，所以他才会有如此巧妙的组合，有如此独到的解读！一篇篇课文蕴涵着人类的丰富智慧，再加上智慧的孙双金把文本中的智慧挖掘得那么充分，在教学中发挥得那么淋漓尽致，经常使学生的眼睛为之一亮，不断产生顿悟，这种教学从形式到内容不是充满了智慧吗？

更可贵的是孙双金在引领学生入情的过程中，认真去感受语言和文章的表达形式。在他的语文课上，不但给学生留下了形象，留下了情感，留下了灵性和悟性，而且留下了语言。这是理想的语文教学。因为语言文字本身也是一种智慧。谁拥有了语言，谁就拥有了智慧。

前不久，又听了他的"走进李白"、"怀乡组诗"，真是一个比一个精彩！

于是我又悟到了另一种智慧——爱。爱是第一智慧啊！（可惜记不得这话是哪位名人说的了）说得真好哇！

2013年第10期《小学语文教师》的首卷发了我的《感动于双金的"舍"》。不少朋友发信息给我，对孙双金的敢于自我否定、与时俱进的精神大加褒扬。双金说到一定时机就不再提"情智语文"，而提《十二岁以前的语文》，这让我惊叹不已！如果说"情智语文"的高度好比紫金山，那么《十二岁之前的语文》的高度则"峨峨兮若泰山"！

一个真正的教育家既是思想者，又是实践者。古今中外都是的。孔子、苏格拉底是的，陶行知、马卡连柯是的，叶圣陶、苏霍姆林斯基也是的。孙双金的可贵就在于他始终没离开教学第一线。相信他沿着这条路走下去，收获的将是更多的"双金"。许许多多"双金"最终将铸成"一金"，那就是教育家！

说说薛法根

早就想说说薛法根了，可又不知从何说起。说他的语文教学吧，他又是一位出色的校长；说他的管理吧，他又是一位出色的教科研工作者；说他的科研成果吧，他又是一位出色的青年老师的导师……

薛法根笑笑："那就随便说说。"

我茅塞顿开，选择了"随便说说"。

一

这是刚刚发生的事。

2009 年 9 月 1 日，我专程送我的徒弟郑勇到舜湖小学"挂职"学习，当然是来学习薛法根的。因为是开学的第一天，有三位镇领导专程到舜湖小学看望广大师生。宾主一落座，薛法根便笑问："教师节马上到了，过节费发多少？"还没等领导开口，他又跟了一句："这个问题领导肯定考虑过了，其实是不需要问的。"

我暗想：怪不得薛法根极力主张语文教学要走向生活，走向实践，走向智慧呢！他今天的"言语实践"，不就是为他为什么提出这样的主张做了最形象、最现实的注释吗？他话虽不多，却明确而艺术！"发多少"，只能回答发的数量，而不能回答"发"或"不发"，因为薛法根没问"发不发"；接下去的一句："这个问题领导肯定考虑过了……"既有戴高帽的成分，又含"逼使"之意——既让领导们高兴（哪怕笑意是硬挤出来的），又让领导没有一点退路！他的话没有华丽的辞藻，却深刻、有味儿！这是不是就是他说的"言语智慧"？

待领导们走后，我对他说："你这个家伙，怎么一开口就向领导要钱呀？"

他笑了："见了政府领导说什么呀？谈教育、教改，他们没时间听，也未必想听。政府主要保证办学经费到位，福利到位，让老师工作得舒心、安心；这样，我这个校长也好做嘛。再说，万一有老师问我这个问题，我心中也好有数呀！"说完，他狡黠地眨了眨眼，补充说："什么都得主动，被动什么都不会有！"

类似的事情我还碰到过一次。有一次，他邀我到学校上课。一见面，他便兴高采烈地说："于老师，我今天下午到镇政府要过节费了。我对镇长只说了两句话：第一句，'年终镇政府每人发多少奖金？'第二句，'教师，可是明文规定的相当于公务员的呀！'你猜怎么着？每人这个数——"说着，他对我耳语一番。

法根的逻辑学算是学到家了。

法根，作为一校之长，他始终没忘记"经济基础"这个"根"呀。

二

和法根一见面，没有别的话题，除了教育还是教育。不过，在谈到他自己的时候，很少谈"过五关斩六将"，谈得最多的是"败走麦城"。

19 年前，他执教的他认为是"最失败"的《三个织女》作文课，至今耿耿于怀；十几年前执教的《十六年前的回忆》，因课前让学生先写好了"学习感言"，而遭到他的师父庄杏珍老师痛批的那一幕，至今令他羞愧；前几年执教的《"你必须把这条鱼放掉！"》，因引导不当，不少学生竟认为"不放也可以"，至今使他懊悔！"唉，我为什么问'如果你是那个小孩你会怎么做'这个问题呀！价值取向的问题是容不得讨论也用不着商量的。告诉，有时也是必需的！简单的也许就是最有效的。"每每谈起这节课，他总是这么说。

2009年9月1日那天，他非要我为语文老师上一课不可！"送上门来了，哪能放你走哇！"他嬉皮笑脸地说，"这是送给老师们的最好的开学礼物呀！"

他认真地听我上课和说课。高高的身躯坐在矮小的板凳上，脖子伸着，身体弓着。我一下台，他便上台："老师们，我们从于老师身上固然学到了很多，但我从学生的表现上也发现了许多！希望老师们思考这样一个问题：从学生的表现上，可以看出我们教学的薄弱环节在哪里？从于老师的教学中，我们找到了哪些解决办法？学生今天的某些表现令我不安。让我们一起思考这些问题形成的原因和解决它们的对策。"

回到接待室，我说："你总是那么善于发现自己的不足，而且敢于鲜血淋漓地解剖它。"

他说："问题和缺憾给我的，远比成功和顺利给我的多。好了疮疤不能忘了疼。成功的经验固然要总结，但问题更需要去反思、去解决，这样才能前进。"

他坦诚得像一池清水。

诚，是做人的"根"呀。

三

最近读了张华教授写的《教学即倾听》。文中说："大多数美国教授是'书籍制造者'，像加工'炸薯条'一样出版书籍。而达克沃斯的文章不多，但每一篇都清丽可亲，血肉丰满，是她自己的教学实践的自然生长。"（达克沃斯是美国哈佛大学教育研究生院的教授）

这使我想起了薛法根。薛法根很像达克沃斯教授。我看到了法根写的一些教育随笔，可以毫不夸张地说，每一篇也都"清丽可亲，血肉丰满"，每一篇也都是他"教学实践的自然生长"！《不能省略的等待》《告诉，有时是必需的》《生活中的细节》《责任》《一生只为你美丽》等等，读了之后都令我十分感动，感动之余，明白了许多道理。与达克沃斯不同的是，薛法根写的文章很多。

请看他在《责任在我》一文中的一段话：

> 上《珍珠鸟》一课时，我请同学朗读课文第四自然段。我环视四周，发现坐在左边的一位男生似乎心不在焉，便指名让他起来读。结果，这位男生读得磕磕巴巴，声音也极轻。读罢，我先问他："你觉得自己读得怎么样？"他马上低下头，不好意思地说："不太好！"我拍拍他的肩，对他说："你读得还不错！不过，老师提出两点意见：一是有几处不够流利，有点夹生；二是声音太轻，胆子比珍珠鸟还小。"学生红着脸坐了下去。

> 课后，我仔细想想，感觉这样处理并不妥当。看似对这位学生很宽容，很关心，其实，我觉得自己有点虚伪：明明知道他读得不流利，却还要问他读得怎么样，存心要他难看不是？还假惺惺地说他读得不错，却又实实在在地提了两大缺点。一个真正关爱学生的教师，面对这样的情景，他可能会这样说："很抱歉，在你没有准备充分的情况下，就让你站起来朗读，真难为你了。但谢谢你对我的尊重（学生没有举手，但仍然听从老师的话，站起来朗读了课文）。可能你对我不太熟悉，又有这么多老师来听课，有点紧张，没有发挥你的朗读水平，责任在我！"如果这样处理，学生会有怎样的感想？学生心灵又会受到怎样的震撼？

这就是薛法根！坦荡荡的具有君子之风的薛法根！勇于剖析自己的薛法根！善于从失误中寻找智慧的薛法根！

"这样的随笔大约写了多少？"我问。

他笑笑："印出来的话，也有一米厚了。"

"等身了！怎么没见发表啊？"

"都是自己粗浅的思考。我写东西是一种习惯——一种思考的习惯。写，是为了使思考深入一些，也是为了记住一些经验和教训，尤其是教训。不写，有些失误可能就马虎过去了。思考了，可能就变成智慧。"

如果说，学院派理论家的文章是"加工"出来的，那么，薛法根的文章则是"做"出来的，是他的"教学实践的自然生长"。

于是，我由"法根"，想到了"草根"。

四

一所大学校的一把手，有一万个不兼课的理由，但法根校长没有一个，而且教的是毕业班的语文！他是教语文的高手，这不必说，但他又是一位善于管理班级、善于转化差生的高手！这一点我没想到。

听听薛法根是怎么说的吧："怎样向课堂要质量？如果说老师的水平和教学质量成正比，那么我教，一定成绩不差吧？果真如此吗？这且不说，每个学生光语文作业就有六种，而且是'法定'的——与教材同时下发的，能做得了吗？怎么处理？这些现实问题我必须亲自去探索、去实践。"

上面我引用的，只是他的《选择语文》一文中的几句话而已。该文把校长兼课的理由说得非常透彻，而且感人！论文能让人感动，少见啊！

于是，他上课了，而且没缺一节课！因故耽误了，必补；于是，他的办公桌被学生的作业占据了；于是，他研究学困生，走进了他们的内心，并成功地转化了他们；于是，他和老师有了更多的共同语言，与老师亲密无间地同行……

请看他在《给孩子一张自由行走的名片》一文中是如何转化"小靓"的：

我一篇一篇仔细地阅读第一节课学生的自我介绍。其中有一篇只写了6行，错字别字连篇，标点符号也是有一个没一个。但当我读完最后一段话时，深深地被感动了："薛老师，我的语文成绩一直不及格。我老是读了就忘了，记不住的。其实我很想考好点。我的名字叫'×小靓'，里面有个'靓'字。我想让我的成绩也能'靓'起来。"

多好的孩子啊！在屡遭失败的折磨下，仍然还有一颗积极向上的心。"让我的成绩也能'靓'起来"，多么富有诗意的话语！一个对学习怀有希望的孩子，无论他的基础有多差，都能学好！就这样，我认识了这个叫"小靓"的孩子。

我一直在想，如何保持这个孩子对学习的热情与希望呢？第一次单元练习，我让年级组长在出卷时改变一下方式：一张百分卷就考课文中的基础知识，另一张一百分的加分卷考有难度的阅读题。这样就能让年级里基础薄弱的学生也能及格。做卷时，我让她坐在班级最后一个位子。结果，小靓的第一张练习卷得了 76 分！同学们惊叹不已。其实，是我让她拿着语文书抄及格的！这个秘密只有我和她知道。然而，在同学与老师们的惊异中，小靓悄悄地发生了变化。课堂上，再也不把头埋在书本里，能看着老师和同学上课了，偶尔，还能和同学们一起举个手。一切，都在悄悄地变化着……

小靓的语文基础实在很差，差到《我爱你，中国》这样朗朗上口的诗歌，跟着全班同学读了两堂课，居然还读不下来。如果这个时候用全班统一的要求来要求她，就会让她重新陷入失败的深渊。为此，我必须有足够的耐心。每天放学后，我把她留在身边，我读一句她跟一句，遇到她不认识的字词，我便教她注上拼音，读顺口了再练读句子。就这样，一篇课文，教了足足三天，她终于能逐字逐句地读下来了，尽管声音轻得只有我能听得见。而此时，全班同学都已经背熟了，第二篇课文也已经学了大半。我想，再有两天，说不定她也能背下来。于是，我决定每天教她背一段。

的确，小靓的记性不太好，刚刚背好的句子，过一会儿又忘了。我改用重点词语背诵法，先记几个重点词语，然后让她根据这几个词语想句子。这个办法果然有效，她看着几个词语就背下来了。我又逐个抽去词语，她练了好几遍，终于把一段话背下来了。一看时间，足足花了两个小时。她母亲就这么一直站在边上，看着自己的女儿完成了背诵任务。那一天，母女俩在蒙蒙的暮色中高高兴兴地回家，小靓边走边回头不停地向我挥手。我知道，对语文的信心，已然在孩子的心里获得了新生，开始萌芽了。之后，我几乎每天都把小靓留在身边，一点一点教她……

　　第一学期的期终考试，小靓考了 72 分；小学毕业考试，小靓考了 65 分。尽管还是全班最后一名，但她很值得骄傲，因为，她及格了，成为合格的小学毕业生了！

这样的案例很多很多。

从薛法根那里，从他所领导的舜湖学校，我看到了教育的希望。

由此，我想起了教育家苏霍姆林斯基。我多么盼望我们的校长都能成为苏氏式的校长啊！兼课才能取得领导的发言权，才能和老师打成一片，才能和老师有共同语言，才能"做"出好文章来啊！

我再次由"法根"想到了"草根"。

是啊，"草根"，才是鲜活的、生动的；"草根"，才是具有强大生命力的；"草根"，才是最有说服力的；"草根"，才是广大教师所欢迎的！我终于明白了舜湖小学沈亦红老师说的"他（指薛法根）走到哪里，哪里的人都喜欢他"的原因了。我感到特别欣慰的是，中国终于有了苏霍姆林斯基式的教育家——薛法根！

拉拉杂杂说了这么多，竟然没离开一个"根"字。

其实，围绕"根"，我以及了解他的人，还可以说很多很多。

琴之韵——陈琴小记

一

"鸢飞～～戾天～～，鱼跃于渊～～。岂弟君子，遐不作人～～……"

一位远道而来的老师，从富阳市永兴学校二（1）班教室门口路过，里面传出低回婉转、悠扬清丽的歌唱般的声音，以为是音乐老师在教唱歌。陪同他参观的老师告诉他，这是陈琴老师在教学生吟诵古诗。客人不禁驻足聆听，不觉陶然其中。

这位陈琴，就是闻名遐迩的"素读"的倡导者。

陈者，久也。她的琴里储存着祖国几千年的文化典籍；她的琴弦弹拨出的每个音符，都散发出浓郁而醉人的文气。

琴音悠长，其韵无穷。

二

陈琴的启蒙老师是外婆。十岁以前，外婆教她背诵了大量的国学经典。外婆的启蒙谈话，她至今记忆犹新："读了《易经》走天下，读了《增广》会说话。"外婆教她背的第一篇文章是《太史公自序》。随后便是《滕王阁序》《兰亭集序》等古代名篇，接下来是《唐诗三百首》《楚辞》《诗经》《增广贤文》《声律启蒙》《弟子规》《三字经》《千字文》以及《易经》中的部分文字，等等。

1990 年，她大学毕业，才发现，读了这么多年的书，还不及外婆教的三分之一；才发现，现在的大学生没文化！

毛毛（邓榕），在《我的父亲邓小平》第十章《父亲的少年时代》中这样写道："私塾发蒙，可想而知，读的不外乎是'三字经'、'百家姓'之类的东西。上了初小，也只读一些'四书'、'五经'之类的书。当时的教学方法主要是背诵。当然光背诵而不解其意固然不是正确的教学方法，但小的时候背诵的东西往往可以记一辈子，而且背得多了，对一个人的文化功底甚至可以起到相当大的影响。现在的教学强调以理解为主，不要'填鸭式'。但我认为，第一，古文读得少，第二背诵太少，所以许多孩子虽然读完中学、甚至大学，却仍然'文化很低'。"

问题，邓榕看到了，陈琴老师看到了，许多目光敏锐的老师也看到了。

陈琴的可贵之处，就在于她不但看到了，而且作为一个老师，她身体力行去改了。更难能可贵的是，她用她的勇气、远见、智慧、学识和责任感、使命感"改"出精彩来了，培养出一批精彩的中国孩子来了！

中国不改革开放没有出路；同样，中国的语文教育不改革也没有出路。

三

陈琴的语文教育理念就是两个字："素读"。何谓"素读"？咱们不妨把话稍微说得远一点。

陈琴刚参加工作时，教了一个叫"娥碧"的日本小姑娘。一天，见到了娥碧的父亲，让陈琴震惊并感动的是，这位日本友人居然会背《离骚》！（感动之余，陈琴用了几天时间把《离骚》背下来了！）友人对陈琴说，日本有两位学者，一位叫七田真，一位叫加藤荣一，他们说，中国古代的教育就是"素读"——背诵，把经典的东西背下来，形成"肌肉记忆"。什么是"肌肉记忆"？友人说，好比小时候学会了弹钢琴，即使多年不弹，手指一旦触到了琴键，也会弹出当年的旋律。这位友人说的和我们古人讲的"幼学如漆"是一个理儿。

这次谈话触动并唤醒了陈琴，她决定向古人学习，向外婆学习，让学生"素读"——把经典的诗文背下来，形成"肌肉记忆"，让我们的学生成为"文化人"。于是她自编了一套国学经典教材，引导学生读、背。

我百分之百地赞成"素读"！对于小孩子来说，最重要的就是积累。古人是"先背诵后开讲"，陈琴是先粗知大意再背诵。"囫囵吞枣"，食而不知其味，是有些难为小孩子。我十分欣赏"粗知"二字。有些东西学生"甚解"不了，也无"甚解"的必要。当今，有人把白话文也拿来条分缕析，掘地三尺，寻找微言大义，就更无必要了。

现在很多学生不喜欢上语文课（不是不喜欢语文），中学生尤甚。为什么？就是因为老师正确的废话讲得太多，无关痒痛的问题提得太多，毫无用途的练习题做得太多。更可悲的是，学生背后抱怨老师、骂老师，而我们老师却浑然不觉。在陈琴的课堂上，学生只有读书和写字。学生没有不喜欢上她的课的。

2011 年 12 月，我到富阳市永兴学校听了她的课，那时，她刚接了一个一年级的班。小朋友在背《诗经》中的诗，背得神采飞扬。陈琴告诉我，她的学生入学四个月，已经会背《弟子规》《三字经》《百家姓》。

"语文课本还学不学？"

"期末考试前的一个月，我让学生读一读，把要求写的字写一写。现在要我的学生去读'人口手足'、'山石土木'、《乌鸦喝水》，那不等同于喝白开水？"

我说："'曾经沧海难为水，除却巫山不是云'，的确如此。"

第二学期——一年级下学期，我又来到了她的班。她的学生已经能背120 多篇古诗文了。课堂上，小朋友背诵《木兰辞》的表情，让每位听课的老师激动不已！陈琴对我说："一年下来，学生人均识字 2000 多，能独立阅读《民俗绘本系列》《成语绘本系列》以及自己买的儿童读物了。"

是的，读完"三、百、千"，就能认近 2000 个字了。认两千多字，基本上能阅读了。

读完二年级，她的学生已经把《老子》《庄子》《大学》《中庸》等经典烂熟于心了。

早在 1990 年，陆定一曾经这样质疑过："我查了一本《唐人说荟》（唐人小说汇编），一千多年前，唐代有不少孩子'六岁能文'。六岁能文，我们一个也没有。难道中华民族的智力退化了?"

他还质疑："为什么老的识字课本，一开头就讲大道理，比如《三字经》就讲'人之初，性本善'。而新教科书却是'大狗叫，小狗跳，叫一叫，跳一跳'?"（见 1990 年 8 月 6 日《人民日报》）

是呀，李白"六岁诵六甲，十岁观百书"，我们今天的孩子为什么不能呀?

四

陆定一如果活到现在，见到了陈琴的语文课程，一定欣喜无比。她在永兴教的学生，今年已经读三年级了。下面是她三年级的素读课程内容安排：

《论语》《孟子》《笠翁对韵》；

《古文观止》《战国策》《史记》中的散文 20 篇；

《诗经》及唐宋诗词 60 首；

国内外当代诗文 10 篇。

此外，还要引导学生读经典儿童文学名著 30 本。

如果陆定一还健在，看到陈琴的学生的表现，不但会感到欣慰，而且会激动。

故事一：

一天，她读一年级的学生昱乘见爸爸下班回家郁郁寡欢，上前问道："爸爸，什么事不开心呀?"爸爸叹了口气，说："在公司里遇到点麻烦事。"昱乘说："'天下事有难易乎? 为之，则难者易矣；不为，则易者难矣。'爸爸，你'为之'没有呀? 去'为之'呀!"爸爸喜不自胜，脸上的阴霾顿时一扫而光。原来，陈老师刚教完小古文《蜀鄙二僧》，学生引用的话正是该文中的话。

故事二：

学完《老子》，有一天，七岁的源源一进家门就说："妈妈，我告诉您，《老子》幸亏只有81章，要是再多几章，我可就一无是处了！"

妈妈惊讶："为什么呀？"

"我告诉您，老子可真的是有智慧，他几乎把我所有的缺点都说到了。您知道吗？以前李岚熙用棍子敲我，我就会用更粗的棍子去打他，老子说：'兵者不祥之器，非君子之器！'以前班上有人欺负我，我就会想办法以更强硬的态度对付他们，老子说：'柔弱胜刚强！'我以前洗脚经常只洗右脚，不洗左脚，老子说'君子居则贵左，用兵者贵右'我昨天悄悄地把左脚洗了好几遍。现在终于把老子的81章学完了，如果还有几章的话，那我的缺点不是还会更多吗？"

陆定一如果看到陈琴的学生写的诗文，定会高兴地说："中华民族的智慧没有退化呀！"

这是陈琴的学生徐子琪给饮酒过量、深夜归来的父亲写的一首词：

如梦令

常记天河北路，

爸爸饮酒过度，

醉眼闯红灯，

却被警察捉住。

呕吐，呕吐，

引来野狗无数。

爸爸读后，从此再也不无度饮酒了。看，一个有文化的小学生，写出来的文字多有力量！书能改变人，学生写的文字也能改变人。

下面再看看刚上三年级的陈种民写的一则日记。

玩滑板（2013 年 9 月 23 日）

吃过晚饭，回家经过秦望广场，老爸忽然说："儿子，今天在秦望广场玩一会儿滑板，好不好？"我为爸爸的举动感到很惊讶！

广场上很热闹，有跳舞的、有卖玩具的、有玩沙子的、有溜冰的、还有玩滑板的……

一开始，我要爸爸扶着，后来爸爸说："如果老鹰舍不得把小鹰推下悬崖的话，小鹰永远也学不会飞翔，你也是如此。"于是我就开始自己慢慢地琢磨玩滑板了，一开始我只能滑一米左右，然后慢慢地增加到三四米，再是十来米，最长一次竟然滑到了四五十米，妈妈远远地看见了，惊讶地说："会滑了嘛！"我一得意，竟然从滑板上跌了下来。

大约滑了一个小时，我已经玩得筋疲力尽、满头大汗了，爸爸说："差不多了，今天就到此为止吧。"于是我就收拾好滑板回家了。

这是原汁原味的日记，老师没改一个字。陈琴的学生到了三年级才写作文（包括写诗）。她没有任何作文指导，学生想写什么就写什么，写好了，就发到她的博客上，她浏览一下，加以评点就行了。学生书读多了，语言有了，语感有了，一旦有了对生活的感受（读书也是生活的积累），会写出好文章来的。陈琴的素读实践，让我对此观点更深信不疑。

五

陈琴的教法也很独特，叫"吟诵"，或者叫"吟唱"。她教学生背诗文的调子很好听，是正儿八经的"老古董"。"老古董"在她的课堂上焕发了青春。她的吟诵，其实就是一种信天游式的自由歌唱，就像京剧唱腔里的"散板"。这是她的学生之所以背得快的一个重要的或者说根本的原因。正如一首歌词，唱，则易记。京剧《野猪林》中的"大雪飘"，有几十句，我能唱下来，让我背，就难；背不下来，就去哼，一哼，就想起来了。当然，好的朗读也有助于记忆，因为声情并茂的朗读也是有语调的，像优美的音乐。所以人们称优秀的朗读为"美读"。

还是那句家喻户晓的老话：不管黑猫白猫，能逮住老鼠就是好猫！

六

陈琴的大脑里装着祖国几千年的国学经典，她的琴里发出的音符能不文气冲天吗？

一个文气冲天的老师，教出来的学生能不牛吗？

一个有课程意识的老师，他的学生吸收的营养能不丰富吗？能没有可持续发展的后劲吗？

一个会吟诵（会美读）的老师，他的学生的情感能不丰富吗？能不有灵性吗？脸上能没有阳光吗？

琴之韵，韵无穷。

七

教语文真的很简单，就是像陈老师这样，引导学生多读多背多写。条分缕析式的语文教学真的没有必要，真的没有用，真的对学生是一种折磨。过度"装修"的语文公开课，给语文教学带来的负面影响真的太大了。

建议老师们好好研究南方的陈琴，北方的韩兴娥，以及当今语文教坛上的朱文君、戴建荣、李虹霞、薛瑞萍、张芬英等人的语文教学主张和实践。

还建议大家关注教育家孙双金的《十二岁以前的语文》。

我以为，他们代表了当前语文教学改革的大方向。

我从他们那里看到了我国小学语文教育的曙光。

刘杰——人杰

父母为孩子起名儿，无一不寄托着某种期盼；即使起个什么"狗儿"、"猫儿"的，那也是一个爱的表达，绝无希望孩子日后成为猫、狗的意思。据起名公司的专家说，起这样的名字好养。"好养"，不是所有父母的心愿吗？

刘杰没有让父母失望，如果她的名字是父母起的话。因为她真的成了小学语文队伍中的人杰，是万千小学教师的杰出代表。这样说，并不是因为她被评为江苏省特级教师。

人和她的名字一样，具有男生的特点。高挑的个头，孑然超众；着装朴素，自然大方。虽然高，但不单薄；虽然魁梧，但不失女性的曲线之美。即使略施粉黛，也绝无胭脂气，眉宇间反而透出一种英俊和刚毅。如果她写的字无署名，谁也不会认为是女子写的，因为她的书法大方、大气，毫无女人气。有一年，她送我一幅字，写的是毛泽东的《沁园春·雪》，楷书。我的朋友中懂书法的不少，但当我告诉他们，刘杰是我的女弟子而且很年轻时，他们都惊愕了，都说这字有男子的风骨，看不出是出自女子之手。

一位语文老师应当写一手好字。当年清华大学的教授们十分重视练字，有"一笔书法，两口二黄"之说。意思是说，清华大学的教授们都能写一手好字，唱几句京戏。刘杰读师范时就喜欢书法，习颜体。参加工作后，仍坚持练字，但硬笔居多。她多次参加书法比赛并获奖。我看过她的练字本，厚厚的，每一页都是一幅上品位的书法作品。她的字为她的语文教学增色不少。常常第一节课，单凭着她的漂亮的板书，就把学生的心勾住了。老师能把学生的心勾住，离成功就不远了。

一天，我看到我的同事赵小宁的女儿在办公室里练字，我一看，吃惊地说："薛添天的字怎么像刘杰呀！"赵老师说："添天就在刘杰班里，快一个学期了。"我无限感慨地说："真是大教无痕呀！学生的确是老师的影子呀！"

几十年来，我们的写字教学被忽视了，有了电脑，大家就更不重视了。这是十分错误的。令我欣慰的是，刘杰学生的字写得好！她深谙写字之道，自编了"笔画、部首、结构、行楷"四本字帖，按照规律循序渐进指导学生写字，而且持之以恒。难能可贵，难能可贵！

一天，我问薛添天："你们喜欢刘老师吗？""喜欢！"她不假思索地回答。那表情，那语气，那速度都在告诉我：这"喜欢"是发自肺腑的，比宋丹丹说"十分想见赵忠祥"还动情。"为什么？"我问。她说："刘老师布置的作业少。"这回答出乎我的意料，但也在意料之中。我不由得想起前江苏省教委副主任周德藩讲的一件事：周主任的女儿要把女儿送到美国读书，周主任不同意，因为他认为孩子应当先学好母语。但最终还是同意了女儿的意见，原因只有一条：让外孙女每天睡足觉！我又想起了我的一位同事的儿子的事：高考一结束，她的儿子回到家里，一把火把读高中所做的一大摞练习册烧了，边烧边痛哭流涕地说："三年来，我做了一堆垃圾啊！"这真是血泪的控诉啊！这一堆垃圾耗费了孩子多少时间、精力和体力！这一堆垃圾换来的是什么？连毫无用途的分数都没换来啊！失去的是什么？是健康，是兴趣，是读书……

刘杰好！好就好在她敢于冲破应试教育的藩篱。你走你的阳光道，我走我的独木桥；你搞你的应试教育，我搞我的素质教育；你关心的是分数，我关心的是学生的健康成长！这是何等的气魄，何等的有胆识！胆，是一种勇气，不怕世俗的偏见，不在乎考试分数的高低；识，是一种对教育清醒的认识，是对语文教育的规律性的准确把握。刘杰就"杰"在她站得比别人高。她得到了语文教学的真经，这个真经就是课标上说的：语文教学"提倡少做题，多读书，好读书，读好书，读整本的书"。

真的，读书，才是正道；写字，才是正道；作文，才是正道！靠做练习长大的学生，绝对没有出息；靠读书长大的学生，绝对有希望，有"可持续发展"的后劲！

当我再问喜欢刘老师还有别的原因吗，薛添天回答："有，因为她喜欢我们。"看！小孩子的思维就这么简单，一来一往——你喜欢我，我就喜欢你！"全班同学她都喜欢？""我没看出她不喜欢谁。"她的回答既简单，又巧妙！

我对刘杰肃然起敬！喜欢每一个学生，不易呀！因为我做不到，因为有的学生我喜欢不起来。我这样说，有的理论家肯定不高兴——啊？孩子个个都是小天使呀，怎么能不喜欢呢？可惜有些理论家没有"自主探究"这个问题——亲自到中、小学当当老师。如果他们从小学一年级教起，不要多长时间，一个星期下来，嗓子不哑、喉咙不冒火才怪呢！马卡连柯体罚过学生，这一点，他坦诚地写在《教育诗》中了。据说苏霍姆林斯基也体罚过学生。为什么？原因也很简单，因为他们是一线的老师，他们是从老师中走出来的教育家。为什么马氏和苏氏写的书好读，容易被我们接受？因为他们都是用自己的话，写自己的事、自己的实践体会。话说远了，打住。

后来，我见了刘杰，对她说："你超过师父了，能做到喜欢每一个学生。"

她笑了，对我转述了美国的托德·威特克尔说的一段话："不强求你喜欢每个学生，但要做出喜欢他的样子。如果你的行为并不说明你喜欢他们，那无论你多喜欢他们都没有用。但是，如果你的行为表现出你喜欢他们，那么，无论你是否真的喜欢也无关紧要了。"

原来如此！这就是刘杰的高人之处！

有一位校长调查学生喜欢老师的原因，他发现孩子喜欢老师的原因很简单，一个孩子说："我最喜欢王老师，因为她跟我说话总是蹲下来。"一个孩子说："我最喜欢张老师，她喜欢摸我的头。"一个孩子说："我最喜欢李老师，她总是对我笑。"文章的结尾这样说："学生，在意你的学识，更在意的，是你的态度。"

刘杰教的学生为什么会如此优秀？根本原因找到了，那就是她赢得了学生的喜欢。学生喜欢她，就喜欢上她的课；学生信服她，她的话就灵。"亲其师"，才能"信其道"啊！她悟出了教育的真谛。

山西一高中学生捅死老师，浙江丽水一初中生将到家里访问的老师害死的惨剧又出现在我的脑际而挥之不去。分数，已经让这些学生窒息了；再加上迫于升学压力下的老师们对他们形成的偏见或歧视，就只能让他陷入失望和痛苦的泥潭而不能自拔，这是当今教育的悲剧。他们是当今教育的牺牲品。但愿他们的"极端行为"能引起人们"对教育的关注"，能让人们认识到"老师的混蛋"（引号中的话均引自山西高一学生的"死亡日记"）。再把分数当作衡量学生好坏的唯一标准，再为此全国上下"全面追求升学率"，再把一个个活生生的、有个性的、有思想的、有情感的学生，当作"盛知识的容器"，我们的国家还有希望吗？——话又扯远了，但我不能不说。

我越想越觉得刘杰了不起！她至少拯救了她教的学生，她至少让她的学生度过了幸福的童年。

学生喜欢她，也不光是因为她喜欢学生。咱们不妨走进她的语文课堂：

学习《珍珠鸟》第一课时，发现生字虽然不多，容易错的挺多。于是，她提议："我们来玩游戏吧！"学生欢呼雀跃。游戏很简单，用自己的动作来表演，让别的同学来猜表演的是哪个字。学生立刻活动起来，预演时，脸上的表情真是丰富极了。学生很有创意：一个同学使劲拽另一个同学，很要赖的样子，表现的是"淘"。用手在铅笔盒里弄来弄去，是"拨"。两只手半握拳，翻转，代表"卷"。晃动着身子代表"扭"。也有拽着别人不放手表现"赖"。浩然很有智慧，用两个拳头对击，表示"撞"。朱天一表演的就像哑剧：先拿钥匙作开锁状，接着拉开，拿了一样东西，再关上锁上。同学们说："柜！"汤瑞宇也很可爱，动作不到位，想表演"卷"，手的动作却像小猫抓挠，很好笑，引得同学哈哈大笑；猜对了，就写下来，看谁写得正确、美观。学生说：语文课，真有意思！

学习《公仪休拒收礼物》，第二个场景"拒收鱼"中，管家的出现更是带来阵阵笑声。她先请学生说说："管家的语气怎么读？"学生最初的回答是"恭敬"、"诚恳"等，张家衡说："管家说话应该是讨好的语气。"她予以肯定，请学生读出"巴结、恭敬、讨好"的语气，这下子，学生来劲儿了，朗读热情高涨，学生们还边读边表演，练读了一会儿，请几个学生读读，读得很不错。吴加锡的表演更为精彩，他站在讲台上，故意微弓着腰、满脸堆着笑说："大人，您日夜操劳，真是太辛苦了，我家大人特叫小人送两条活鲤鱼给您补补身子……"他表演很到位，全班同学的眼光都盯住了他，大部分同学都被他的表演逗乐了，为他热烈地鼓掌。

学习《放飞蜻蜓》是在一个下午，春意盎然的季节里，孩子们却并不"盎然"，而是昏昏沉沉。课堂很是沉闷，学生们勉强打起精神被动地"配合"着老师，"小脸也不红，小手也不举，小眼也不亮"。这个状态上语文课，太没有意思了！刘杰立刻调整教学，心生一计，暗想：马上让你们都精神起来！她请学生们把自己当作蜻蜓，通过自我介绍的方式掌握课文的要点。要求学生先给自己起一个名字，再加上动作自由练说。话音刚落，教室里马上就有了生气，"起名字"是小事吧，孩子们还就是喜欢，"小红"、"小绿"、"黑面侠"等五花八门的名字就冒出来了，精气神也就提上来了。请了几个学生上台讲述以后，伴随着掌声和笑声，课堂里充满了活跃的空气。最调皮的学生朱天一走上讲台，笑嘻嘻地介绍："大家好，我是蜻蜓朱天一。"全班学生都笑了，学生们都瞪着眼睛看朱天一的介绍。他接着介绍："我的眼睛很大（故意睁大眼睛，引起一阵笑声），结构很复杂，是由成千上万的小眼睛构成的，可以看见四面八方的虫子（原地打转，引起笑声）。我们的尾巴一节一节的，又细又长，可以保持平衡，调整方向（转变方向），我们吃苍蝇、蚊子、水里的孑孓，是人类的好朋友哦！大家了解我了吗，喜欢我吗？（掌声）"这节课直到下课，学生都是聚精会神，兴致勃勃。

如此教学，效率焉能不高？喜欢学生，课又上得生动、活泼、有趣，学生怎么能不更喜欢她？

说到底，刘杰是个读书人、思想者，这恐怕是成就她的根本原因。

但她不是死读书，也不是装潢门面，她是为了从中汲取营养和智慧。我读过她写的《做一个专业的班主任》，几千字的文章中，光引用的名言就多达八九处，文中列举的书名，许多我未见过。更可贵的是她能把书中的智慧变成自己的智慧，用以催生出属于她自己的故事。她的创造性的班主任工作经验弥足珍贵。她充分利用网络优势，在网上和学生家长沟通，沟通的内容和取得的效果，令我赞叹不已！只研究教学，而忽视了对学生对班级管理的研究，不能算是一个完整的老师。

刘杰 1992 年参加工作，至今不过十几个春秋，但著述颇丰。更加可贵的是，她已做了七八个市、省、国家级教科研课题。这着实令我吃惊不小。其中有一个课题和我有关，叫作《江苏省名校长、名教师成长的机制与规律的整体结合研究》，她重点研究了我。为了"研究"个明白，她几乎读了我的所有著作，并多次到我家里促膝长谈，刨根问底，连旮旮旯旯的事都"翻"出来了。她问我："您为什么喜欢唱旦角？"我笑而答曰："因为女的可爱！"后来，几家杂志发表了她的研究论文：《于永正的艺术人生》。

解剖的是别人，提高的是自己。我想，这就是课题研究的价值所在吧？

是思想者，才能成为"家"。作家、物理学家、教育家，不管什么家，首先得是思想家。不思不想，什么也不是。

如果周德藩主任知道徐州有个刘杰，一定不会让心爱的外孙女远渡重洋，到异国他乡求学吧？

等我的孙女、外孙女长大了一定让刘杰来教，这个"后门"走定了。到时候，刘杰一定不会驳师父的面子吧？——在这里，我提前说声："谢谢！"

查晓红和她的"成长日记"

人是一面相。一看查晓红即使不笑，也让人觉得在笑的脸庞，就觉得她是个好人。你无论怎样看她，还是她无论怎样看你，从她的目光里，只能解读出一个"诚"字——拓展开，就是真诚、热诚、坦诚。

我作为她的老师，从她的目光中，比别人多解读出了一层意思，那就是虔诚。

说到"虔诚"，使我想起了她拜师的一幕。那是 2002 年 9 月的一天，我正在鼓楼小学调研，她气喘吁吁地跑到我跟前，说："于老师，我也要拜你为老师！"原来，中山外国语实验学校校长要率李伟、刘媛媛、陈娟、吴音昊拜我为师，但名单上没有她！于是，她跑来找我！其心可鉴，其情可感！"好吧！加上个你。"我说。她笑了，转身跑了。于是，在拜师会上就多个她。她的躬鞠得最彻底——头几乎碰到地面了。不是她的腰身柔软，而是虔诚之至呀！

查晓红最大的特点是对教学工作无比热诚。在众徒弟中，她不是最聪颖的，但，是最努力的。凡认准了的，她不惜一切，努力践行。

我曾经对好多人介绍过我让学生互改作文的做法，多数人听了置若罔闻，查晓红却付诸了行动，并始终坚持着。结果，她尝到了甜头，学生收获了本事。我每次到她学校去，她总要让我看一看她学生的作文，看看学生互改得怎么样。这让我感到欣慰。

如果说，她的学生的"互改作文"基本上是"继承"，那么，她倡导学生写的"成长日记"则是自己的创造。这更可贵。

什么是成长日记？请看她的介绍：

从一年级起，我就要求学生用绘画和文字记下他们生活中的点点滴滴。这种表达方式顺应儿童的心理，他们非常感兴趣。

因为这种成长日记，不只是写，还有画儿，这些画儿富有情趣，画与文相辅相成，相得益彰，可谓"诗情画意"！所以，孩子们乐此不疲，并不觉得是一种负担。到后来，写日记成了他们生活中不可缺少的一部分。写促进了学生的成长，成长又丰富了写的内容。

查晓红的成长日记有一个核心理念，这个核心理念就是"相互关爱，和学生一起成长"。我看过她班学生的"成长日记"。这种日记本身，就为学生营造了一个自由成长的空间。在这个空间里，我们看到的是学生的丰富想象和自由表达；一本本看下去，一年年看下去，我真切地感受到了学生一天天、一年年地成长。正如有人形容得那样——"可以听见学生成长的拔节声"。

下面是三位一年级学生的成长日记：

我的牙活动了，舌头一舔就歪，不舔就直了，真有意思。

今天，查老师给我们读了《蓝皮鼠和大脸猫》中的故事——《蓝皮鼠和大烟卷》。蓝皮鼠抽了烟，烟变成了一张大网，把蓝皮鼠网在了里面。蓝皮鼠真倒霉。

我发现龙虾的尾巴伸直就向前行，尾巴卷起来就向后退。真有趣。

我们是不是看出了学生的天真与烂漫？学生在查晓红老师真诚的呵护下成长，怎么能不健康？

后来的"拔节声"更响亮、更感人。

请看她的学生范铮写的一则成长日记：

> 查老师有一颗温暖的心，每时每刻都在关心着我，让我快乐成长！一次语文课上，一粒沙子迷了眼睛，我用手把眼睛揉得通红通红。查老师看见后很着急，马上用舌头舔去我眼中的沙子。我不禁流泪了！

因为有了一个"诚"字，查晓红没有让"教育"蜕变为"叫育"，更没有蜕变为"应试"。她没有忘记自己也是一本教科书——一本无字的，却有着丰富内涵和影响力的书。

再看王一晨写的成长日记：

11 月 21 日　星期五

> 昨天，我买了一本《蓝皮鼠和大脸猫》。因为要上课，我翻了几页就放到书包里了。可是，吃过午饭后，我满怀喜悦准备拿书看，书竟然不见了。回到家里，我伤心地哭了。不知是谁那么贪心，拿了我的书，他一定会受到惩罚的。

12 月 5 日　星期五

> 今天，我很高兴，因为查老师赠给我一本我最喜爱的书——《蓝皮鼠和大脸猫》，书上还签上了名字。回到家，我自豪地把书拿给爸爸和妈妈看。妈妈还给我读了两段，我真是太喜欢了。以后，我要多读书，读好书，来报答老师对我的厚爱。

这是怎么回事？原来王一晨买了一本《蓝皮鼠和大脸猫》，还没来得及看就不翼而飞了。他在日记中记录下自己的伤心与愤怒。查晓红为他着急，但查找无果，于是跟他进行了交流。这个学生虽然上课听讲爱做小动作，但是很喜欢阅读。于是，跟他约定，两周时间，上课听讲认真、不走神儿、不做小动作，老师就奖励一本《蓝皮鼠和大脸猫》。

两周时间很快过去了，王一晨的表现令人惊喜，查晓红如约给他买了一本《蓝皮鼠和大脸猫》。于是就有了上面的两篇成长日记。

查晓红就是这样用她的真诚、热诚演绎着她对教育的理解。

学生的日记既记录了学生的成长，也记录了查晓红的"成长"。看看靳珂欣同学的成长日记：

老师出错了

看到这个题目，你一定很奇怪吧？老师怎么会出错呢？其实，人无完人，老师也有出错的时候。

今天的语文课上，查老师正带领大家复习。当读到"桧树"这个词时，查老师停顿了一下，说："秦桧的桧，桧树。"

这时，爱动脑筋的赵翔宇拿着一本字典跑了上来，说："老师，我查了字典，这个字念 guì，不念 huì。"查老师接过字典，发现自己果真读错了。于是，她马上对大家说："对不起！刚才老师读错了。这个字在这里念 guì，不念 huì。我们要感谢赵翔宇同学，是他查字典纠正了老师的错误。"

事后，查老师让同学谈谈自己的看法。我觉得赵翔宇是一个爱动脑筋、勇于探索、善于研究的学生。她发现了问题，及时去请教"无声的老师"——字典。而查老师没有掩盖自己的错误，虚心地接受了学生的意见。我觉得查老师和赵翔宇都值得我们学习。

另一个同学在日记中这样写道：

　　……这使我想起了日本著名指挥家小泽征尔的一件事：在一次世界指挥大赛中，小泽征尔发现演奏的乐谱出现了错误，当他提出质疑时，评审专家却不同意他的观点。再次演奏时，小泽征尔依然认为乐谱出错了。这时，所有的评委起立鼓掌，祝贺小泽征尔夺得桂冠。原来，这是评审团设下的圈套。他们为小泽征尔的自信和坚持自己正确的观点而鼓掌，我们也为赵翔宇同学鼓掌，同时也为查老师鼓掌。

　　看，查晓红以她的坦诚，把错误变成了教育资源。

　　查晓红带领语文教师进行"成长日记促进小学生成长的实践研究"是一大创造。它有效激发了学生的习作兴趣，提高了学生的观察分析能力，培养了学生的创造性思维，同时促进了学生的健康成长。

　　"日记欣赏课"、"日记交流会"、"师生共写日记"、"亲子共写日记"等活动连接起师生之间情感交流的桥梁，拉近了教师、家长、学生之间的距离，营造了一种学生成长的宁静和谐的氛围。

　　朱永新教授说过，日记是学生心灵的窗口、灵魂的寓所、青春的阳台。查晓红所尝试的成长日记正是为学生搭建这样一种"寓所"和"阳台"。她把科研的目光对准了学生的成长，引导学生关注生活、感受生活、体验生活、学会生活、创造生活。因此，课题研究贴近日常教学，贴近学生的生活，贴近学生的心理。教师与学生心心相印，与学生一起成长。

　　少年若天成，习惯成自然。在教师的引导下，学生无拘无束地画出多彩生活，自由自在地表达自己的思想，不仅加深了学生的审美体验，提高其审美能力，还潜移默化地滋润了学生的心灵，提高了学生的艺术修养。

　　相信每一个读过、看过"学生成长日记"的人，都会被感动，都会由衷地说："这是老师和学生的一大创造。"

　　撷取生活浪花，留下生命轨迹。认准了、做对了的事，就要坚持下去。希望成长日记这朵小花越开越美，查晓红和她的成长日记实验研究取得更加丰硕的成果。

　　愿查晓红继续用"诚"字演绎出她的教育故事。

愿霞光满天

多年前，一位挚友多次在我面前夸李虹霞，说她的课上得如何如何好，获得什么什么奖。那时我不知他的用意。后来，他直接挑明了："李虹霞是棵好苗子，你收她为徒吧！"我这才明白了他的醉翁之意。但我没答应。我不看重参赛课得没得第一，论文获没获奖，看重的是平时工作是否出色，教的学生是否健康、活泼、幸福地成长。

后来，我几次去了虹霞所在的学校，听了她的课，看了她教的学生。令我吃惊的是，她居然同时教两个班的语文，而且是不同年段！两个班的学生都十分优秀——文质彬彬，性格开朗，善于交往，谈吐大方，人人都喜欢读书，个个都有好的学习习惯；而且，考试成绩高出平行班！她所做的，不正是我所倡导的吗？她带的班，不就像我带的班吗？她所教的学生，不就像我教的学生吗？李虹霞悄悄地对我说："我是在偷偷地学您呢。"我心里一热。

学生是老师的影子。从"影子"中，我进一步认识了李虹霞。

于是，我对虹霞的领导说："虹霞这个徒弟我收下了。"领导大喜。一个深秋，学校专门举行了虹霞的拜师仪式，拜师仪式由《当代教育家》杂志总编辑李振村亲自主持。

在拜师仪式上，我说："第一，我看重的是虹霞的人品，山东人的美德，她身上几乎都有；第二，看重的是她的创造性的，具有远见的教育、教学。她是个工作狂，是一个有思想、有智慧、有文化的拼命三郎。当然，要学会忙中偷闲，比如学唱京戏。"

有谁能经常打电话和我研讨教育、教学，而且一打就是半小时、一小时？有谁能在高速公路出口拦车，为的是要我当面指导朗读课文？有谁能让我把上课板书的字一一写给他看，尔后一丝不苟地临写？有谁能把我的朗读录下来，一字一句模仿到深夜？

——李虹霞。

追求完美若此，追求至善若此，岂能教不好语文？

有谁能把学生带到家中住宿、辅导？有谁能细心到把历年来中考、高考试卷中易读错的字汇总在一起教学生逐一认读，而且认了之后回家去"考"家长？有谁能不厌其烦地把每一个学生每一个单元过不了"关"的字（即不会默写的字），逐个写下来（字写得很大），贴在每个学生的语文课本的扉页上，让该生天天与它们见面，而且再不厌其烦逐一抄送给每位家长，让家长辅导过"关"？

——李虹霞。

以情教书若此，学生焉能不被感动？细到这个程度，实到这个份儿上，什么学生教不好？

有谁能调到外地，学生竟不顾路途遥远，跟着转到她的班级来？有谁能当家长得知老师不再教他们的孩子，而联名写信强烈要求老师留任的？

——李虹霞。

老师成了学生追捧的偶像，成了家长放心的人，教育能不成功吗？

徒弟虹霞把"老师"几乎做到了极致，我还能说什么呢？说她幸福吗？说她值了吗？这都太浅薄。教育对她来说，已不只是饭碗，也不只是事业，而是生命中的一个重要组成部分。倘若让她离开学生，很难想象出她会怎样生活。

一个视教育如生命的人，爱学生如己出的人，她所从事的教育就会无比璀璨。

所以，她能够实现自己的梦想——创建一间幸福教室，像种一棵小树，把自己"种"在了教室里，慢慢长大、长壮，枝繁叶茂！

我与李建忠

一

一节课下来，一场学术报告结束，常常赢得一些青年教师的崇拜。个别人对我的签名已不满足，要求拜我为师。我这个人好说话，又肯动感情，往往有求必应。于是，在全国各地就有了不少徒弟。

李建忠是1996年拜我为师的。那年春天，周一贯老师请我到绍兴讲学。刚上完课，周老师便把李建忠拉到我跟前，先夸他如何天资聪颖，如何好学上进，然后说："建忠久仰您的大名，想拜在您的门下，做一名弟子，不知意下如何？"

我把小李从上到下打量了一番。他20岁出头，中等身材，眉目清秀，也像我一样，鼻梁上架着一副眼镜。他双手下垂，毕恭毕敬地站在我的对面。他虔诚的站姿和表情，很使我感动。我想，"程门立雪"的杨时也不过如此吧？心里一动，便满口答应。小李见我应允，纳头便拜。同时拜我为师的还有马孝花、屠卿等。于是，在绍兴——这个物华天宝、人杰地灵的地方，也有了我的学生。

二

不少拜我为师的青年教师这样问我："于老师，怎样才能成为一名优秀教师？"徒弟们既然拜我为师，当然希望我能为他们解惑，为他们指点迷津。而且，在他们看来，似乎我一说，眼前便会豁然出现一条平坦大道。但是，我的回答往往使他们失望。因为这样问，我只能说些冠冕堂皇的、对谁都能说得过去的话，例如"敬业爱生"啦，"勇于探索"啦，等等。李建忠的确比较聪颖，他拜我为师时，不是这样问我，而是换了一个讨人喜欢的，并且能得到我的"真经"的角度："于老师，您是怎样成为特级教师的？"

我略微沉吟了一下后的回答似乎文不对题。我说：

"我有四个习惯，一个爱好。四个习惯是：一、读的习惯。每天的报纸必读，订的刊物必读，好书必读。而且恪守'不动笔墨不读书'的古训，读到精彩处必记。二、看和听的习惯。每天晚上中央电视台的《新闻联播》必看，每天早晨的中央人民广播电台的《新闻和报纸摘要》节目必听。三、观察和思考的习惯。至今还有着强烈的好奇心，比如见的奇花异卉，总要问个明白，知道它姓甚名谁。四、"操笔为文"的习惯。从中学时到现在，我接到编辑部的退稿，已积满了一大箱子。但我从不气馁，有种'屡败屡战'的韧劲。1980年，我39岁时，才在《江苏教育》上发表了第一篇论文：《选材与命题》，在《徐州日报》上发表了第一篇小说《没脑子的人》。编辑部寄来的用稿通知书，我在衣兜里整整揣了一个礼拜。那种心情绝不亚于范进中举，只差没精神错乱就是了。一个爱好是：唱京戏。蔡元培说，要想增加文化底蕴，一是唱二黄（即京戏），二是学古文。"

"第一个习惯是从什么时候养成的？"

"说来话长。"我说，"早在我读小学高年级的时候，就养成了读报纸、杂志的习惯。那时，我父亲在一所中学工作。父亲的办公室订了好几份报纸、杂志，我每天下午放学便去翻阅。翻着翻着，居然上了'瘾'，一天不看，便觉得生活中少了点什么。一天，父亲办公室的一位姓孟的主任指着《人民日报》上的'赫尔辛基'四个字，考我似的问：'赫尔辛基在哪里？'我不假思索地说：'在芬兰。它是芬兰的首都。'孟主任一惊，摘下架在鼻子上的老花眼镜问：'芬兰在哪儿？'我说：'在欧洲，在欧洲北部的斯堪的纳维亚半岛上。'孟主任惊呼：'了不得，了不得！'父亲在一旁说：'他脑子里有一张活地图。'我解释说：'教我们地理的徐国芳老师每教一个省，每教一个洲、一个国家，都要求我们把地图画下来。我一画，什么都记住了。'"

小李听了也一个劲夸我了不起。我呷了一口茶，等他夸完了，便接着说："后来，有了半导体收音机，又养成了听新闻的习惯；再后来，有了电视机，又养成了看《新闻联播》的习惯。刚有电视机的时候，我女儿还小，她见电视台天天晚上七点播《新闻联播》，我亦天天准时看，十分纳闷。有一天，她终于按捺不住，眨巴着大眼睛问：'爸，《新闻联播》几集呀？怎么老是播不完呀？'"

小李笑出了声。

最后，我对小李讲了这么一件事。

1995 年的一天，我和学生坐汽车到农村去参观。一个叫蔡苏的学生忽然问："于老师，您对美国出兵海地有什么看法？"

"你指的是美国派兵把被海地军人赶跑的民选总统送回国的事？"

"是的。"

"全世界的人都说美国是'世界警察'。它看不顺眼的事，对它不利的事，都要去干涉。这就是霸权主义。用我们的话说，就是霸道。"

"如果别人比它强大，它就不敢了。"

"是呀。所以，我们一定把自己的国家建设强大。"

我对李建忠说，全班学生的知识总和，肯定大于一个老师的知识总量。如果面对蔡苏的提问（而这样的提问是屡见不鲜的），我以"无可奉告"来搪塞，岂不尴尬？虽然说"弟子不必不如师，师不必贤于弟子"，但如果对学生的提问经常张口结舌，那么，老师在学生的心目中的高度肯定会下降。

小李并没有对我不厌其烦地大讲四个习惯和一个爱好有任何反感，相反，他听得很认真，就像我讲得很认真一样。

三

大约一年之后吧，一天晚上，我接到了李建忠的一个电话。他告诉我，在刚刚收到的《小学语文教学》杂志上有一篇文章是抄袭我的，而且几乎是一字不差。我说："这篇文章我也读了，这是从《小学语文教师》上抄来的。接到你的这个电话我很高兴。高兴的不是你维护了我的著作权，而是你读书读报了。"他说："我记住了您的读的习惯，而且也养成了读的习惯。对您的文章我更是爱不释手，总要读好几遍。"我说："这叫'亲其师，信其道'。"最后，我告诉小李："光教书，不读书，肯定不会有出息；但是，光读书不教书，也免不了成为赵括、马谡一类的角色。一定把二者结合起来。另外，要想成为名师，还必须动笔写点东西。一写，你的感觉就不一样了。——别忘了，你师傅还有个'操笔为文'的习惯呢。"

后来，果然就不断有论文寄来。凡是有一点真知灼见的，我便提出修改意见，让他修改。有的居然发表了。他很高兴，说是我的功劳。一次，他寄来一篇关于提高造句质量的文章，我很喜欢，欣然为他做了文字上的润色，可是投寄出去之后，如石沉大海。我喜欢的，并亲自做了修改的文章没发表，没为他修改的却发表了，可见小李的说法站不住脚。

再后来，他的文章就很少寄来，但不时散见于报刊。他的羽毛逐渐丰满。这标志着成熟。做老师的自然是打心眼里欢喜。

李建忠是个听话的学生。

四

1997 年春节，我给他寄了一本我写的书——《于永正课堂教例与经验》。他如获至宝，又潜心研究起我的"言语交际表达训练"的教改实验来了。

所谓"言语交际"，指的是人们运用语言相互交流思想感情、交流信息的听说读写活动。"言语交际表达训练"是针对小学作文教学长期以来脱离社会的实际需要、重写轻说和严重的文学化倾向提出来的。它的指导思想是从社会言语交际的实际出发，为社会言语交际的需要服务。它强调了应用科学的应用性，强调了作文教学的社会效应。"言语交际表达训练"不只是作文课上的事，它是贯穿于整个语文教学之中的。李建忠看了我的书，听了我的课，悟出了它的真谛，并在实践中去尝试，这是难能可贵的。"实践—认识—再实践—再认识"以至无穷，是人们认识事物的规律，也是成为名师的规律。我常对小李讲，一定要善于学习，勇于实践，注意总结。这三者，实践是第一位的。实践出真知，优秀的传统经验要继承，国外的好的东西要借鉴，绝不能数典忘祖。但发展更重要，不推陈出新，也成不了名师。

不久，我看到了他写的《阅读教学也要有交际意识》，是写他如何在阅读教学的实践中训练学生的交际能力的。我十分欣慰。我以为该文是建忠教学生涯的一个小小的里程碑。原因有二，一是观念有转变，二是有自己的东西。这是最可贵的。

读完了这篇文章，我立即给他打了个电话，把上面的话告诉了他。他很激动，表示一定再好好努力。我说："要学，要干，这是对的。但是还要会思索。不善于思索的人，读书再多，实践经验再丰富，他的知识、经验，也只能是一堆砖头瓦块。把砖头瓦块连在一起，成为一座雄伟或玲珑的建筑物的，是经过深思熟虑形成的思想。"

"我记住了。"小李一字一句地说，好久才放下话筒。我仿佛看到了他眉宇间的沉思和庄重。

五

1998 年 7 月 16 日，《小学教学》编辑部李捷主任打来电话，说他准备在刊物的"走向名师"专栏里把李建忠的教学情况报道一下，要我这个师傅写几句话。我欣然命笔，写下了如下的话：

李建忠拜我为师快三年了。通过和李建忠的交往，我发现他有车胤囊萤、孙康映雪、李密挂角的学习精神。具体地说，他有四勤：勤于读书，勤于实践，勤于思考，勤于笔耕。这正是我所希望的。不练就一身坐冷板凳的硬功夫，是断然成不了名师的。《三字经》有云："人之初，性本善，性相近，习相远。"人之初不管是性本善也罢，性本恶也罢，性本白（一张白纸）也罢，但是"相近"是肯定的；只是由于后来受到的教育不同，受到的影响不同，主观努力的不同，才"相远"了，这也是肯定的。我在徐州师范学校读书的时候，并不是出类拔萃的学生，但是，参加工作之后，对语文教学情有独钟，执着追求，潜心研究，终于取得了一定的成绩。所以，我坚信，同时也请小李坚信这么一句话：天才就是勤奋。

最后还有一句话，既是说给小李听的，也是说给其他徒弟听的：成名主要靠自己，靠超出别人十倍、百倍的付出。适当的温度只能使鸡蛋孵出小鸡，而不是石头。

玲湘的眼睛

　　王玲湘很美。最美的是她的眼睛。她的眼睛弯弯的，始终是微微向上"拱"起，像一对月牙儿。即使是睁得大大的，也是这样。我没见过她生气。我想，即使是生气，那一对月牙儿也不会"塌"下来，变成上弦月。

　　她的眼睛里充满了热情和爱意。她刚工作时，才十八岁，教的是比她小几岁的初一的学生。个别大一点的学生（包括一些女学生）有些小瞧她。有一男生上课时，竟侧身而坐，面对着窗户，一副不屑的样子。玲湘的一双弯弯的眼睛望着他，走到他跟前与他说话。玲湘的亲切和热情一下子使他不好意思起来。这个十八岁的姑娘，硬是凭着她的热情和平易，凭着她的学识和努力，很快地让学生接受了她，使她很快地融入了学生之中。

　　一次，她应邀到一所学校里上课。开课的班级有一男生因表现不好，班主任不准他上课。经玲湘说情，该生才获准进入开课的大教室。玲湘叫他坐在第一排，抚摸着他的头说："上课你可要看我的眼睛哟！"是的，微笑是最美丽的花朵，也是最美丽的语言！

◎ 美丽的王玲湘

只要学生看到她的弯弯的眼睛，一定会感到亲切，感到温暖。因为她的微笑的眼睛释放出来的热情，有着强大的亲和力，即使是铁人，也会温热起来。课堂上，她的目光经常和这位学生的目光相碰，她把一些容易回答的问题时不时地抛给他。他很快地活跃了。他的班主任甚至不相信他是他！

"上课时你要看我的眼睛哟！"噢，难怪学生喜欢她！

南昌市百花洲小学的周明玉老师即将参加全国第七届阅读教学比赛，在这个节骨眼上，她的孩子却因病住院。比赛迫在眉睫，她心急如焚。玲湘便亲自跑到医院，和她聊课。二人的思维火花不断地撞击着，时不时撞出许多璀璨的亮点。周明玉老师心里亮堂了，脸上的阴霾消失了。这次比赛，她获得了特等奖！

玲湘的一双弯弯的眼睛看到哪里，就会把爱释放到哪里。难怪她的同事都喜欢她。

她的眼睛里充满谦逊和求知。她刚工作时，眼睛一直盯着她的学长、学姐们，听他们一节课，上一节课，再听他们一节课，再上一节课，亦步亦趋地跟着他们走。别说，这种自创的"短平快"式的培训方式还真顶用。玲湘听课听出了甜头。她说，听别人上课，至少帮助自己熟悉教材了。看到玲湘那一双求知而又谦和的眼睛，别说是师兄了，就是师姐也说不出拒绝听课的话来呀！

2006年8月初，玲湘作为即将参加全国小语会举办的第六届阅读教学大赛的代表，来到贵阳听我执教《圆明园的毁灭》。课后，她用那双弯弯的眼睛望着我，说："于老师，教我读书吧！"我想，这不是小学生提的问题吗？我还没回答——也不知怎么回答——她又跟上了一句："听了您的课，我发现我不会读书。我读了那么多遍，怎么没读出圆明园的美来呀！您是怎么读出来的呀！"她越发像个小学生了。求知、谦逊的眼睛里，又多了一份坦诚。她记下了我的电话号码。后来，她经常给我打电话，和我探讨语文教学中的问题。有一次，我们竟在电话里聊了一个多小时！听着她的声音，我完全可以想象出她的表情！那双眼睛准又弯得更厉害了！

玲湘的谦逊和坦诚是公认的，她的谦逊和坦诚不断地感动着周围的人。

有一回，几位外校老师听她的课。课后，有位老师对她的课提出了一些疑义。没想到，玲湘连声说"谢谢指教"。人家走了，她又认真进行了思考，觉得人家说得有道理，于是又向人家发短信，再次表示谢意。对方回信说："在您的学校里，我感受到了真正的教研，同时，您的话，也让我增加了自信。"

难怪她在2006年全国赛课中荣获一等奖，难怪许多地方请她讲学！求知若渴如此，坦诚得如一泓清水，让她不获奖，难！

她的眼睛里充满自信。自信藏在她的眼睛深处。她刚从农村调到南昌师范附属小学时，家长们看不起她，纷纷要求校长给孩子转班；不久，在学校举办的教学竞赛中，又获得了"教学方法过于陈旧"的评价！虽然"陈旧"前面加了个"过于"，但玲湘没气馁。她的目光变得刚毅而自信。她开始与自己较真儿——备课不准看教参，把每节课当作公开课上。而且给自己规定了"三比"：备完课，与教参比——找问题；上完课，与同事比——学优点；经常与名师比——找差距。她说："光说'我能行'不行，得实干，得干出成绩来。有实力才有魅力，有实力才有地位。"

我完全赞同玲湘的"自信观"。我又想起她刚工作时备课"背书"的故事。初一的课文较长，但她强迫自己背下来！她要求自己做到"张口就来"——无论哪个词、哪句话、哪段话都会脱口而出，不带半点儿差错！这大概就是"宝剑锋从磨砺出"的"磨砺"吧，就是"梅花香自苦寒来"的"苦寒"吧。

难怪她收获多多。

有了这样的自信，今后，她的收成更会多多。

玲湘是美丽的，美就美在她的眼睛，那双弯弯的眼睛。

一个像男孩的女孩——弟子陈曦小记

在我眼里，陈曦永远是个孩子。这不容易，我教了一辈子书，也就是为了把自己教成一个孩子。陈曦，一直就是个像男子的女孩子。

第一次见面时，她不过二十七八岁，留着男孩的发型，如果量的话，她的头发绝对没有我的长。大眼睛，双眼皮，一双明眸总是带着笑意。身穿牛仔服，更显得精干利落，像一个男孩子。她一口标准、流利的普通话，竟使我怀疑她不是福州人。我们第一次见面是在上海。我刚上完课，她迎上来，笑着站在我面前，说："我是陈曦，福州的。"

不用她介绍，我记得很牢。因为她是个有特点的女孩，一个教师一节课，足以让人记忆犹新。我说："我记得你。你就是两年前，在马鞍山举行的全国阅读教学大赛上获一等奖的陈曦。我的两位同事听过你执教的《灰雀》，对你赞不绝口。他们说，这个一等奖是真语文，是靠学生、教师真正去'读'出来的。你的课是真正以读为主的语文课。"她连声说自己的课很稚嫩，说是在我面前不敢妄谈"朗读"二字。陈曦是个善于学习的女孩，在见我之前，就听了我的《小稻秧脱险记》。她说自己深受启发，她说发现了真正的优质语文课。我们就这样相逢，相识。

我清楚地记得第二次见面是在天津。全国作文教学研讨会一结束，著名特级教师张树林居然邀请我和陈曦吃狗不理包子，饭后又邀我们到他家里喝茶。我心中有些纳闷，请我是老交情，请一个小女孩陈曦，这又是唱的哪一出？后来我才知道，陈曦是个好学的孩子，但凡有机会就如饥似渴地学习，张树林这样的前辈高人，早已和陈曦是师徒关系。树林老师是有名的大胖子，上楼梯、起坐，陈曦都主动去搀扶，就像孩子对长辈那样尊敬。树林老师用他那特有的瓷实而又浑厚的男中音说："老于，你别羡慕，她是我的徒弟，非常优秀。"他宽厚的胸膛简直是一个优质的大音箱，从里边发的声音真好听。分别时，张老师送我们下楼梯，陈曦像上楼时一样，照料着张老师。树林朗声说："我这个大胖子，所到之处都有人照顾。一次我坐火车，买的是中铺，睡下铺的小伙子主动与我换了铺位。我说谢谢他的照顾，他说他主要不是考虑我上下不方便，而是怕我把铺压塌，砸着他。"说完，他大笑，我也大笑。

陈曦孩子般搀扶着张老师，以至于我很羡慕他，这不是嫉妒。我想，要是我以后行动不便，也能有这样的徒弟搀扶着该多好哇！因为我看中陈曦对前辈的这份敬重。不久，她真的成了我的徒弟，没有举行什么仪式。她每次发短信，总是师傅长师傅短的，我也顺着她，张口一个徒弟，闭口一个徒弟，一来二去，就认了。这就是中国人说的缘分。一次，我去福州讲学，她邀我到她的学校讲课。陈曦说，师傅不是我一个人的，她要让学校教师都享受福音。我这才知道她年纪轻轻已是福州一所名校的副校长。我很高兴在福州有这么个优秀的徒弟，有这么一个善于分享、为人大气的女徒弟。于是我逢人就介绍她，推荐她。其他青年教师听了，都以羡慕的眼光看着她。至于老教师是不是也羡慕我有这样优秀的徒弟就不得而知了。因为上了年纪的人，都善于把自己的真实情感隐藏起来。后来我们多次见面，她除了讨教语文教学之外，也像对待张老师那样，对我百般敬重。但更可贵的是，如果同时还碰上了张老师，她更多地照顾树林先生。我一如既往地不嫉妒。因为我理解她，鼓励她，认同她，她是个做事很细致的孩子，讲究个轻重缓急，分得清主次先后。

她像个男孩，但还是存有一颗女儿心。

2009 年，我到厦门讲学，她听说后驱车三个多小时从福州来看我。多少年了，她还是留着短发，着装简洁。第二天下午，活动结束，她带我到她姑妈家去。她姑妈叫陈秀卿，是福建省书法家协会副主席，厦门市书协主席，我国著名的书法家。还没落座，她就对姑妈说："这是我的师傅，著名特级教师于永正先生，爱好书法，请您给写一幅字。"我想，这也太"直奔中心"了吧。转念一想，陈曦不就是这样真性情的孩子嘛。陈先生说："于老师一定也喜欢写字吧？请先留下墨宝。"我战战兢兢地写了一首郑板桥的题竹诗，陈先生端详了一会儿，对陈曦说："你师傅为人宽厚大度，谦让仁慈。"陈曦大吃一惊："姑妈你怎么看出来的？"陈先生一笑，说："从字看出来的呀！字如其人嘛。"说罢，研墨，展纸，润笔，挥笔写下《易经》中的两句话："天行健，君子自强不息；地势坤，君子以厚德载物。"

第二天，我回到徐州。她发来短信："姑妈喜欢《易经》，我亦喜欢。相信师傅一定也喜欢。送您一句祝福：愿平安、幸福与您一生相伴。"读着短信，她似乎就站在我的面前，一双含笑的明眸看着我。我心里只有感动——陈曦，看似男孩，但还是女儿心。

时光如白驹过隙，和她没见面才一会儿工夫，再见她时，她已经是福建省首批名师，政府为她专门成立了"陈曦名师工作室"。当年的那个小女孩，已经成长为带着众多徒弟一块成长的领衔名师了。

2011年秋天，她到深圳听课，当着我的面说出了一些名师课的不足，直言不讳，一针见血。后来她写了一篇文章，对这次听到的课作了评价。一分为二，优点是优点，问题是问题，她指名道姓、毫不遮掩地写出了自己的看法。说优点不虚，谈问题有据，坦坦荡荡如水，诚诚恳恳可感。文中透出一股坦荡、刚正之气。我感叹：她确实有男子气魄！

最近，读了她写的《易语文，中和的智慧》，真是刮目相看！她成熟了。她在文中写道："从古代的医学、建筑学、伦理学……到现代的物理学、化学、信息学、遗传学等都受到《易经》的启发和影响。有人形容'《易经》就像个古井，不管是谁，不管在什么时间，放下一个桶，就能打上你要的那桶水'，因此，《易经》被誉为'中华文化最高的智慧'。"没想到，善读善思的陈曦，从《易经》这个古老的井里，提出了一桶"易语文"的水。细读一下，觉得还真有道理。

陈曦说，"易语文"的"易"有三层含义。第一，不易。即抓住语文教学的根本规律，处理好师与生、学与教、知识与能力、预设与生成等方面的关系。第二，简易。语文教学要简约，不能搞复杂。第三，变易。语文教学既不能因循守旧，也不能动荡不宁，要因文、因人而异，要以学定教，顺学而导。简而言之，一切从学情出发，从学生的实际出发。

我看了她执教的《开国大典》和《全神贯注》等课例，真是大气至极，简约至极，有效至极！若不是站在一定的高度上，是断不会有如此之课堂教学的。从中，我初步品出了"易语文"的味道。

今天，我终于明白了，她的发型为什么如此简单，她的着装为什么如此简洁，她做事为什么如此干练，原来，她方方面面都在演绎着"易"的理念！我也终于明白了，她为什么常在我面前讲《易经》。"易语文"的提出与实践，绝非偶然。

陈曦是一位年轻的女性，但她的直率、坦诚、热忱、气度与冷静，她的知识的广博、思考的深刻与做人的洒脱，她的高瞻远瞩、广阔的胸襟与做事的气魄和果断，常常使我把她与"伟岸丈夫"连在一起。她的确是一位像男孩的女孩！

"最美教师" 张芬英

一

2013 年，浙江富阳市永兴学校的弟子张芬英，入选"富阳市最美教师"。

她生在千岛湖，长在千岛湖。每每看到她那双水汪汪的大眼睛，我就会想到千岛湖的那一泓碧水——深邃，清澈；灵秀，灵动。她天生丽质。钟灵毓秀的千岛湖，几乎把它所有的美都赋予她了。

学生盛煜东是这样描写她的。

四年级开学的第一天，妈妈牵着我的手来到了张老师的班里。她迎上来，一脸的微笑，显得平易近人。一头秀发披在肩上，一双水灵灵的大眼睛慈善地望着我。她身穿浅色连衣裙，脖子上戴着红宝石项链。她说话的声音悦耳动听。我一下子就喜欢上这位漂亮的新班主任了。

◎ 最美教师张芬英

下面是何佳璇笔下的张老师。

> 她真的很漂亮！有一头黑中带黄的长发，还有一点"小波浪"呢！披散下来就像瀑布一般。张老师那黑宝石般的大眼睛，就像雷达似的，同学们任何一点进步，任何一个小动作都逃不过她的眼睛。她的嘴犹如一朵永远不会枯萎的花，说起话来蜂蜜一样甜。

但是，一位老师只是外表美，是不会博得学生众口一词的、由衷的赞美的。罗丹说："不是因为美才可爱，是因为可爱才美。"张芬英身上笃定有让学生感到"可爱"的东西。

有，而且很多。

二

2010 年秋季，她接了个四年级（5）班。班里的一个叫王臻的男生让她忧心忡忡——他不做作业不说，且打闹成习。

终于，有一天，她拨通了王臻父亲的电话。听筒里传来非常诚恳的声音："张老师，儿子让您费心了，我一定教育他，一定！……"

一个月过去了，王臻的转变不大。于是，有一天，她来到了王臻的家。她不想让一个学生掉队。她说："既然家长把孩子交给了我，我一定还给家长一个让人满意的孩子。"但，她吃惊了！——王臻的父亲骨瘦如柴，脸色蜡黄，原来他患了肝癌，而且到了晚期！芬英把原先准备的话，全部隐了去，继而，真诚、柔和、动情地对王臻的父亲说："小臻近来变化可大了！这次，是特来向你报喜的！现在，他上课专心听讲，每天都能按时完成作业。你放心养病吧！……"

在场的王臻全听到了——听到了张老师的"美丽谎言"。他默默不语，深深地低着头。后来，他在《张老师，我知道》这篇作文里，写出了当时的心情：

> 当时，我想哭。我真想对爸爸说："爸爸，我并没按时完成作业！

不过，不过以后我会按时完成的！"

回到学校，张芬英与王臻"约法三章"：

1. 张老师每周向家长汇报一次王臻在校表现——报喜不报忧，让家长有好心情，尽快恢复健康。

2. 王臻每个双休日回家做一件让爸爸高兴的事。

3. 王臻在学习上、生活上无论遇到了什么困难都可以对张老师讲，老师全力帮助解决。

张芬英对王臻说："咱们一言为定！不为别的，就是为了让你爸爸放心、安心，尽快恢复健康！"

情之所至，金石为开。小臻在悄然地变化着。

下面是一次芬英与小臻父亲的通话记录：

张：家长您好！您儿子学习越来越好了，最近的一次抽测，成绩优秀。现在，他与同学相处得也很好。您儿子就在跟前，让他和您说几句话？

臻：爸爸，你好些了吗？张老师对我很好！我会再努力的，你不要担心我。

臻父：孩子，不要辜负张老师的期望啊，要好好谢谢张老师啊！

2011年春。一天下午，芬英接到了王臻父亲的电话，声音很弱："张老师，谢谢你，谢谢你！小臻就交给你了，拜托了……"

不知是哽咽，还是虚弱，下面的话听不清了。芬英心里咯噔一下，这不是"临终遗嘱"吗？难道……

不几天，小臻的父亲去世了。

从此，芬英视王臻如己出。2013年6月，王臻以优秀成绩考取了重点中学。

2013年9月10日，教师节，芬英收到了王臻送来的礼物和一封信。信中写道：

感谢您三年来对我慈母般的关怀！忘不了您！您不用担心我，我现在的班主任也像您一样关心我，对我寄予厚望，我会百分之百地努力。

祝您越来越年轻，越来越美丽！

一位给学生留下了美丽故事的老师，学生怎么能忘怀？

三

四（5）班还有个特殊学生叫俞泽俊。他的个头在班里是最高的，学习成绩却是倒数第一。更令人费解的是，他神情漠然，几乎不和班里任何人交往，似乎不认识班里的同学。班级里的一切都似乎与他无关——队不站，操不上，活动不参加。

"从未见过这样的学生。"张芬英对我说。

"后来呢？"

"变啦！"

接班不久，芬英和学生约定"互写"——老师写学生，学生写老师。一写写了一个学期：没想到竟写出了和谐的师生关系，写出了一个和谐的班集体！写出了俞泽俊的转变！芬英写俞泽俊的第一篇文章叫《他多像姚明》。文中描写了他的身材、长相，委婉地写了他对同学、对班级的漠然态度。语调柔和，充满善意。张芬英在班里读的时候，泽俊一如既往—— 一脸肃然，无动于衷！但细心的张芬英却从他的木然中发现了他被触动的蛛丝马迹——当她读到"他的外表真像姚明。我想，他的内心也会像姚明那样善良、乐于与别人合作、交往"时，他的眼睛有了神，而且身子一挺，坐得直了。

后来，张芬英又写了一篇。文中有一段精彩的记载：

一天，我改默字作业，发现俞泽俊默写全对！于是我把他叫到跟前改。我把每个对号画得大大的，每画一个，便赞美一声："对啦！"

改完第三个，我问他："你知道张老师为什么把对号画得这么大吗？"他不回答。我又改了几个字，同样边赞美边画上大大的对号。我又问："你知道张老师为什么把对号画得这么大吗？"他还是不作声。把二十多个对号打完之后，我再问："知道张老师为什么把每个对号画得这么大吗？"直到此时，他冷漠的脸上才有了些许温度，冷漠的表情开始融化，半天说了两个字："高兴。""谁高兴？""老师。""你呢？""也高兴。"

真诚、真情，让千年的铁树开了花，"哑巴"终于说了话！

在后来的"约定"——生生互写（即学生之间互相写）中，俞泽俊的点点进步，也被同学写进了作文里。

张芬英对我说："俞泽俊的转变，完全是被我和学生'写'出来的。"

不过，我很纳闷，为什么一个读四年级的男孩子的性格会扭曲成这个样儿？终于，我在他的一篇作文中找到了答案：

> 我在家里没有人爱我，在学校里也没有老师关心我。上四年级了，终于有了关心我的人，她就是张老师。张老师是好人，我们班同学也都是好人。

是啊，是好人才能成为好老师！好老师才能有感人的故事！

师生之间有了这么多感人的故事，学生怎么能不喜欢老师，怎么能只"感"不"动"？

四

春天，富春江江水如练，两岸青山如画。

富春山水，中国文化人眼里最美丽的山水。吴均在此流连，写下了千古名篇《与朱元思书》；黄公望在此结庐，创作传世名画《富春山居图》；更有严子陵在此隐居，留下让后世感慨万千的严子陵钓台。

一艘漂亮的游艇，从富阳码头出发，溯江而上。游艇激起的浪花跳跃着，欢唱着。艇上坐的是张芬英和她的全班学生以及学生家长。大家时而谈笑，时而歌唱，时而静听导游介绍两岸风光、名胜、传说。

2012 年春，张芬英搞了一次大规模的语文综合实践活动——走进母亲河富春江，历时一个月。活动分四个阶段。第一阶段：走进文人墨客眼中的富春江。这期间师生通过多种渠道搜集古今名人描写富春山水的诗、文。张芬英从中遴选了 32 首古诗、1 篇古文、6 篇现代散文、20 首儿童诗，用了两个星期时间，教学生读、背。张芬英还请音乐老师为郁达夫的《自选诗一》（"家在严陵滩下住"）谱曲，在班里教唱。第二阶段，游览富春江。刚才写的就是。芬英带领她的学生，从富阳溯江而上，直至桐庐，再折返富阳，历时一天整。游览过富春江后，学生又按小组分别游览了沿岸的严子陵钓台、郁达夫故居、鹳山、罗隐碑林、黄公望隐居地、孙权故里、叶浅予故居等名胜。第三阶段：师生同写心中的富春江。师生共写散文 40 多篇，诗歌 70 多首，为大约 30 多幅照片写了说明性的文字。此外，有五位家长也兴致勃勃地写了参与这次活动的感受。第四阶段：汇报活动收获。1. 各组制定展板。展板有学生写的诗文、活动体会，还有拍的照片等；2. 全班向学校、家长进行汇报。先播放了游富春江的纪录片和游各景点的照片。接下来，有背古诗文的，有朗诵自己写的诗文的，有讲描写富春山水古诗中的典故的，有讲富春江传说的，还有小演唱、班级合唱等。

谁也没想到，一年半前还是后进生的王臻会写出这样的诗句：

富春江像支长笛，

船儿似按着笛眼屈伸的手指。

当温暖轻柔的风儿吹过时，

听，幽静的江上，

笛儿开始鸣奏……

类似的语文综合性实践活动还有，如"走进军营"、"当一天农民"、"陶吧学艺"……

张芬英的语文课堂好大哟！她的语文课程好丰富哟！她站得好高哟！

在这样的课堂上，学生收获的仅仅是语文吗？

为了学生，她付出了这么多的心血，付出了这么多的艰辛，取得了这么大的成果，"最美教师"的称号不属于她，还能属于谁呢？

我再次想到了她的眼睛，那双大大的、灵动的、目光深邃的眼睛！

五

又是一个秋季——2013 年的秋季，张芬英又接了一个四年级的班。她在博客上写道：

> 学校又交给了我一个班，41 个家庭又把孩子托付给我，三年后，我将还家长一个什么样的孩子？送给中学老师一批什么样的学生？我不能辜负家长、中学老师、校长眼巴巴的眼神里的那种热切的期望！

我相信，芬英一定会书写出更新、更美的教育诗篇！

师生聚会

这是一家颇为豪华的酒店。霓虹灯把停在店门口的一辆辆轿车映得五光十色。我被站在门口恭候的宋霞、王广云、邹启虎等人簇拥着来到"桃李厅"。那种感觉真是好极了，觉得自己真的成了"小朝廷"。望着门框上的"桃李厅"三个字，我暗暗佩服学生的精明，也暗暗佩服酒店老板的经营之道。

先我一步到达的学生们，纷纷起立，向我问候，同我握手。一个男生问我："于老师，您还知道我叫什么吗？"我说："王承明，你觉得你穿上马甲我就不认得你了？"那天，他正巧穿了一件皮马甲。同学们放声大笑。——我愈发感到我像个"小朝廷"了。

不一会，一个男生推门而进。他西装革履，文质彬彬。37年不见了，有的人竟然叫不出他的名字来了，就像叫不出王承明的名字一样。但我认得，他叫刘平。"刘平啊，"我说，"没想到37年后，竟长成大个儿了！记得吗？上小学时，你的座位不是在第一排，就是在第二排。和你差不多高的，还有陆德平，对不？"

"对！"刘平说。他从来笑不露齿。

同学们夸我记忆力好。我说："你们是我踏上工作岗位教的第一个班，而且教了三年，怎么会忘记？我经常看你们的毕业照，一个个地念着你们的名字，可是你们总是笑而不答。——哎？怎么不见张玲侠？宋霞不是通知她了吗？"徐州地邪，话音未落，张玲侠进来了。她走到我跟前，先是一怔，然后抱住我，说："于老师，您的头发怎么白了？……您在我心目中，一直都是年轻的……"说着说着，泪珠从眼角里滚落下来。

都快50岁的人了，可是她还像当年那样天真无邪；她的头发还和小时候一样，自然地卷着，始终像烫过似的。她告诉我，永远忘不了我亲自为她戴红领巾的情景，永远忘不了我让她和王明乾代表全班同学参加淮海战役烈士纪念塔落成典礼那件事。她说："人家王明乾是大队委，三道杠，而我呢，刚入队，学习成绩又不太好。……"

人越来越多，师生济济一堂。

这次活动的发起人宋霞见通知到的人到齐了，便宣布宴会开始。学生们先向我敬酒，然后他们推杯换盏，互相祝酒。桃李厅里，欢声笑语，热烈非常。

不久，胡瑞芝和杨志军打起了"酒官司"。杨志军站起来说："我以当年同桌的身份，敬你一杯！胡瑞芝同学，无论如何请你给点面子！"

胡瑞芝说："不提同桌倒还罢了，一提同桌，我气便不打一处来。喝酒可以，但你得认个错。"

杨志军嬉皮笑脸地问："我何错之有？"

胡瑞芝站起来，对我说："于老师，您别以为杨志军一天到晚笑眯眯的，连吵架时的声音都不大，好像好得很。其实，他暗搞（指暗地搞乱）。有一天，我正在做作业，他悄悄地递给我一个纸包，小声说：'送你点好东西，一定要保存好。'我出于好奇，便动手拆。拆了一层又一层，我心想，什么好东西包得这么严实？等把最后一层拆开一看，原来包了一只放屁虫（即能释放臭气的甲壳虫）！我又怕又气，还不敢发作，怕老师批评。于老师，您说杨志军坏不坏，该不该认错？"

等大家笑过之后，杨志军举起酒杯说："胡瑞芝，对不起，现在我喝杯认错酒！"一杯酒下肚，依然嬉皮笑脸的。

随后，女同学对男同学群起而攻之，纷纷"揭发"他们的"劣迹"。

我说："今天，趁着我在，请女同学畅所欲言，有冤的申冤，有仇的报仇，我为你们做主。"

一向活泼的王广云说："于老师，您别看童士林今天穿着一身警服（童士林是人民警察），像个人了，小时候可差劲了。有一天，我不知怎么得罪了他，追着要打我。我只好跑进女厕所躲避。他站在门口大声喊：'你躲了初一，躲不过十五。——王广云，你出不出来?!'我有意气他，说：'童士林，有本事你进来!'他气得在墙外哇哇直叫。要不是他妹妹童士琴把他羞跑了，那天我可就惨了。"

童士林对此矢口否认，说："纯属捏造，纯属捏造!"

王广云说："不信，咱们问问童士琴!"

童士琴也是我班的学生，那天因为工作忙，未能参加这次聚会。

一提到童士琴，童士林再没争辩，只是咧着嘴干笑。——看来他认了。干公安的，当然知道"旁证"的厉害。

宋霞接腔说："咱们班最刁的是邹启虎。有一次考数学，上课前他对我说：'宋霞，我要是不会做，你网开一面，让我看你的。但是不白看，看一题，我送你一块橡皮。'那次考试，他至少偷看了我两道题。可是事后，他只字不提送橡皮的事。我说他言而无信，他说，又不是好事，信什么信!"

大家笑得前仰后合。李金平朗声说："看来反腐倡廉要从娃娃抓起喽!"

大家又一次笑得前仰后合。

没想到，当年的恶作剧、"丑闻"，今天竟成了美好的回忆。

女同学似乎发现说男生的"坏话"太多了，有失偏颇，于是有人谈起"好话"来了。第一个被表扬的是王承明，说有一次野餐，他把小组的锅、柴火都背在自己身上，不让女同学背。还有张长书，自从演了"抬花轿"，对同桌薛爱华的态度变好了，因为他扮演新娘穿的是薛爱华借给他的红灯芯绒裤子。还有人说，从那儿以后，他对其他女生的态度也变好了。

还值得一记的是，学生中也有夸我的——夸我粉笔头砸得准。张长书说，有一次上语文课，他正专心制作玩具手枪，一个粉笔头砸中了他的头，抬眼一看，我正怒视着他……说到这儿，他做了个鬼脸，摸了一下前额，似乎现在还隐隐作痛。——回忆，是多么美好!

酒酣，刘平自告奋勇为大家唱一首歌助兴。他唱的是我当年教他们的《拾豆豆》。一报歌名就博得了一阵热烈的掌声。他唱完了第一句："张小花，李小牛，肩并肩来手拉手。"其他同学情不自禁地随声附和，结果，"独唱"变成了"大合唱"。

歌词是叙事的，并不感人，我却流出了泪花。

同学，是一个多么美好的字眼！同学之情，是一种多么高尚的人间之情！它明澈，纯真，融洽，就像一泓清泉。师生之情也是人世间的一种美好的感情。它有些像父子、母女之情，但又不同于父子、母女之情。我爱学生，但又不同于爱自己的孩子，正如学生爱我而又不同于爱他们的父母一样。学生有时可以把父母的话当耳旁风，对我的意见却得考虑一下。学生有时做出令我不高兴的事，我却不能像对待自己的孩子一样训斥他们。我说出令学生不高兴的话，或做出令学生不快的事，学生却不能像在父母跟前一样，耍小孩子脾气。学生李志军在部队立了三等功，他最先告诉的不是家长而是我；学生彭晓明打电话告诉我他考上了清华大学，我的眼睛一下子湿润了，竟比听到我女儿考上大学的消息还激动……

这就是师生情，一种谁也说不清楚的情。

醉翁之意不在酒。师生聚会其实是最美的精神大餐。还有什么能比回忆美好的童年，比回忆同学之情和师生之情更幸福的呢？童年是圣洁的水，是率真的诗，它是纯自然的、一目了然的，没有任何掩饰和掺杂的。

尽管我的学生中也有五十岁出头的了，但在我眼里还是孩子；尽管我年逾花甲，但我在学生的眼里依然年轻。我们在一起，一切都觉得和 37 年前一样。

感谢热心操办这次聚会的宋霞。

感谢命运让我当了教师，让我多了一种从事别的行业的人所不会有的感受，让我得到了许多从事别的行业的人所不会得到的爱。

第二辑

盘点自己

我是一个思考型的实践者。我写的所有东西（包括日记），都是用文字凝固下来的思考。写，是最全面、最深刻、最理性、最冷静的思考。

盘点自己

《人民教育》编辑来电话，要我为《名师人生》栏目写篇稿子。我嘴里说"不敢当"，心里却高兴——自己的文章在那里一登，不就俨然成了"名师"了吗？不过，说实在的，正好可以就此机会简单地盘点一下自己的教育人生，所以就答应下来了。

一

同事们常常讥笑我的普通话是"山普"——带山东味儿的普通话。我反而引以为豪，说："我是山东人嘛！"我故意把"人"说成带胶东味儿的"银"字的音。乡音难改，因为它已融入了我的血液。

我生在山东莱阳万第镇徐家夼。14 岁那年，在赤山完全小学毕业后来江苏徐州。但几十年来，故乡的梦一直追随着我，故乡永远让我魂牵梦萦。至今，我几乎每年都回故乡一次，看看那里的山，那里的水，那里的父老乡亲，看看和我一起长大的伙伴，寻找我童年的足迹。

柯灵说："人生旅途崎岖修远，起点是童年。人第一眼看见的世界——几乎是世界的全部，就是生我育我的乡土。"的确是的，"乡土的一山一水，一星一月，一虫一鸟，一草一木，一寒一暑，一时一俗，一丝一缕，一饮一啜，都溶化为童年的血肉，不可分割。"（柯灵：《乡土情结》）

我亲爱的故乡有灵山秀水。山山都有见证先人勤劳、智慧的壮观的层层梯田，那梯田是我心目中最伟大的雕塑。星儿山的梯田最长。那些从山下一直建到山上的层层梯田，有的蜿蜒竟达二华里！春天夏天，庄稼茂盛，是"一层层梯田一层层绿"；到了秋天，谷子、玉米、大豆成熟了，是"一层层梯田一层层金"！如果梯田里栽的是果树，就更美了。春天，杏花、桃花、苹果花开的时候，宛如彩霞缭绕山间，景色十分壮观。故乡有风格独特的村舍民居，全是白墙红瓦，整齐划一。家家有门楼，一进门有照壁，照壁上千篇一律地写着一个大大的黑色的"福"字。因家家有门楼，所以门上贴的春联能长年保存完好。殷实人家的门楼建得比较考究一些，门框及大门稍高稍宽，门楣上有门匾，门匾上雕刻着图案，色彩庄重，颇有些气派。

村里最好的建筑是关帝庙。在胶东半岛几乎每个村都有关帝庙。庙宇规模不大，但建筑精巧，一砖一瓦，一雕一刻都透露出对关公的崇拜与虔诚。我们村的关帝庙规模比较大，斗拱飞檐，很有气势。庙内塑着刘、关、张和周仓、关平的像。刘备和张飞显然沾了关羽的光，在这里与关公分享人间香火。而周围村的，大都只塑关公和周仓、关平的像。刘备、关羽、张飞和周仓、关平是我最早知道的历史人物。小小的我，对关公的许多故事耳熟能详。如"温酒斩华雄"、"三英战吕布"、"千里走单骑"、"水淹七军"等。有些故事是听京戏知道的，最早看的关公戏是《华容道》。红脸，长髯，绿靠，青龙偃月刀……深深地印在我的脑海中。看完戏，回到家还凭着印象画关公。

不知为什么，京戏会在胶东半岛如此盛行，普及的程度如此之高。扶犁掌锄的农民哼"昔日有过三大贤"者，不乏其人。我们村就有一个京剧团，叫"徐家夼京剧团"。文、武场以及演员都是本村的农民，我看过他们演的《失·空·斩》《李逵下山》《红娘》《大刀于七》《打渔杀家》《苏三起解》《华容道》等戏。每年春节、中秋节以及庙会期间都要唱大戏。有时我们也到附近村里看戏。

第一次看《斩马谡》和《李陵碑》时，我都哭了。那时，我还没有戏台高。因听得多了，也喜欢唱，尤喜旦角戏。小学毕业来到徐州后，爸爸知道我喜欢京戏，每个星期六晚上，到人民舞台听一次京戏。后来也喜欢上了豫剧，因为豫剧行当齐全，能演大型历史剧。在人民舞台听过马连良的《借东风》、奚啸伯的《范进中举》和常香玉的《花木兰》。

我是听京戏长大的。京戏把我领进了中国历史。可以毫不夸张地说，把京剧的剧目按年代排下来就是一部中国古代史。京剧给我的太多太多。它增加了我的知识，陶冶了我的情操，丰富了我的情感。我从众多的戏剧人物身上，读懂了什么叫"真、善、美"，什么叫忠勇，什么叫奸诈。是京剧告诉我什么叫"用眼睛说话"，什么叫"精气神"，什么叫"以情带声"，甚至是京剧告诉我，站在课堂上，手应该怎样放。

故乡有真正的春节，男女老少穿新衣，村村瞳瞳唱大戏；春节，乡亲们走门串户，互相拜年，"过年好"的祝福声不绝于耳；"初三看姑姑"、"初四看舅舅"、"初六看丈母"的习俗一直延续至今。

故乡有淳朴、勤劳、乐善好施的人民，在故乡的词典里，没有"偷"、"懒"一类的词语……

一年暑假我回故乡，在山前店下了火车，离家还有20里，一个人背着两包东西，开始没觉着吃力，越走越觉得包袱沉重，正在感慨"远路无轻担"呢，后面有人问："前面的小伙儿到哪个地场去？"（"地场"即"地方"）当我回答了之后，他说："把东西放在驮篓里吧，顺路。"这位素不相识的五十多岁的农民赶着一头骡子，二话没说，把我的行李放到了驮篓里。他是到寨庄头的，这个村离我村只有三里。——这就是山东人。

我结婚的那年春节，我带着妻子回老家。一天早晨爬星儿山的时候，我指着山坡上许多地窖口问："知道这是什么吗？"

妻不假思索地说："防空洞。"

我告诉她，这是地窖，是用来贮藏地瓜、芋头、萝卜、大白菜等东西的。这些东西存放在里面一可防冻，二可保鲜。有一户挖一个的，也有两家合挖一个的。

妻子惊愕了："没有人偷？"

"在我们胶东人的字典里，是没有'偷'这个字的，至少在我们徐家夼人的字典里没有。世世代代都是这样的。"

妻子慨然道："地窖离村子那么远，要是在徐州……"

2001年春天，我乔迁新居。我在新家的门前栽了一棵杏树，三棵桃树，我天天看它们，从上到下打量着它们，就像欣赏艺术品。老伴不解，问我天天围着它们看什么。我随口吟出了《小白杨》中的一段唱词：

> 小白杨，小白杨……
>
> 当初离家乡，告别杨树庄；
>
> 妈妈送树苗，对我轻轻讲：
>
> 带着它，亲人嘱托记心上，
>
> 栽下它，就当故乡在身旁……

吟罢，泪珠竟滚落下来。

我爱我的故乡。

乡土，把我塑造成了一个山东人。

二

我在家乡读的小学。在小学里，我遇到了一位非常好的老师——张敬斋。张老师刚来到我们村小时，才18岁。他的字写得好，课文朗读得好，画画得好，京胡、二胡拉得好（二胡是他自己做的），歌和京戏唱得好，更重要的是对学生态度好。我脑海里留下的全是张老师的笑脸和那特有的爽朗的笑声。在我的记忆中他只生过两次气，但很短暂，笑容很快回到了他的脸上。进入三年级，张老师要我们每天写一篇大字。开始是"写仿"（即"仿影"）。张老师给我们每个学生写一幅字（每幅12个字），我们把纸蒙在上面描。什么时候老师写的字被洇模糊了，老师就再给我们写一幅。到了四年级便临帖了，多数同学临的是柳公权的"玄秘塔"，一直临摹到六年级。大家都努力争取得到张老师的红圈，谁要能得到双圈（写得较好的字，张老师给画两个红圈），那简直是莫大的奖赏，会一蹦三尺高！有一次，我有两个字得了两个红圈，激动不已，把它寄给了在徐州工作的爸爸。张老师喜欢写字，他经常给我们讲欧、颜、柳、赵四种字体的风格。

忘不了张老师给我画的一张奖状。那时农村条件差，奖状都是张老师画的。一次期末考试，我语文成绩突出，张老师发给我一张奖状，奖状上面画了一只展翅欲飞的小鸟，并写了一句鼓励的话。我把它捧回家，妈妈笑，奶奶、爷爷也笑。爸爸远在徐州，如果看到了，肯定也会抿嘴笑。

没想到那张奖状还起到了另一个作用——我竟喜欢上了画画儿！开始画的都是动物，后来画人物——临摹古典小说上的绣像。同学梁延生家贴着一幅"三英战吕布"的年画，我便到他家跪在炕头上，照着画。在小学，画得最多的是戏曲人物，尤喜画京剧脸谱。书包上贴的都是脸谱。班级的壁报上，经常贴着我的画儿。春节，别人家贴的都是买的年画，而我家贴的都是我自己画的。我最喜欢画戏剧人物和花卉。戏剧人物画得最多的是关公、包公，花卉画得最多的是牡丹、荷花、菊花和梅花。

忘不了张老师在我作文本上画的许许多多的红色波浪线。有时候，一篇作文几乎都画上了波浪线！真的全篇都是妙语佳句吗？哪里！都是张老师的期冀和鼓励！每条波浪线，都拉近了我与课外书和作文的距离。

忘不了张老师教我们拉京胡、唱京戏。从小学三年级我和京剧便结下了不解之缘。开始学的是《李逵下山》中的"俺李逵做事太莽撞"，后来张老师发现我有"小嗓"（假嗓），而且音色好，清脆透亮，有"金属音"（张老师说的），便又教我唱青衣。启蒙戏是《汾河湾》柳迎春唱的"儿的父去投军无音信"。之后，又教了一段《打渔杀家》中萧桂英的一段唱："老爹爹清晨起前去自首"。再后来，还跟着村里人学会了"劝千岁杀字休出口"、"看小姐做出了许多破绽"等唱段。学唱的同时，又跟着张老师拉京胡。那时买不起京胡，我用的是张老师做的。和我一起跟着学拉京胡的有七八个人。

唱京戏和看京戏是两码事。看，是旁观，只是感受它；唱、拉，则是参与，是体验它。唱，才能体验到什么叫"以情带声"、"声情并茂"，什么叫"有韵味儿"；拉，才能体验到京剧音乐的美——它的悠扬、脆亮、刚柔、疾徐，知道什么是"包腔"（琴谱和唱腔是两个谱子，琴谱音符多）。

一段唱词就是一首诗；会的多了，积淀的也就多了。听、唱、拉，充实了我的人生。

忘不了张老师带我们在操场上挖沙坑，发动我们到富水河的沙滩上搬细沙。一个很大的沙坑居然做好了！于是我们就多了几种锻炼方式——跳远、立定跳远、跳高，并在里面摔跤。农村的孩子爱摔跤，在沙坑里摔跤多安全、多尽兴呀！

忘不了张老师带领我们搞的活动——演活报剧，爬山，为梨花授粉、掐花，慰问军烈属……

要知道，我是1948—1954年在家乡读的小学啊！那时张老师肯定没有"素质教育"的理念，但是他所做的，不正是我们今天所提倡的吗？

小学生的学习全凭兴趣，感谢张老师使我有了广泛的爱好和兴趣。

我没有成为京剧演员，但我身上多了一些艺术细胞；我没有成为京胡演奏家，但我拥有了一份艺术体验；我没有成为画家，但我多了一位教学"助手"；我没有成为书法家，但我拥有了学生喜欢的第二张端庄的"脸"和名片（有人云："字是人的第二张脸和名片。"）；我没有成为跳远运动员和摔跤手，但我养成了锻炼身体的好习惯，拥有了健康的体魄。总之，众多的爱好，成全了我的人格，也成全了我的教学。

在徐州第七中学，我庆幸遇到了一位刚刚大学毕业的李晓旭老师。我上初中时，学的是"文学"。没有一个同学不喜欢上李老师的文学课的。如果说，小学的张老师使我有了许多爱好，对许多学科产生了兴趣，那么，李老师则使我有了梦想和追求。在我的一篇作文上，李老师批了一句："此文有老舍风格，可试投《中国青年报》。"是吗？于是，我兴奋地认认真真地把作文抄了下来，小心翼翼地寄出去，怯生生地等待着。然而，至今未发表！但李老师的一句话，使我做起了作家梦，如饥似渴地读书，搜肠刮肚地写稿。书，自然是先读老舍的。退稿很快积了一大堆，但屡败屡战，毫不气馁。

人的理想虽然不可能都实现，但为之奋斗的人生是充实的。

理想和追求在，动力就在，希望就在，充实就在，收获就在。

什么是天才？天才就是凭兴趣学习的人，就是矢志不移地为梦想奋斗而终于成功的人。

我虽然没有成为作家，但收获的是读书、写作和思考的习惯，收获的是人格和思想上的成熟。是文学感动了我。同时，是文学使我懂得了形象的重要。讲课离不开形象，教育离不开形象——尤其是老师自身的形象。我懂得了，于是便努力地、不断地、自觉地打造自己的形象。

三

1959 年 8 月 30 日，我跨进了江苏省徐州师范学校的大门。

"哦，三年后我真的要当老师了！"我望着教室里张贴的"学高为师，身正为范"、"又红又专，一专多能"、"举一反三、触类旁通"等标语，自言自语。

于是，所有教过我的老师，一一浮现在我的脑海。老师们成了我的一面面镜子。他们的今天，成了我的明天。那时，我有一个最简单的想法，就是要做一个学生喜欢的老师，绝不能做一个被学生瞧不起甚至奚落的老师。

一方面，我继续做着作家梦，一方面又做起了"当个学生喜欢的老师"的梦。读师范时，我拥有了两个翅膀。

我要做一个像李晓旭老师那样的知识渊博、讲课幽默的老师。于是我更自觉地读书，不但读文学的书，而且读教育方面的书，马卡连柯的书读遍了。此外还读哲学，啃政治经济学，不但读，而且做笔记。

学校图书馆是我去的次数最多的一个地方。管理图书的南老师为我读《马克思主义哲学》感到吃惊："你想当哲学家？"我的想法很简单：当老师、当作家不懂哲学怎么行？"两个翅膀"给我带来了很大动力。星期天，我一个人坐在教室里读书、弹琴（那时每个班有一架风琴）。在玻璃窗上结着冰花的教室里读书、写作的感觉真好。参加工作了，星期天我还喜欢到徐州市工人文化宫图书馆看书。带着两个烧饼，中午不回校。心里觉得自己就像《西行漫记》里写的在长沙读书的毛泽东，不以为苦，反以为乐。

在师范学校读书期间，也写了不少东西，却只有一篇散文《我们的心向北京》，刊登在徐州文联办的《百花文坛》上。但我不灰心，仍雄赳赳、气昂昂地"愤然而前行"。班主任赵维仁老师很喜欢我的作文。有一次，我写了一篇《读〈任瑞卿先生二三事〉有感》，得到赵老师的赏识，赵老师不但在我们班读了，还推荐给别的老师，拿到别的班读。这给我增添了很大的动力。

我要像张敬斋老师那样多才多艺。那时学校对我们师范生的要求是"又红又专，一专多能"。我除了继续保持着对文学的爱好外，对绘画、书法、音乐、戏剧仍有浓厚的兴趣。我是"三好学生"，是学校的文艺骨干，既是合唱队队员，又是民乐队队员——在乐队里拉板胡。

三年的师范学习生活，使我养成了很多好习惯，包括生活习惯。我最感谢母校的，是培养了我思考的习惯。读书，深入思考了，所以养成了不动笔墨不读书的习惯；"吾日三省吾身"了，所以养成了写日记的习惯；思考自己的明天了，所以养成了读我身边的老师的习惯，记他们的优点，同时也思考他们的不足。

教代数的徐惠通老师是同学们敬佩的老师。他有"三绝"：课讲得绝，字写得绝，京胡拉得绝。徐老师讲课口齿清楚，语言干净，逻辑性强。板书是他的一绝——讲有多快，写便有多快。一个定义，一个公式，一道演示题，说完了，也写完了，而且字迹清秀，字有字距，行有行距，不歪不斜，黑板上像有暗线似的。有时讲得兴起，分数分子的"1"，不是由上向下写，而是由下向上推！我们毕业时，把他的备课本给撕开分了——一人两三张，作为书法作品收藏。徐老师无奈的同时也是高兴地站在一旁笑。我在心里说：当老师的，课要像徐老师上得那么好，要像徐老师那样有几手。

教音乐的陆有信老师，课余时间，和我们一起到学校西边的云龙公园玩，他拉手风琴，我们唱。姜志勇同学唱的《天仙配》中的"家住当阳姓董名永"一段非常动情（姜志勇从小失去了父母），得到陆老师的赏识，亲自为姜志勇伴奏。二人的合作珠联璧合。后来才听说陆有信老师的家境和姜志勇相似。——难怪呢。但，在课堂上，陆老师对我们要求很严格。他布置的作业——无论是唱，还是弹琴，绝对不允许我们应付。一次，我因没完成他的用分解和弦伴奏的一首练习曲，他便责令我在班里做检查。语调很平和，但我出了一身冷汗。于是发奋图强，用了半天的时间，拿下来了。感谢陆老师。他使我明白了什么叫责任感，什么叫"教不严，师之惰"。

郭宁兆老师是我在徐州七中读书时的美术老师。我考入徐州师范学校后，她也调到了徐师。她对我们几个从七中考过来的同学说："我们又能在一起了，这是缘分啊！"每年中秋节，郭老师便把我们几个同学叫到她的宿舍，每人赠送一块月饼。要知道 1959～1962 年，正是我们国家的困难时期啊！郭老师望着我们甜甜地笑，我们也望着郭老师甜甜地笑。我在心里说："郭老师把爱给了她的学生，我将来也要把我的爱给我的学生。"

我就这样按照我敬爱的老师塑造着自己。

毕业前的一个多月的实习，是对我三年学习的检验；实习结束时，我和实习班的小朋友洒泪而别的场面，是我向母校交出的答卷。我的目标是做一个学生喜欢的老师。一个月下来，我觉得这个目标并不是遥不可及的。

四

如果说，我在教学中取得了一点成功，原因之一，是我有一颗童心。用学生的话来说，我是他们的"大朋友"；用思维科学家张光鉴教授的话来说，就是"于永正和学生相似"；用苏霍姆林斯基的话来说，就是我"始终不忘记自己也曾是孩子"。

年轻的时候，我也是一个"隔着讲桌和学生会面"的人，也是一个"只是凭成绩和分数来衡量和评价学生的精神世界，根据孩子学不学功课把他们分成两类"（苏霍姆林斯基语）的老师。

后来变了。因为我明白了，分数的确不是学生的全部，好多成功者读书时考试成绩并不好，比如达尔文、爱因斯坦。

学生需要掌握知识，需要有多方面的兴趣和爱好，需要丰富的精神生活，他们的成长离不开集体的交往，离不开活动。

我要求自己尽可能地把课上得轻松一些，讲课生动、形象一些，说话幽默一些，因为，我喜欢这样的老师。把课上得有意思是我不懈的追求。我的逻辑是：先让学生喜欢我，再"爱屋及乌"——喜欢我教的学科。

让学生做对终身发展有益的作业——读书、写字、作文，不做令学生生畏、生厌的"哈达卷"和"练习册"。

"教不严、师之惰。"该宽的宽，该严的严。学生应该做到的、达到的要求，必须做到、达到，否则，绝不放过。在师范学校如果不是遇到了要求严格、教学顶真的陆有信老师，我是不会掌握难度较高的"分解和弦"的伴奏技巧的。

"教不严"，我把它看作自己工作的失职。

我不怕苦，也不怕麻烦，经常带领学生到大自然中去，到军营中去，到工厂去，到农村去，到博物馆去……钓鱼、钓虾比赛，作文、写字、绘画比赛，还有多种文体活动，都是我经常开展的。活动，对孩子的成长来说，是不可缺少的。"缺少这种欢乐，就难以想象有充实的教育。"（苏霍姆林斯基语）著名少先队活动家顾岫荫老师说："一个人亲身经历一些有意义、有情趣的活动，会在记忆里留下难以磨灭的痕迹，每一个精彩的活动留给孩子的都是一颗珍珠。当他长大后，岁月的丝线把这些珍珠串起来，就成为人生珍贵的项链。"

我总希望我的学生拥有更多这样的珍珠，拥有一个金色的、快乐的童年。

我会千方百计地，但看起来又是不经意地激发学生多方面的兴趣。读书是我首先考虑的。其他如书法、绘画、音乐（包括器乐）、手工制作，甚至关注花鸟虫鱼……我会像孩子一样，和学生一起去拥抱、去感受这些美的东西。

我对自己说：要蹲下来看学生。思维科学家张光鉴教授说："蹲下来看学生，就是老师要和学生相似。于永正和学生相似了，所以他成了学生喜欢的老师。"蹲下来看学生，对学生就会有更多的理解。多一份理解，就多一份爱。因为"爱是理解的别名"。（泰戈尔语）

学生的成长离不开老师的爱。老师的爱，是理解，是尊重，是鼓励，是宽容，是微笑，是跟学生打成一片，是与学生同欢乐、同忧愁。我不能保证不训斥学生，但我的训斥中绝没有伤害和挖苦；我不能做到爱每一个学生，但我可以做到尊重每一个人。

总之，我时刻记住我曾经是一个孩子，时时想想我小时候的所思所想、所作所为，想想我上学时最希望老师怎么样，最想老师做什么，最想得到的是什么。

五

每次学生聚会时，他们回忆得最多的，第一是故事，第二是活动。至于我精心设计的课竟很少有谁记住的（除了少数的课还记得其中的片断）。学生说，他们永远忘不了的是故事——我给他们讲的故事，读的故事，还有我和他们之间的故事。

我对学生讲的故事很多，有古代的，有现代的，也有外国的。读的故事更多，因为可以从报刊中信手拈来，朗读一遍就可以进课堂了。学生喜欢听我朗诵，我能把故事中的人物读活。这些故事，有的我已经忘记了，学生们却记忆犹新。他们更记住了我和他们之间的故事——其实，有的算不上是故事，只是一个细节而已。耿臻记住了有一次语文考试，考得不理想而掉"金豆豆"时，我跟她开的一个玩笑。张维维记住了她一次数学没考及格而沮丧时，我对她讲的我小时候数学有时也考不及格的事。魏亚军记住了他小时候偷人家的黄瓜被我知道后，我没有批评他，只是对着他的耳朵，轻声问了一句："魏亚军，偷到的黄瓜是吃了吧？"然后一笑了之这件事。刘其太记住了一个下雨天，他因为生病而晕倒在路旁，正巧被我遇到了，把他背回家的事。张莉的故事长一些：一次我带领全班学生到皇藏峪玩，她下山时不幸摔破了头，我亲自送她到医院治疗，然后送她回家，并向她家长道歉的事……

当初我留给学生的只是一些爱的碎片罢了，今天收获的却是温暖的回忆。

我曾听过郭振有先生的一个报告。郭振有先生说过一段很深刻的话："教师有没有文化主要不在于教师的职称、职位，而在于教师有没有高尚的师德、丰富的学识、生动的个性、感人的故事在学校里流传。有些学校没有文化气息，问学生老师有哪些感人的故事，学生讲不出，或只能讲一些课堂的笑话。"郭振有先生语重心长地说："只有大德之人，才能干大事业。"

如果我在年轻的时候就明白这样的道理该多好哇！我一定会为学生留下更美、更好的故事。

有位教育家说："孩子在未成年以前，接受的是形象而不是理念。"

我想这就是故事之所以会长久地保留在学生心中的缘故吧！因为故事——特别是老师的故事——是形象。

六

平心而论，我真的是一个普通的小学老师，读书并不很多，而且读的速度慢。天资也并不那么聪颖，读小学时，除了美术、作文好一些，其他学科成绩平平。到了中学、师范，懂得了思考，掌握了一些学习方法，各科成绩才上来了。1977 年，我在徐州党校学习时，同班的大学生都考不过我。

关键在于会学习。会学习就是会思考——能把厚书读薄，能把薄书读厚。

走上工作岗位，便思考教育，思考教学，思考学生。我是一个思考型的实践者。我写的所有东西（包括日记），都是用文字凝固下来的思考。写，是最全面、最深刻、最理性、最冷静的思考。我十分感谢我的老师使我对写作有了浓厚的兴趣，十分感谢我的写作习惯。我写的东西不是为了发表，只是觉得有点意思时，才小心翼翼地寄给报刊社。不是怕不发表，是怕发表了贻害大家。

我不是只说不做的人，从不坐而论道，纸上谈兵。每有所得，必定转化为教育、教学行为。这也正是我至今没有落后于时代的原因。

有人说，教育的理论是古老的理论。是这样。教育的好多方面早被孔子、苏格拉底所认识，而且凝成了千古不朽的文字。但，我能用古今理论家的理论，演绎出新的故事。我还以"举一反三"，借别人演绎的故事，去演绎属于自己的故事。我的《教海漫记》记下来的，就是我演绎的许多故事中的一部分。

假如时光倒退十几年

我不是悲观主义者，不会因为人生快"走到头"了而叹息。我常常想的倒是：假如时光倒退十几年，不要多，只十几年，再给我一次从一年级带到六年级的机会，再让我教一届小学生，把我现在相对的成熟献给学生，那该多好哇！我时常记起江苏省模范教师王树堂先生生前对我说的一句话："年轻的时候不会教，等会教了，又老了。"他说出了所有退休老师的心里话，一种带有无奈、伤感、留恋、遗憾的肺腑之言。

难道老师也像庄稼一样，老了才成熟？难道就像红薯一样，从地里挖出来，非得在地窖里放一段时间才甜，才软，才意味着彻底的成熟？

是的。退休之后的大反思，使我基本上明白了教育究竟是怎么一回事，教语文究竟是怎么一回事。因为基本上明白了，所以我退休后才经常想，如果时光倒退十几年，让我再教一届小学生，该多好哇！

如果再教一年级，绝不会让小朋友上课尿裤子了

那是 1985 年 12 月底的事。一天上午，我正在为一年级（1）班上说话、写话课。学生正在用心地写我摆在讲桌上的蔬菜、水果，朱飞飞突然站起来说："林毅尿裤子了！"

林毅是个文静秀气的小女孩，平时很少言语。我对她说："我不是说过吗？上课有事，可以举手报告。"她低着头，一声不吭。天这么冷，棉裤尿湿了，怎么能行呢！我赶紧请班主任邓桂霞老师给家长打电话，送条裤子

来。下课了，我见邓老师正在炉子上（那时冬天办公室里生炉子取暖）为林毅烤棉裤呢。当时我心里还不以为然。

这时，办公室里一位年长的老师对我讲起她曾经在报纸上看到的一篇报道。文中说，一位教一年级的女老师上课时，发现一位学生神色不对，便走到该生跟前，嘴巴凑到他耳朵上悄悄地问："想解手吗？"该生使劲点头。女老师一拍他的肩，他便飞也似的跑出去了。可是，好久不见这位小朋友回来，于是这位老师从包里掏出卫生纸，对另一位小朋友说："你去厕所给他送卫生纸去。"果不其然，这位小朋友正为没带卫生纸发愁呢！

我为这位老师的善于体察而吃惊，为她的善于推理而敬佩！

听罢，我羞愧之极。我觉得我不配做特级教师。

如果时光老人再给我十几年的时间，让我重教一年级，上课时我会关注每一位学生，不再只是关注教案、教学。岂止是教一年级，教任何年级都要认真读每个学生的表情、动作，从中读出他们的内心，并做出正确的判断，采取相应的措施。低年级上课中间的短暂休息，我不会只是唱唱歌，活动一下身子，一定会先问小朋友一句：有需要"那个"的吗？尤其是在冬天。我也不会只是那么"正统"地活动、唱歌，我会让学生大吼几声——有字无字都行——让小朋友吼出精神、吼出气势、吼出劲头、吼出笑声。

犯了错误的学生进了办公室，一定请他坐下

在四十多年的教育生涯中，把犯了错误的学生"请"到办公室里去，是常有的事。"请到办公室"，是表示该生所犯错误已十分严重。当众这么"宣布"，也想"警示"其他学生。

问题还不在这里。问题在犯错误的学生到我办公室的"待遇"：他必须标准地立正站着——脚后跟靠拢，两臂下垂，中指贴在裤子缝上。如果不"标准"，我便命令他"站好"，随即强制性地"纠正"：比如用脚踢他的脚后跟。这实际上是体罚。这种做法，哪里有尊重可言！哪里有平等可言！

哪里有民主可言!

最近读了张华教授的《论我国课堂教学转型》,深受触动。文章说:"2008 年 8 月 31 号,我儿子上小学了。第一天是家长开放日,学校的第一件事是:行为规范。怎么坐,怎么站,手放到哪里,怎么走路,怎么排队……老师早已规定得好好的,而且每一个规定都有相应的奖励和惩罚作保障。随后的任何学习都是这样。现在,我们很多美其名曰'培养学习习惯'的做法,就是强化学生不能乱说,不能乱动,整齐地听话……这都是最坏的习惯——没有比限制儿童的嘴乱说、手乱动更坏的学习习惯了,这是成人对儿童施加专制的最司空见惯的方式。"他深刻地指出:"我国教学危机的根源是专制教学。我们把教学当作一个专制的过程,集体对个人,上一代对下一代,上位者对下位者的专制的过程。而且我们每一个人,不自觉地在做一个专制者和接受专制者,这是我最担心的。"

几十年了,我不就是这么做的吗?运用"动物园教育学"——以奖励作诱因,以惩罚作威胁来"训练"学生,是泯灭人性的教育!假如我回过头来再从事教育,我会视学生为朋友,我甚至不会称他们为"孩子"——叫他们孩子,那意味着我是长者,"平等"就不存在了。低年级的学生称"小朋友",高年级的学生称"同学",同学同学,我们是一同来学习的,是平等的。

他们犯了错误,我可能还会请他们到办公室里谈谈,但是我会为他搬一把椅子,放在我的身边,请他坐下,我甚至还会为他倒一杯水。我可能很严肃,乃至于严厉,但不会再说"你呀,瞎子害眼——没治了"之类的伤害学生自尊心的话。我会以自己的一言一行、一举一动告诉学生什么叫尊重、平等、民主。

我不会再愚蠢地把分数作为衡量学生优劣的唯一标准

四十多年来,教的学生无数,但有几位学生的脸经常浮现在我的脑海里。李健、亓庆红(女)、刘云、孙建军……他们的表情是漠然的,孤独的，有的甚至带有哀伤，他们很少言语，早上背着书包默默走进学校，下午放学又默默地回家……

他们都是被我戴过"差生"帽子的人。因为他们的学习成绩差，要么数学考不及格，要么语文考不及格。每次考试后，我都要宣布分数。念到他们的成绩时，我还故意在分数的后面加一个"大"字："李健——50大分！"这种话对学生会造成多大的伤害呀！如果说体罚伤及的是皮肉，那么语言伤害的则是心灵。皮肉受伤有药医治，而心灵的创伤却无药可医。我是他们的老师吗？我配做他们的老师吗？

不知这些学生现在怎么样，从事什么工作，但我相信，在社会上，他们不会差，他们中肯定有人很有出息。请他们原谅我当年的愚蠢。

现在我明白了，人人都是一个大写的"人"，人人都有尊严、有人格，人人都应该得到尊重。人的智能是多元的，人生下来就千差万别，正因为千差万别，才有灿烂的世界和多彩的生活。不能单用学习成绩来衡量学生，文化成绩不是一个人的全部。可惜，我认识得晚了。如果我再从事小学教育，我会经常把十个手指头伸出来告诫自己：这就是你的学生！尺有所短，寸有所长。有了这样的学生观，我会认真研究每一个学生，知其长短，让每个学生扬长避短，甚至让一些人变短为长。我会让每个学生喜欢我，爱上学，爱读书，爱思考。人人尽力了，学到什么程度就是什么程度。东方不亮西方亮，分数实在没有多大意义。

当导师，不当教师

退休了，还不断吃润喉片，慢性咽炎要伴我终生了。不能怨天尤人，只怪自己四十年来讲话太多。

课改以前，讲课文里的字词的意思，讲段落大意和中心思想；课改以来，讲课文的人文性，深挖文字背后的蕴含。难怪慢性咽炎久治不愈。语文能力不是讲出来的，学习兴趣不是讲出来的，情感态度更不是讲出来的。讲，真的作用有限。

　　现在看来，过去犯傻了。如果我再教小学语文，我会引导学生多读书，好读书，读好书，读整本的书。不但多读，还得多背——在初知大意的基础上，多背点经典诗文。因为我明白了，学语文靠的是"童子功"——12岁以前，是人学习语言的最佳期。这期间，人的记忆力最好而理解力弱，一定多背。幼学如漆，小时候背熟的东西一般不会忘记。

　　我会引导学生在语文实践中养成读书读报和动笔写作的习惯。因为我明白了，教育说到底，是培养人的习惯，学语文是个慢功，是一辈子的事情。人一生以读、写为伴，才会有成就。

　　"讲之功有限，习之功无已。"（清颜元语）"导而弗牵"是教学的真谛。教师时代应该成为历史，取而代之的应该是导师时代。

　　人生是花，语文是根。在我的引导下，每个学生的"根"会长得粗壮、有力。

　　做导师而不做教师，我恐怕也就不会患慢性咽炎了。

研究自己

我经常想，自己的语文能力是从哪儿来的？如果把自己研究得差不多，教语文是怎么一回事，应该怎样教语文不就明白了吗？其实，理论就蕴涵在自己成功的经验和失败的教训之中。从自己的经历中总结出来的东西，至少对自己更有指导意义。

吕叔湘先生说他的语文能力三分得之于课内，七分得之于课外，是"三七"开。

我呢？恐怕也不会例外，也得"三七"开，甚至是"一九"开——一分得之于课内，九分得之于课外。课外的读、写最重要。

既然如此，那么，我课内的百分之三十是怎么得到的，即老师是怎么教，我是怎么学的？课外的百分之七十又是怎么得到的，即我是怎样学习的？从中得到了哪些有益的启示？

做一做研究自己的课题，是很容易的，因为自己最了解自己。

我很庆幸，在小学里我遇到了张敬斋老师。张老师是怎样教语文的？用今天的话讲，完全是"原生态"的！每一篇课文，教完生字后，张老师先朗读一遍，然后让我们学着读。老师背着手，在教室里踱来踱去。谁要是没有读出声音来，便喊一声他的名字，或者走到跟前，敲敲他的桌子。"喊"和"敲"明白无误地发出这样一个信息："怎么不读啦？读！"这一"喊"一"敲"也起到了敲山震虎的作用——其他人也就不敢偷懒了。两三遍之后，老师便指名道姓地让我们读给他听。读错一点点都得重读，态度极其严肃。有时还殃及池鱼——叫全班陪着那个读错的同学重读一遍，似乎我们都读错了似的。张老师就这样教语文——读！"逼"着我们出声地读！我记不清老师在课堂上讲什么了，似乎也没有讲什么。讲得最多的话是指导朗读的话，是表扬、鼓励的话。张老师是不吝啬表扬的。

就这样，我们从一年级一直读到六年级。中央教科所张田若先生说："一篇课文教完了，评价成败的第一个标准是看全班学生是否把课文读熟了。"张田若先生如果听了我们张老师的课一定会赞不绝口的。你别说，就这么读来读去，我还真的对朗读产生了兴趣。

那时，天天有晨读课，不管春夏秋冬，不管刮风下雨，我们黎明即起，到学校念书。张老师照例背着手，在教室里走来走去。倘若老师有事，便由班长行使老师的职权。"谁要是不念，"张老师语气很硬地对班长说，"就把他的名字写在黑板上！"这一招具有强大的震慑力，就连最调皮的、最不喜欢读书的人，也不得不装模作样地把书捧在手里。我的胆子比较小，怕班长把名字写到黑板上，所以老师不在，我也能认真读书。每天读完 45 分钟后，再回家吃早饭。

就这样，一读读了 6 年。记忆力真的可以锻炼和培养的，读到后来，像《开国大典》这样长的课文，两个早自习就能背下来。6 年下来，12 册语文书全烂到肚子里去了。像《铁脚团长》《开国大典》等课文，至今还能基本上背下来。

是朗读，使 12 册语文课本中的故事留在了我的心中；是朗读，使 12 册语文课本中的丰富情感融入了我的情感世界；是朗读，使 12 册语文课本中的规范语言植入了我的大脑；是朗读，使我具有了初步的感悟能力；是朗读，使我有了较好的语感；是朗读，使我学会了朗读。小学毕业时，我第一遍就能把一篇从未读过的文章读流畅，并读出文章的感情。

上小学五年级时，有了课外读物，老师便"逼"着我们读。怎么"逼"的？每读完一本，便叫我们讲书中的故事，人人都得讲。这一招儿十分厉害！你不读不行，马马虎虎地读也不行。一目十行，故事记不住，讲不出来呀！这就迫使我把读书的速度放慢，品味着读，想着读，努力把书读进脑子里。

印象最深的是读管桦的《小英雄雨来》（一本小说集，其中有一篇叫《小英雄雨来》）和孔厥、袁静写的《新儿女英雄传》。读完了，老师就叫我们轮流在班里讲书中的故事，什么牛大水、牛小水，讲得津津有味。我复述故事的能力较强，且常常有发挥（老师说是"创造性复述"），讲到日本鬼子说的话，例如："你的，什么的干活儿？""死了死了的有！"我会讲得很夸张，而且有动作有表情。可惜解放初期农村条件差，课外书太少。但连环画非常流行，而且普及，我们同学买的也不少。古典四大名著，我都是看过连环画后，才读原著的。好在连环画图文并茂，文字也不少，所以也有利于积累语言，培养语感。

我小学阶段的语文能力是在大量的课外阅读中逐步提高的。《西游记》和《水浒传》我在小学就读了两遍，而且读得比较仔细，这两部书的厚度不知超过多少语文课本呀！读着读着，就上了瘾，乐此不疲，并形成了习惯。至今，一天不读书、不看报，就觉得好像缺了点儿什么似的。我们老师的"逼"，实则是一种高度的责任心。小孩子就是小孩子，不"逼"不行。培养良好习惯，开始似乎都得"强制"。

小学三年级开始写作文。那时写作文用的是毛笔，竖写。我大楷、小楷在班里不是最出色的，但也常得到老师的夸赞。每次作文我都抄写工整。每篇都能得到"书写工整"的评语，有时还能得到"语句通顺"的评语，我逐渐喜欢上了作文。到了四年级，我对作文产生了浓厚的兴趣。原因很简单，就是因为张老师常常在我的作文上画波浪线，有时整段整段地画，有一篇作文竟然从开头画到结束！那红红的波浪线让我好激动！真的是心潮澎湃啊！老师在作文上画的波浪线是一种赏识性的语言，它比掌声更激励人，因为它在本子上把鼓励凝固成了永恒。张老师还经常把我的作文读给全班同学听。听老师在班里读自己作文的感觉无法用语言来形容！我想，荣获诺贝尔奖的感觉也不过如此吧？就这样，我视写作为乐事，总盼着上作文课，总觉得两个星期写一篇作文太少。当时，真的不为别的，也不知道还有什么别的，就是为了得到张老师画的波浪线，就是想让老师在班里读我的作文。

喜欢就会乐此不疲；乐此不疲地付出，必然会进步；而进步收获的则是更浓厚的兴趣。兴趣真的是最好的老师。这叫良性循环。

十分庆幸，我在徐州市第七中学读书时，遇到了李晓旭老师。

李老师刚刚大学毕业，朝气蓬勃，才华出众，讲课生动风趣。他讲课，常常使我们听得如痴如醉。我也就如痴如醉地学语文。回过头来看，教师生动的讲解是不是也是一种资源？杜殿坤教授说："教师德才兼备，才华出众，怎么教都能教好。"这话还真的有道理！在他的影响和激励下，刚读初中一年级的我，居然做起了作家梦！才上初一的我怎么想当作家了呢？原因也极其简单，就是因为他说我的一篇作文"有老舍风格"。李老师在作文讲评课上像分析文学作品一样，在班里大讲我的作文的优点，而且鼓励我投稿。理想产生的动力真的大得很！当时我天天以书为伴，坚持写作，到了乐而忘忧的地步。在中学，我的语文能力恐怕要"二八"开了，即百分之八十得之于课外。李老师得知我有了当作家的念头后，甚为高兴，欣然在我的笔记本上题词，用他那"芽体"（李老师戏称他的字体为"芽体"，意为写的字像豆芽）写了整整四页。大意是：先博览群书，然后专攻一家，即专门研究一位作家的作品，研究他的创作道路，研究他的语言风格、表达技巧。既然想当作家，就不但要知道书中写的什么，更要研究他怎么写的。

李老师的话使我豁然开朗！可以说，从那时开始，我才会读书。从那时开始，我把读书的速度放得更慢了，由理解（确切地说是"了解"）内容向学习语言及其表达形式倾斜；学会了咀嚼，学会了欣赏，有意识地积累语言了。如果说小学的张老师使我对读书作文产生了兴趣，那么中学的李老师则使我由兴趣变为志趣，使读与写成了我生命的一部分。

正是因为我从初中一年级开始，就是抱着"当作家"的愿望读书的，关注的不再只是故事情节，而是语言及其表达形式，所以我读书收获就多；正是因为从那时起，我就坚持读、写，写、读，所以才有了今天的写作能力。能力是从实践中获得的，无论课内还是课外。

真的不容易啊！仅从初中一年级到师范毕业，退稿就积了一大箱子！

如果只靠课内一学期写七篇作文，语文能力是很难形成的。稿子写了那么多，却没发表一篇！虽然碰得头破血流，我仍不思悔改，坚信"有志者，事竟成"。因为顽强地做着作家梦，坚持写作，渴望着发表作品，所以平时的观察思考就比别人多。一天到晚警犬似的瞪大眼睛看，伸长鼻子闻，努力寻找生活中的闪光点，发现周围人的心灵美，然后形诸笔端，凝固成文字。参加工作后，仍坚持写。可以毫不夸张地说，是写成就了我。写，使我的认识一步步地深刻；使我的路越走越直，越走越宽。写下成功，对自己是一种肯定；写下失败、苦恼则是一次心灵的洗礼，因为每一次把它写下来，就有一种向朋友倾吐后的释然。所以，不断地写作，收获的不仅仅是能力，也是一个人的成熟。所以，我特别感谢小学、中学的老师能使我喜欢写作，并养成了受用终生的习惯。

如果在小学、中学里没有遇到才华出众、善待我的老师，没有他们的赏识与鼓励，我绝不会成为今天的于永正。所以我说教育的第一个名字叫"影响"，教育的第二个名字叫"激励"。

研究至此，教学是怎么回事、怎样教语文的答案就有了。

什么是语文教学？就是教学生学习语言、运用语言。用课标的话来说，就是教学生"理解和运用祖国的语言文字"。怎样教语文？我从我的老师教我学语文中体悟出四个字：引导，激励。

说得稍微具体一点，就是：

第一，要像我的老师引导、激励我们那样去引导、激励学生读书。学生由被"逼"着读，到喜欢读，到会读。

第二，要像我的老师引导、激励我们那样去引导、激励学生作文。用放大镜寻找出每个学生每篇作文中的闪光点，放大放大再放大，一次一次再一次；让每个学生在肯定与表扬中感受到成功的喜悦，最终产生兴趣。

第三，要像我的老师引导和激励我们那样，让读、写成为学生的习惯。我从自己的经历中体会到，一个人如果养成了读和写的习惯（尤其是写的习惯，例如写日记），教语文和学语文就成了轻而易举的事。只要爱读书，会读书，语文是可以无师自通的。因为书本身就是最好的语文老师。语文太博大精深了，不说别的，单就一本小小的《新华字典》收的一万一千多个字，要认识它们得花多大工夫啊！学语文是一辈子的事，所以必须有良好的读写习惯来支撑。

不知我的"个案"有无典型性。但，以上三条至少对我是适用的，而且我相信，一般情况下，个性中都隐含着共性。

格言——我的导师

读小学高年级时，我便喜欢抄录名言佳句。我会为一句名言没及时记下，事后却又怎么也回忆不起来而懊悔不已，好像与一位良师益友失之交臂。

小时候喜欢格言，只是朦朦胧胧觉得它说得有道理。大了，参加工作了，多了一份思考，格言成了我的导师。我在一本《名言大辞典》的扉页上，题写了这样一句话："学习，导行。"从此，名言不再只是抄在本子上的句子，而是化为自己思想的一部分了。

一

[每个40岁开外的人，都应当对自己的脸负责。——（美）林肯]

我第一次读到这句话时，刚参加工作不久，才二十多岁。当时我很不明白，为什么林肯告诫40岁开外的人才要对"自己的脸负责"呢？难道像我这样二十多岁的人就不要对"自己的脸负责"了吗？我想，一个人，当有了理智以后，至少当成为一个公民之后，就应当对自己负责。所谓对自己负责，就是要对家庭、对朋友、对工作、对国家负责。我作为一名教师，就应当对学生、对家长、对学校、对社会负责。

1998年10月在巴黎举行了全世界第一次高等教育大会。在大会制定的宣言中明确宣告：高等教育的首要任务是培养具有高素质的毕业生和负责任的公民。可见一个人的责任感是多么重要。

我国自古以来讲究负责。明代顾炎武说："天下兴亡，匹夫有责。"孙中山先生说："惟愿诸君将振兴中国之责任，置于自身之肩上。"我们古人提出的"忠孝节义"，讲的也是一种责任。我非常赞同中国科学院院士杨叔子先生对"忠孝节义"的诠释："对国家、对民族负责，是忠；对长辈、对父母负责，是孝；对家庭、对配偶负责，是节；对同事、对朋友负责，是义。当然，时代不同，忠孝节义的含义应有所不同。但形而上的'负责'是一致的。人类社会之所以成为一个社会，因为生活在这个社会的人应对这个社会有个责任感。"

杨院士说得多好啊！假如人没有责任感，不对"自己的脸负责"，那不就和禽兽画等号了吗？我们的社会不就成了禽兽世界了吗？

我虽然对"责任"的认识远没有杨叔子先生那么深刻，但我是努力去做——从年轻的时候起。所以我的工作得到了学生、家长、同事、领导的认可，使我拥有了众多的爱我的学生和尊重我的徒弟，拥有了一个幸福的家庭，拥有了一个贤惠的妻子和一双可爱的儿女，拥有了舒心的工作环境，拥有了许多亲朋好友，拥有了许多的荣誉（工作的第一年，我带的班级便被评为徐州市优秀中队，我被评为徐州市优秀辅导员）。

负责，也是自己对自己的一种自觉约束，是自己为自己安装在身上的一种永久的动力装置。

二

[以人为镜。——（唐）李世民]

从命运之舟把我载入徐州师范学校的大门那天起，我便对自己说："既然命运让你选择了教师这个职业，你就应当做一名学生喜欢的老师，绝不能当一名学生瞧不起，甚至在背后奚落你的老师。"为什么这样说？因为自己和同学曾不知让那些师德差而又无能的老师出过多少洋相！对个别印象特别差的老师，极尽挖苦之能事。于是，凡是教过我的老师都成了我的镜子，我努力按照我敬爱的老师去塑造自己。

参加工作了，我特别留心周围的同事们，虚心学习他们的长处，努力避免他们身上的短处。如果出现差错，则自省、改正。因为自己能做到"知过而能改，闻善而能用，克己以从义"，所以进步较快，多数领导和同事对我评价不错。

著名京剧大师周信芳的嗓子坏了，有人对他说："你要扬长避短。"周信芳说："不是'避短'，而是要变短为长。"果然，他用他的不好的嗓子唱出了特有的韵味，最终形成了脍炙人口的麒派唱腔。因为我事事、处处以人为镜，所以不仅能把自己的短处变为长处，而且能把别人的短处变成自己的长处。——避免了别人的短处，别人的教训我引以为戒，自己不就进步了吗？"以人为镜，可以知得失。"这个"得失"，不只是教学上的，也包括做人方面的。

三

[心之官则思，思则得之，不思则不得也。——孟子]

孟子的话使我懂得了思考的重要性，并在不断的思考中，养成了思考的习惯。思考出主意，思考出智慧。小思出小智慧，大思出大智慧。思考使我少走了不少弯路。总之，思考使我逐渐摆脱匠气，走向成熟。

小到一节课怎样开头，一个词怎样处理，一篇课文怎样教，一个棘手的个性特殊的学生怎样开导；大到一个班级怎样管理，一个研究课题方案怎样制订，都离不开思考。一切办法、方案都是思考出来的。只要思考，总会有所得，反之，什么也不会有。有人说："思考和实践是成功的双翼。"巴尔扎克也说："一个能思想的人，才是一个力量无边的人。"我虽然至今还没有成为"力量无边的人"，是因为思想得还不够，但绝不能因此而怀疑巴尔扎克说的话的正确性。

曾子说："吾日三省吾身：为人谋而不忠乎？与朋友交而不信乎？传不

习乎?"我还为自己加了一条:"教不思乎?"我要求自己,对教育、教学工作要不断地反思。反思成败与得失,思考问题和解决问题的办法。苏霍姆林斯基说:"没有思考就没有发现(哪怕是很小、乍看起来微不足道的发现),而没有发现就谈不上教育工作的创造性。"只想还不够,还要动手写。我写了不少备课札记、教学札记、听课札记,而且有些在刊物上发表了。写,是最好的反思。写会使思考深刻、周密。思之不得,会促使我去读书,去和同事讨论(特别是请教高明之士)。思与学结合起来,思与议结合起来,思与做结合起来,使我不断迈上新的高度,使我的教学日臻成熟,最终凝结成了"五重教学"——重情趣,重感悟,重积累,重迁移,重习惯,并在教育部召开的"于永正教学方法研讨会"上做了介绍。

四

[人患无朋友,无闻见。——(宋)陆九渊]

[君子以文会友,以友辅仁。——孔子]

陆九渊说的是交友的重要性。人没有朋友,便等于失去耳目,见识不广。孔子的话除了说明交朋友的重要外,还讲了怎样交朋友。

与朋友交往除了可以增加见识,还可以培养自己的"仁德"。清代的颜元对孔子的"以友辅仁"解释得非常透彻:"良朋毕集,《诗》《书》之味相亲,高贤盈目。于是以友之高明,开我之蒙蔽,以友之宽厚,化我之私狭。对端方之儒,怠惰不觉其潜消;得直谅之助,过端不觉日寡;人欲之自为去者,得友而去之益力;天理之自为存者,得友而存之益纯,其辅吾仁也深矣。"

人不可没有朋友,而且要"以文会友"。所谓"以文会友",不能简单理解为凭文章结交朋友,应该理解为与志同道合者,与有学识和有见地的人交朋友。我的朋友很多,但以"文"结识的朋友对我的影响最大。

回过头来看看自己走过的路,哪一步不渗透着我的同事、领导、专家学者的帮助？从中央教科所的潘自由、张田若先生，华中师大的杨再隋教授，华东师大的李伯棠教授，浙江大学的朱作仁教授，至我的同事们、领导们，他们对我的教诲和帮助，我没齿不忘。我忘不了徐州这一方热土，忘不了各级领导，忘不了徐州的朋友们对我的关怀、呵护和扶植。

我到每一个地方都会找到朋友。我喜欢和朋友交谈，常常从与他们的交谈中得到启迪。有些百思不得其解的问题，常常因朋友的一句话而顿觉释然。我的好多文章、好多研究课题、好多主意，是在和朋友"侃大山"时"侃"出来的。因此，我常常发出"与君一席话，胜读十年书"的感叹。

"水至清则无鱼，人至察则无徒。"我的朋友之所以很多，是因为我是"以文会友"，是因为我交友的目的是为增长见闻，培养自己的仁德的。

五

[教学艺术的本质不在于传授的本领，而在于激励、唤醒、鼓舞。——（德）第斯多惠]

我是 20 世纪 80 年代初在一篇文章中读到这句话的。我如梦方醒，开始把注意力从关注课本、关注教法的选择和教学环节的设计上，转向了如何尊重学生上，特别是如何关爱学习有困难的学生上。不是说钻研教材不重要，教学方法不重要，而是说，不能再像过去那样只重视知识的传授，要走出学科本位、知识本位的误区，转向全面关注学生，关注学生的发展。一句话：以人为本。的的确确，教学艺术的本质首先不是处理教材的艺术，而是善待学生的艺术。

好奇心

我从小好奇心就强。看完戏，喜欢钻到后台，近距离看演员勾的花脸、扎的大靠、穿的蟒袍和他们使用的刀枪剑戟。回到家便埋头书桌，一笔一笔地描画，常常画得饭不思，茶不饮。

读小学三年级，被张敬斋老师高超的京胡演奏艺术所吸引，只要听到张老师的胡琴一响，我便站在旁边目不转睛地看，聚精会神地听。不久，便跟着老师学拉京胡，并学唱京戏。始学花脸，后改青衣。张老师见我悟性好，嗓音清亮甜美，更加悉心指导。小小年纪，居然在村里唱出了点小名堂。

读初中一年级，因受李晓旭老师的影响和鼓励，酷爱文学。读了神童作家刘绍棠写的中篇小说《运河的桨声》，竟然也做起了作家梦。不管以后成不成，反正从那时起我爱读书，爱写作了。与此同时，也喜欢上了国画，喜欢国画那特有的神韵。空闲时，也学着画，山水、花卉、动物都画。直到如今，我见到国画（还有书法作品），便驻足观赏。好画，好字，好印，都会给我带来极大的精神享受。欣赏字画和欣赏京剧一样，感受的是它的精气神，是它的韵味，而不是（或者说主要不是）它的内容。同样一个字，有多少人写，就有多少种姿态；有多少书法家，就有多少种性格、气质和神韵。品字品画可以陶冶人们的情操。当然，上学期间，拉京胡，唱京戏也没间断过。

走上工作岗位后，几次听了徐州师范大学附属小学李孝珍老师的语文课，佩服得五体投地，于是又痴迷于语文教学。"文革"后，又多次听了特级教师李梦铃和左友仁等老师的课，眼界大开，干劲也随之大增。经过同仁的帮助、指点和自己的努力，竟然也摘取了"特级教师"的桂冠。因为我把评为"特级教师"当作了新的起点，继续奋力前行，所以几年之后，人们又在我的"特级教师"前面加上了"全国著名"四个字。如果说成功有"种子"的话，那么这颗种子的胚芽便叫"好奇"。

有人说我"多才多艺"。这是不确的。确切地说，是我的爱好广泛。应该说，爱好广泛的人的文化素养就比较厚实，就像吃饭不挑食的人所摄取的营养就比较丰富一些一样。对教学而言，广泛的爱好使我受益最大的是能左右逢源；只有学不到的，没有用不着的。对学生而言，则能使他们得到较多的知识和启迪，他们智慧的火种被点燃的机会和可能性就越多，他们的禀赋就有可能被催化为才能。

广泛的爱好来自哪里？来自好奇心。没有孩子般的好奇心，就不会有任何发现，就不会有什么爱好，自然也就不会有执着的追求。好奇心尽管并不意味着成功，但它是一切成功的起点。

读书同时读自己

我曾经写过一篇关于读书的文章，题目叫《感谢书》。文中有这样一段话："我这个人读书喜欢想自己。我是抱着从书本中寻找智慧、思想和方法的态度读书的。如果读书不与自己、与工作联系起来，学而不用，对我来说，读书就失去了大半的意义。"简单地说，就是读书同时读自己。

书是养人的。古人说："书犹药也，善读之可以医愚。"说的就是这个意思。但是，"医愚"的前提是"善读"。所谓"善读"，就是书中的养分必须吸收，融入人的肌体，否则不会起作用，就如一个失去消化功能的人吃任何营养品都不能起到强身健体的作用一样。

我从小接受的是"读书要和实际联系起来"、"学以致用"的教育。老师这样说，我便这样做。这对我很有好处。读师范一年级时学了一篇《任瑞卿先生二三事》的课文（任老先生是山东平度的一位老教育家），很受感动，于是联系自己的思想实际，写了一篇读后感，得到了班主任赵维仁老师的赏识，视为"模范作文"，不但在我们班读了，还拿到了另外一个班读（赵老师教两个班的语文），而且听说赵老师还把它推荐给别的语文老师看。我敢于解剖自己，而且不是"感"而"不动"的人。认识了，有所悟了，便去做。于是我在学习生活中，也像任老先生那样珍惜时间，努力读书，为做一个任老先生那样的老师而认真准备着。我是班里为数不多的"三好学生"之一。那时我给自己规定的指标是：各门功课考试成绩必须在 90 分以上。人生总得有个目标，不论小目标，还是大目标，都是一种动力。

读师范二年级时，我读了一本苏联小说《天职》，深受鼓舞，书中的一句"宁肯让生命燃烧，也不能让它冒烟"的话，成了我的座右铭，从此学习更加勤奋。星期六晚上，我常常一个人在教室里读书，星期天常常一个人在教室里练琴。为了做一个合格的人民教师，我"时刻准备着"。

我最喜欢的书还是《论语》《孟子》《三字经》《水浒传》和《三国演义》等古典名著，以及唐诗宋词。如果我真的像别人说的那样正直、宽以待人、关爱学生，我身上真的有些许中华民族的传统美德，那么，这是与受这些古典名著的影响分不开的。这些古典名著，是塑造我心灵的主要雕塑家。

我一步步理解着《孟子·公孙丑上》中的"闻过则喜"的训诫，并一步步地实践着。早在"文革"期间，有一学生骂我，被其他学生听到后，纷纷指责该生，差一点拳脚相加。我得知后，写了一篇文章叫《学生为什么骂我》。在文中，我诚恳地、客观地分析了学生骂我的原因，主动承担了自己所应负的责任，并向骂我的学生道歉。我把文章读给学生听，大家都被我的诚意所感动，骂我的学生连连向我道歉。这件事后来传到该生家长的耳朵里，家长向我赔礼。

前不久，我的一个徒弟见网上有批评我的话，便为我争辩。我得知后，便对这位徒弟说："首先要感谢这些批评我的人。批评是深层次的关心。接着要思考别人说的、骂的有没有道理。我们虽然还不能像子路那样'人告之以有过，则喜'，但至少要冷静，要思考，做到有则改之，无则加勉。"为此，我还专门写了一篇短文，让这位徒弟贴到网上去。

我一步一步地理解着这些古典名著中的"忠孝节义"的内涵，并一步一步地实践着。随着年龄的增长，理解力的增强，我认识到"忠孝节义"说的，实际上是一种责任，一种社会责任。中科院院士杨叔子先生说得好："对国家、对民族负责，是忠；对长辈、对父母负责，是孝；对家庭、对配偶负责，是节；对同事、对朋友负责，是义。当然，时代不同，忠孝节义的内涵应有所不同。但形而上的'负责'是一致的。人类社会之所以成为一个社会，因为生活在这个社会里的人应对这个社会有一种责任感。"读书越多，思考越多，我的认识提高得就越快。认识每提高一步，我的实践便多了一份理智，多了一份自觉，多了一份自律，因而也就多了一份高尚。

读书为了学做人，也为了做好工作。说到这一点，我要感谢孔子、叶圣陶、吕叔湘、马卡连柯、苏霍姆林斯基等古今中外的教育家。是他们的著作引领我走进了教育的神圣殿堂，告诉我怎样教书育人，怎样教语文。《论语》使我拥有了教育的智慧，《给教师的建议》使我拥有了投身教育实践的指南，《教育诗》使我拥有了一份从事教育的乐观心情。

同时也感谢各种教育报刊，它们是我一天也不可或缺的精神食粮。教育家和许许多多优秀教师的思想和业绩一次次地感动着我，于是我也努力像他们那样，用我的行动感动着我的学生，把我的课上得让学生更喜欢。我的一本《于永正语文教学实录荟萃》记录下了我为了把课上好所付出的思考与努力。

我读书并不多，读书速度也比较慢，但我肯思考。在认识上每有所得，便喜不自胜，并努力付诸实践，让理念转化为行为，转化为"生产力"。

我们这个时代"叫嚷和埋怨之"的确太多，缺少的是行动。有人不读书不看报还则罢了，一旦看了一篇关于某某校长、某某老师的教改报道，读了一本新的理论书，看了一篇具有新理念的文章，便马上与自己的学校、自己的校长和别的老师挂上了钩："看人家学生、人家校长多好！我们的呢？——啥玩意儿！"唯独不想自己，不考虑自己应当如何做。如果看了报道外国教育的书或文章，那么，整个中国的教育在他眼里会立刻变得漆黑一团，从北到南，从东到西，都会被数落一番。他似乎不是中国的一分子了。

"医愚"，要从"医"自己之"愚"做起。

最近，我看了上海京剧院演的《廉吏于成龙》。在剧的最后，于成龙说了这样一句话："人人治人，国虽治必乱；人人治己，国虽乱必治。"他说的虽然是"治国"，而且很大程度是说给当官儿的听的，但同样值得每个人思考。我说的"读书读自己"，就是"自己治自己"的一个方面。

人生是花，语文是根

　　女儿学的是国际贸易专业。大学毕业后，就职于徐州市纺织品进出口公司。一天，公司与一位香港客商谈生意，双方就一批服装的价格，始终达不成共识。晚上，公司宴请港商。席间，港商举起酒杯对公司经理说："'劝君更尽一杯酒'！"经理一时语塞，竟不知如何应对。我女儿反应迅速，立即站起、举杯，说："'西出阳关无故人'！我们经理不胜酒力，我替他喝！"说罢，碰杯，一饮而尽。港商是位儒商，见我女儿应答不俗，又举起杯说："'持酒劝云云且住'——"女儿应声答道："'凭君碍断春归路'！"就这样，二人一来一往，边对诗边饮酒，气氛非常热烈。宴毕，女儿笑着对港商说："'子规夜半犹啼血，不信东风唤不回'！"港商大悦，对公司的经理说："明天不必谈了！这批服装的价格，就按您说的定下来了。"

　　没想到，女儿小时候背的古诗，在这里转化成了"生产力"——生意做成了，而且卖了个好价钱！

　　如果说人生是花，语文是不是根？

　　后来，女儿又当了小学老师，教英语。今年暑假到澳大利亚进修。进修期间，她天天写日记。回国后，又洋洋洒洒写了五六千字的学习心得。我一看，思考得还蛮有深度，文字也流畅。一天，她对我说："我从澳大利亚回来已经三个月了。三个月来，我没严厉斥责过一位学生。回国后，在我眼里，再也没有差生，只有差异了。如今我上课更活了，更有趣味性了。我干吗那么一本正经啊，干吗那么像老师啊！"

　　我很高兴。应该说，是扎实的语文功底成就了她。她从小喜欢读书、作文。上小学时，她的两篇作文曾在《徐州日报》上发表并获奖。是读、写的习惯，使她有了较敏锐的发现能力、思考能力和表达能力；是读、写的习惯，使她在工作中能得心应手；是读、写的习惯，使她有了较充实的人生。

山东省聊城市教研室主任、数学特级教师冯明才先生十分赞同"人生是花，语文是根"的说法。他告诉我：有一天，他应邀参加一个宴会，有一位领导迟到了，连声道歉："对不起，来晚了！"冯主任看了看手表，说："迟到了17分钟。"另一位应邀前来的语文教研员说："只要您能来，等待也是一种幸福！"冯主任感慨地说："数学语言准确倒是准确，却是冷冰冰的，不像文学语言那么有味道，有温度！看来，我要好好学语文啊！"

语文的确是人生之根。一个人应该成为终生阅读者。书的营养太丰富了，它不但会丰富你的语言，丰富你的知识，而且会丰富你的精神和情感。如果同时拥有操笔为文的习惯，就更好。写，是最深入、最缜密的思考。为什么人越写脑子越好用，越写越聪明？原因就在这里。

语文所给予我们的营养是会转化的。关键时刻，它会转化为能力、机智、信心和勇气。

所以，人人都要学好语文，要读书，要随时将自己的所获所得用文字凝固下来。每一次凝固，都是一次认识上的升华，使以后的实践更理性，路走得更直一些，更顺一些。不读书，或读书甚少，想把工作做好，做出点名堂来，是不大可能的。

所以，我们要教好语文，让学生学好语文，为他们的人生奠基，从幼时起，就让他们拥有发达、苗壮的人生之根。语文是基础的基础。哪一门学科的载体不是语言文字？语文学不好，要读懂数学的应用题，恐怕很难。

人生是花，语文是根。有了厚实的语文功底，人生之花才会绚丽多姿，芬芳四溢。

"没脑子"

一

一辆"大通道"公共汽车不急不躁地在中山路上行驶着。它那有节奏的晃动和车内的宁静使坐在车内的我又继续思考起上午思考的问题——《高大的背影》一课的读写结合点应放在哪里，应选择什么样的写作素材。

一阵嘈杂的声音打断了我的沉思。抬头一看，几个人争着为腿有毛病的年轻人让座。

"谢谢！我是'临时残废'——脚脖子崴了。"年轻人嘻嘻哈哈地说。

我想起了我为学生张文生揉脚脖子的事。两年前的一次课外活动中，张文生跳远，不小心把脚脖子崴了，他一瘸一拐地来到教室，脸上露出痛苦的表情。我把他的鞋袜脱掉，运用我学过的按摩技法为他治疗……想着想着，我心里一亮，有了！就写这件事！有动作，有对话，而且事小，好把握。可是，怎么告诉现在教的这个班的学生？讲？不好，没趣味性，那就把作文课上成复述课了。对！来个"课堂素描"——把两年前发生的事，通过表演再现出来，让学生观察后再写！我兴奋起来，仿佛打井人在荒漠里凿了一眼甘泉！

接着，我又在大脑里自编自导"揉脚脖子"的小品。编着，演着，我不由得兴奋起来。凭感觉，这节课准会产生"轰动效应"。有人反对追求"轰动效应"，但是我想，能激发学生的学习兴趣，能振奋学生的精神，能提高教学效率，"轰动"一下又有何妨？

汽车咯噔一下停了。小小的震动，又打断了我的思绪。我向车外望去，站牌上"四道街"三个字赫然映入眼帘——糟糕！坐过了两站。

回到家，饭菜早已凉了。听我叙述完迟归的原因，家里人一齐问："你的脑子呢？"

二

我喜滋滋地抱着一摞书回到家，一本一本地向妻子谝，如数家珍。

"看，这是张中行先生的文集，共三卷，第二卷中大部分讲的是作文教学，这位张先生可是大家！这本，是我梦寐以求的缩印本《辞海》……"

"缩印本都这么大，这么厚！"妻子边说边用手掂了掂，"嗬，好重！简直像块城墙砖！"

"还有《走出人生误区》，这么好的书，居然没有人买，被降价处理。"

妻子笑眯眯地听着，笑眯眯地看着，分享我的欢乐。我买书，买京剧磁带或唱盘，花再多的钱，她都不心疼。"理解"岂止是"万岁"，应该"万万岁"。

介绍完毕，我便迫不及待地打开《张中行文集》第二卷。清新的墨香把我诱进了张先生为我们展现的作文教学的天地。

"吃晚饭了。你美餐了一下午的精神食粮，也该换换口味，吃点物质的食粮了。"妻子在厨房里说。

饭毕，妻子忽然问："唉，伞呢？"

"伞？"

"是啊！你到书店不是带了把伞吗？"

"坏了，丢在柜台上了！"

"丢三落四！你说你丢了几把伞了？"

"能怪我吗？我回来时，谁叫老天不下雨了呢？"

三

伞的确丢了好几把。其中，一位挚友赠的一把"情侣伞"丢得最可惜。

那是一把制作精美的伞。张开后，伞面是椭圆形的，能同时为两个人遮挡雨水或阳光，故美其名曰情侣伞。其实，称它为"双人伞"更合适。我之所以一句推辞的话都没说就收下它，是因为它特点鲜明，是用来进行说话、写作的好材料。朋友送的哪里是伞，分明是写作文的好素材！

我很快备好了课。上作文课的那天早晨，我把双人伞拿在手里，对妻子说"请祝我上课成功"。这次，她不但没说任何祝愿的话，反而说："我担心你会把它丢了，因为天现在就没下雨。"

我假装生气，转身走了。

这两节说写课上得很成功。徐善俊同志立即把课堂教学实录整理了出来，请张庆同志做了评析后，寄给了《小学教学》编辑部。不久，便在这家颇有影响的杂志上发表了。后来，我收到了一位湖北老师的洋洋千言的信。信中说："于老师，看了您的《"双人伞"说写课实录》，真叫人拍手叫绝！怎么什么东西到了您的手里都会成为说话、写话的好材料呢？"信的最后他引用了袁枚的一首诗："但肯寻诗便有诗，灵犀一点是吾师。夕阳芳草寻常物，解用多为绝妙词。"

这都是后话。不幸的是，上完了那两节课，双人伞真的没了！是丢在公共汽车上了，还是放在教室里被别人拿走了，抑或上车前在一家商店里买东西时扔在柜台上了？不得而知。

中午下班，我一进家，妻子便问："双人伞带回来了吗？"

因为我没进门就发现伞没了，领先于妻子一步，有了思想准备，所以装着坦然的样子说："放在教室里了，明天有位老师上课要用它。"

我之所以选择"教室"这个地方，一是因为在汽车上称为"丢"，在教室里称为"放"，两个字的性质不同；二是寄希望于教室，希望明天能在教室里突然发现它。

希望最终变成了失望。第二天中午回家，我沉重地对妻子说："情侣伞不见了。"

"真的还是假的？"

"都怪昨天你说的那句话。我还没出门，你就说我会丢。"

"你呀，"妻子嗔道，"是个属狗熊的，吃饱饭不认铁勺子。"

四

最说明我没脑子、在徐州小学教育界广为流传的是我请别人客而自己却忘记到场的那件事。

1986 年第四期《小学语文教学》"人物专访"栏里发表了张庆、高林生、徐善俊撰写的关于我的长篇报道，封三上发了由梁宝华拍摄的五帧教学照片。为了表达对上述朋友以及其他几位同事的感谢，我准备宴请他们一次。我把宴请的时间、地点通知了他们，并把钱交给梁宝华，一切由他张罗。

那是一个星期六的晚上，朋友、同事们高高兴兴地应约按时赴会，可就是迟迟不见我的影子。那年头，电话还没进普通百姓家，且饭店离我家又远，不好联系，客人们只好耐着性子等。一直等到晚上八点，他们实在忍受不了饥饿的折磨，在宝华的主持下先吃了起来。

那天晚上，我干什么了呢？吃过饭我便在灯下写一家杂志社约的文章了。写着写着，因为一个数据拿不准，便到楼下教研室主任家咨询。

"主任呢？"我一进门便问主任夫人。

主任夫人睁大了惊愕的眼睛："你?！今天晚上你不是请他的客吗？"

我的脑子轰的一声，呆若木鸡。

一看手表，小针指着 9，大针指着 12，完了！

以前，别人说我没脑子，我还自我解嘲说："大智若愚嘛。"打那以后，别人无论怎么说，我都不吭声——认了。

五

主任要出差，临走时，他对我的同事徐善俊说："老徐，千万别忘了提醒永正，星期五下午到师范学校上课。师范学校王主任来了好多趟了，那边什么工作都准备好了。这可是件大事，一定提醒他。唉，这个没脑子的家伙！"

"当着我的面，不跟我说，而跟善俊说，真是岂有此理！"我装着生气的样子说。

善俊说："别的事他能忘，教学的事绝对忘不了。主任尽管放心走好了。"

课是没忘记上，而且颇受师范生的欢迎。王主任一再握着我的手说，讲得不错。我心里一激动，脑子一热，又忘了一件事——徐善俊托我捎给王主任的一份有关作文教学的材料，被我原封不动地带回来了！

善俊摇摇头，无奈地说："我只好亲自跑一趟了。"

善俊说："教学的事你能不能少考虑一些，给大脑腾出点地方，好思考、记忆其他的事？你还记得我给你讲的巴尔扎克的一件趣事吗？一天，巴尔扎克约一位好友会晤。朋友来后，见巴正在写作，便在椅子上坐下来。一会儿，佣人给巴送来了午餐。朋友当是给自己准备的，便把它吃光了。又坐了一会儿，见巴还在专心致志地写作，不忍惊扰他，便悄悄地走了。过了好一会儿，巴觉得有些饿，便停了笔，准备吃午餐。可是当他转身看见旁边小桌上的空空的餐具，只当自己吃过了，自言自语地说：你这饭桶，吃过了还想吃！接着又伏案写作起来。我真担心你会像巴尔扎克那样，闹到连自己吃没吃饭都不知道的地步。"

徐州市教委教研室张庆老师曾赠给我一副对联，在徐州小学教育界流传甚广。这就是："此也忘，彼也忘，唯教学不忘；这也能，那也能，教语文最能。"

六

日积月累，量变质变，后来同事们又把我的"没脑子"的外号改为

"忘事精"。徐善俊送我一个记事牌——一块能立起来的搪瓷片,可以用来写钢笔字;写满了,还可以用水擦掉。他说,好记性不如烂笔头,何况你呢!你随时把要做的事情写在上面,这可是名副其实的"备忘录"。这个记事牌还真帮了我不少忙,每个星期有哪些活动,或者接到一个重要的电话,或者别人托我办什么事,都及时写在上面,给我提个醒。

一天,我接到一个电话,一位朋友问我,往大马路小学送一年级学生上学的事办了没有。我的脸顿时长了——因为报名时间昨天已经截止了,而我竟忘了说!

善俊说:"你不是把这件事记在小牌子上了吗?"说完,从我桌子上取过牌子,一看上面只有这样一行字:7月1日前,《小学教学》约稿必须寄出。

"朋友托你办的这件事擦掉了吗?"善俊问,"你那天好像写上去了。"

"我忘了写了!"

善俊的嘴张得大大的,半天说不出话来。要是说出来,肯定是这三个字:"忘事精。"

崇拜思考

"我看见水壶开了，高兴得像孩子似的叫起来；马歇尔也看见壶开了，却悄悄地坐下来，造了一部蒸汽机。"

这是我从 2003 年 5 月 26 日的《报刊文摘》上摘抄下来的一句话，它出自英国凯恩斯的《成功的潜质》。这句话形象地告诉我们，平凡人和不平凡的人的区别仅仅在于——或者说主要在于—— 一个不善于思考，一个则善于思考。

《报刊文摘》还摘登过一篇文章，题目好像是《勤奋遭到了斥责》。说的是现代物理学奠基者卢瑟福，一天深夜，发现一个学生在做实验，便问："上午干什么了？"答："做实验。""下午呢？""做实验。""晚上呢？""做实验。"卢瑟福斥责道："你一天到晚在做实验，什么时间用于思考？"勤奋的学生竟然遭到了斥责！文章说，卢瑟福对思考"极为崇拜"。

应该崇拜思考。我们老祖宗一向重视思考，孔子、孟子等先哲对思考都有极深刻的论述。古今中外，哪一个成功者不是一个善于思考的人！可惜不少人宁可让岁月淹没在仿佛很有价值的忙碌中，却不拿出时间去思考，以至于思维总是在低水平上徘徊，最终一无所获。

在这方面，我有深切的体会。有时强调忙，就轻易地把思考放弃了。幸好自己经常给自己敲警钟，还没成为卢瑟福斥责的那种忙而不思的勤奋者。"文革"以前的我，大部分星期天是在图书馆里度过的。怀里揣着烧饼，作为午餐。读书倦了，就写。什么都写，小说、诗歌、散文。但写得最多的是教学方面的体会，天天写日记，鸡毛蒜皮，什么都记。我是思考型的读书者，读书时我总是喜欢把自己摆进书中，把自己从事的工作摆进书中。写，更重要。文章是情的凝结，是思维的升华。写的本身是最深入、最全面、最周密的思考。写，是最能锻炼人的脑筋的。一个不动笔墨的人，就很难算得上一个真正的思想者。即使在"文革"期间，我读书和写作（主要是写日记）也几乎没有断过。别的书不能读，就找鲁迅的书读。"读的什么书？""鲁迅的书。"这就相安无事了。我要感谢"习惯"——读书、写作的习惯。做好习惯的"奴隶"，真是受用终生，幸福终生。读写不断，思考就不断。

除了读书，还去读社会、读人，包括读自己。我刚参加工作时，常常为学生的作业潦草而发愁。一天，我无意中发现贺恒久老师那班的作业十分整洁，于是向他讨教。他说："要严字当头——要求要严，批改要严，对个别不自觉的学生更要严，要抓而不放。"刘绍鼎老师似乎没有贺老师那么严，但他班的作业同样写得好。刘老师说："老师要写一手好字。"刘老师的字写得确实漂亮，他改作文都是用毛笔，那蝇头小楷很有赵孟頫的神韵。于是我又练字。这样，一加一，自然就大于一了。工作后的第二年，我又兼高年级的音乐课——因为我能弹风琴。但遇到了一个令我头疼的大难题——教别的班，课堂纪律不好维持。有位教数学的张大训老师无论上哪个班的课都能上得好。他有什么诀窍？于是我便去听他的课。原来他有一双锐利的眼睛。即使板演，他也是侧着身子，不忘看学生。"大同，你的腿在向哪儿伸？""小勇，听累了吗？"全班学生似乎都在他的眼中，什么都逃脱不了他的眼睛。他只是这么提个醒儿，语调并不高，接着又去讲课。课后，他送了我三句话："1. 上课时要让每个学生都觉得你在注视他，有时是一句提醒的话，有时是一句夸奖的话，有时是请他回答问题，或做件什么事，有时只是一个眼神，眼神当然也是多种多样的了。2. 把问题消灭在萌芽状态。3. 不唠叨。"还有很重要的一点他没说，也许是因为谦虚不说，那就是他的语言简洁、风趣，他的表情和语气、语调能提起学生的精神来。我看了，听了，思考了，也照着做了，于是我逐渐进步了，无论上哪个班的课都井然有序了。用刘校长夸我的话来说，就是做到了"管而不死，活而不乱"。集各家之长于我一身，我的能耐自然就大了，进步就可想而知了。

更难忘的是读斯霞老师。我参加工作不久，《人民日报》登了《斯霞和孩子》的长篇通讯。那篇文章使我知道了什么叫爱的教育。后来又在南京听了斯霞老师执教的《乌鸦喝水》。一位小朋友读书出现了小错误，斯老师俯下身子和蔼地说："错了没关系，再试试看。"一个小朋友的铅笔盒被碰到桌子边上了，她为他放好；一位同学的红领巾几乎歪到后边去了，她为他扶正。"母爱"就是在这些细枝末节上体现出来的啊！"尊重"就是这样自然流露出来的啊！

有人说我每次上课都有新意，是不是我背后有个"智囊团"在帮我出主意？"智囊团"没有，我还没有那么大的身份。但我有的是"思考"。一节好课是思考的结晶。课上完了，也不忘记思考，思考成功和失误，以利再战。反思使失误也变成了财富。不但反思教育、教学，也反思自己的为人处世。反思，叫"读自己"。我对自己"读"得很认真。一本本日记，是我读自己的心得体会。跌倒了，一定回头看看是怎么跌倒的，以免再重蹈覆辙。

思考可以不分任何场合，不需要任何条件。睡前，醒后，等车，坐车，散步，在书房里静静地坐着，都适宜思考。这叫"在宁静中寻找智慧"，还有参加无关紧要的会，听无关紧要的报告，也适宜思考。你讲你的，我想我的，同床异梦，各不相干。这叫"在闹中取静"。此外，听课、听精彩的报告以及和志同道合者侃大山，也常常引发我的思考，产生顿悟，产生共鸣。我的好多理念，好多"点子"是在听课、听别人谈话时产生的。"集思"必然"广益"。这叫"与君一席话，胜读十年书"。

真的要崇拜思考。人是在思考中成熟的，教学也是在思考中日臻完善的。

爬格子

一

在家里，我为自己营造了一片小天地。它占地不足两平方米，陈设也极为简单：一张写字台、一盏台灯、一沓稿纸、一支笔、几本工具书，还有一把椅子，就这。

入夜，这片小天地明亮而温馨。我在这片纯属自己的小天地里读书、爬格子。一旦爬得性起，便如入无人之境，任凭家里人说什么、做什么，我都全然不觉、全然不知。别说在家里，就是在办公室里，不管如何嘈杂，都不会影响我写东西。有位同事很"眼红"，问我身上是否安装了什么"抗干扰"装置。我回答说："有的。它的名字叫'专注'。"

爬格子锻炼了我的注意力。

爬格子磨炼了我的意志。

二

第一次爬格子是读初中二年级的时候。教语文的李晓旭老师在一篇作文上批了一句"此文有老舍风格，可以试投《中国青年报》"，激动得我顿觉脑袋有斗大。于是买来稿纸，工工整整地誊写下来，投进了邮筒。从此做起了作家梦，开始了爬格子生涯。

爬呀，爬呀，从 1957 年一直爬到 1980 年也没能使自己的名字变成铅字。

一位老师见了我的一箱子退稿，惊讶地叫了起来，然后手一摊，头一摇，走了。他逢人便说："发表文章，哪有那么容易的。"

我知道不容易。但我也坚信：种豆必得豆，绝不会得蒺藜。

1980年底，当我39岁的时候，我的论文——《选材与命题》在《江苏教育》第12期上发表了！同月，我的小说《没脑子的人》刊登在《徐州日报》上。

台灯下，我把发表的论文和小说看了又看，读了又读。妻子为我斟的一杯茶冒着缕缕热气。热气变幻着形态，升腾着，我心里有说不出的激动和喜悦。

我越发觉得台灯下的这片小天地明亮而温馨。

三

我一进办公室的门，先我一步的徐善俊高兴地说："《语文老师应当是个语言医生》在《小学语文教师》上发表了，果然头版头条！到底是千锤百炼出来的。"

说它是千锤百炼出来的并非言过其实。我写这篇文章，整整耗了两年的时间。

"语文教师应当是个语言医生"这个想法早就有了。听课中我经常发现，明明学生说话有语病，老师却说"很好"。怎么能说"很好"呢？为什么不予以纠正？是压根儿没听出来，还是漫不经心？于是，晚上展开稿纸写下了个题目——《语文老师应当是个语言医生》。但写了不到两页又觉得朦胧，便暂时搁笔。

后来，听善俊同志上了《狐假虎威》，其中，有这么一个片段：

师："骨碌"除了能说眼珠转动，还可以用来形容什么？谁能用"骨碌"说一句话？

生：天亮了，小强擦擦眼睛，从床上一骨碌爬起来。

师："骨碌"这个词用得很恰当，这里形容起床的动作相当快。可是"擦擦"用得恰当吗？换个什么词更合适？

（一时无人举手）

师：一觉醒来，还有点困意，于是用手——（徐老师用双手在眼睛上做揉的动作）

生：（恍然明白）换个"揉揉"！

师：对！早上睁开眼睛，一般情况下眼里是不会有什么的，擦什么呢？（生笑……）

我听到这里，情不自禁地在听课本上写了这样一句话："多么高明的语言医生啊！"

不久，我在马鞍山市听了贾志敏老师的两节作文课。他的瞬间辨别学生语病并立即予以纠正的能力再次激起了我写作的动机。一回到家，便翻出一年多前写的旧稿继续往下写。这次颇有"文思泉涌"的感觉。论述完如何当一个好的语言老师、如何医治学生的语病后，像有仙人点化似的，突然想到了打腹稿时没有想到的"医德"问题。是呀，一个好的医生不但要有高超的医术，而且要有良好的医德，一个好的语文老师不也应当如此吗？有人并不是没有敏锐的语感，不是发现不了学生的语病，而是漫不经心、不负责任；有人发现了语病，却不是善意批评引导改正，而是言语刻薄、冷嘲热讽，说得学生无地自容……越想越激动，越写越流畅，直到画上了最后一个句号，心情还没平静下来，真想亮开嗓门高唱"一马离了西凉界"。

此文写完之后，并未立即发出。我把它放进抽屉里"闷"了一段时间后，又进行了加工、修改，才寄给了《小学语文教师》。编辑很快回了信。我对善俊说："回信的时间如此之快，我估计这篇文章很可能登在头版头条。"果然不出我所料。

我有个习惯，每写完一篇文章，并不急于投寄出去，而是放在抽屉里

"闷"上一段时间。"闷"的过程实际上是继续想的过程。过一段时间拿出来看，不但会发现语言的稚嫩、内容上的疏漏，还会发现论述的偏颇和谬误。

这是"冷处理"。

发表在《山东教育》上的《阅读教学要加强读的训练》和发表在《小学语文教学》上的《鲁班学艺给我们的启示》，"闷"的时间都在一年以上。正因为"冷处理"得好，所以一寄出去就得到了编辑的青睐，他们立即回信，嘱我千万别投第二家。著名特级教师张庆说，爬格子是最好的思维体操。的确如此。它促使我不断地思索，使自己的思维具有条理性、周密性和深刻性。那些改得一塌糊涂的草稿，如实地记录了我的思维的轨迹。

四

爬格子使自己的认识不断得到升华，升华了的认识又促进教学水平不断提高。

1992年春，我们教研室对我区小学语文教学现状做了大面积的、细致的调查。我调查的重点是说与写的训练，获得了大量感性材料。我对这些材料进行了分析整理，发现写的训练少了，而衡量一个人的语文能力高下的一个重要标志是写作水平怎样。于是写出了《君子动口，更要动手》的论文。因为材料翔实，在写的过程中又学习了一些专家的论述，所以文章写出来后自己很满意。"冷处理"的时间只有一个月。该文在《江苏教育》发表时，编者还加了按语。

如果说，1992年以后我的语文教学有了一个新的飞跃，那是因为我认识上有了一个质的飞跃，这与爬格子有很大关系。我上的《马背上的小红军》《新型玻璃》《白杨》等课文，之所以受到广大教师、专家、学者的好评，正是因为我把提问降到最低限度，摒弃了烦琐的内容分析，把大量的时间留给学生读、写，强化了语言文字训练。同时注意激发学生的学习兴趣，调动他们的积极性，使他们真正成为学习的主人。面向全体学生，注意语文教学的综合性，让学生主动地、生动活泼地学习，是我追求的更高目标。

如果没有爬格子的习惯，可以肯定地说，我充其量是一个好的教书匠。

我常对青年教师说："不要懒惰，不要强调自己忙，一定要拿起笔写东西，从一节课写起，从点滴小事写起。"

有人对我说，脑子浑，不会写。

我说，不要埋怨自己的腿不好使，走不动，应检查一下你是否走了。

还有人对我说，也想写，可写不出来。

我说，写不出来硬写，强迫自己去想，去读书，去实践，去总结。我有好多文章是"硬"写出来的。真正搞出点名堂来的，都是自己给自己加压的。靠别人督促，是不会有出息的。

五

我的《听懂与读懂辨》一文在《山西教育》上发表后，一位同事对我说："老于，你真行，听了别人一句话就能写出一篇文章来！这句话当时我也听到了，可怎么什么感觉也没有？"

原来，不久前，一位老师当着这位同事的面问我："您教《狐假虎威》时为什么费那么大的劲，先让学生读课文，说说这个成语的意思，学生连读两遍，才勉强说出来。尔后又让学生查字典，看看'假'字在这里到底作什么讲。学生们又去翻字典。这两个问题，老师一讲，学生不就明白了吗？"我立刻意识到这位老师还没有领悟到语文教学的真谛，于是写了一篇《听懂与读懂辨》。

我笑着对这位同事说："那是因为我喜欢爬格子。爬格子使我养成了思考的习惯，练就了捕捉问题的本领。"

说过之后，我觉得不妥，于是解嘲似的说："我这不成了王婆了吗？"

"成了王婆也未尝不好，只要你的瓜甜。"

我的这位同事也很会说。

不少老师问我："你写了那么多文章，你是怎么想出来的？"

我说："大体有三种情况。一是自己做的，二是自己看的（包括看书、看报），三是自己听的。好多事，大家都是做过的，有些问题也是想过的，只不过思维的触角不像常爬格子的人灵敏，没有深入思索，更没有动手写下来的习惯罢了。我像培根那样，口袋里常装支笔，随时记下瞬间的思维。这些不寻常的想法是很有价值的，且往往稍纵即逝，永不再来。我常常因为疏忽而没有记下一些很有意义的想法而后悔。"

六

爬格子有时会感到走投无路，有时会觉得力不从心。这是一个信号，该加油了，该读书了。

茅盾曾说过一句很有见地的话："光读不写，眼高手低；光写不读，眼低手也低。"

一次，我的一位当校长的同学听了我上的《狐假虎威》。他对我的教学情感备加赞赏，邀请我到他的学校里跟老师们谈谈这个问题。虽然我再三说我对这个问题没有研究，但他执意要我去。我只好答应两个月后去。正巧，《湖北教育》的一位编辑写信也要求我写这方面的稿件。这位编辑说，他曾在黄石市听过我的课，说我的教态没说的。大凡人都经不住别人抬举，给点颜色就想开染坊。于是我决定由"必然王国"朝"自由王国"迈进，认真地研究起"教学情感"来。两个月读了近20万字的资料，做了约1000字的读书卡片。联系自己的实际，边读边思，渐渐明确了什么叫教学情感，良好的教学情感有什么作用，教学中教师良好的情感的表现，怎样激发学生的积极情感等，写了1万余字的演讲稿。我把其中一部分摘出来，冠以《伴随语言的意义及其运用》的题目，寄给了《湖北教育》。

两个月后我来到了老同学的学校做了演讲。

演讲引起了极大反响。

老师们为我鼓掌，我则把手伸给了我的老同学。没有他出的题，我怎么会去探讨，怎么会对教学情感有较深的认识呢？

《伴随语言的意义及其运用》亦被刊用。发表不久，一位读者还专门写了一篇心得体会，也发表在《湖北教育》上。可见关注这个问题的人不少。

开始，写不下去，感到力不从心时读书；后来，即使写得下去，也要去翻翻与所写文章内容有关的书籍。这样定能得益匪浅。

以写促读，以读促写，这叫"相得益彰"。

七

爬格子是最好的思维体操，也是健脑的最好的体操。

一年体检，我把体检报告拿给一位在医院当院长的朋友看。朋友看了我的脑电图，连声说："到底是特级教师的脑袋，就是与众不同。"他说的许多行话我听不懂，意思是说都很正常。结论是："脑子的确得常用。"

我说："常用的钥匙总是亮闪闪的，何况大脑？"

朋友说："对，对！名言，名言！"

我说："当然是名言，因为它是富兰克林说的。"

以人为镜

一

"以人为镜"是唐太宗说的。

原文是这样的："人以铜为镜，可以正衣冠；以史为镜，可以知兴替；以人为镜，可以明得失。"（《资治通鉴·唐太宗贞观十七年》）

当皇帝的，一定要"以古为镜"，研究点历史，知道怎样才不会亡国。平民百姓却不一定去操那份心。但是，"以人为镜"，倒十分必要。以别人来对照自己，知道什么是对的，什么是错的，可以使自己的路走正一些，走直一些，走出点出息来。

我上中学时就把"以人为镜"作为座右铭。

二

1959 年 6 月的一天傍晚。

夕阳的余晖照在清凌凌的小河里。我和同学马龙哲在长满了青草的岸边散步。迎面走来了晚饭后也出来散步的李晓旭老师。李老师从初中二年级开始担任我们的班主任兼教语文，到现在整整两年了。

"听说你们二位都准备报考师范？"

"是的。"

"为什么不考高中？你们二人的语文程度这么好，最好上大学深造。——

永正不是说将来要当作家吗?"

我说:"我现在想当一位像您这样的老师。您的文学这么好,不也选择了教师这门职业?当作家太遥远。"

李老师爽朗地笑了。

这是真的。我之所以报考师范学校,主要是受李老师的影响。当时,17岁的我,思维就是这么简单,由于崇拜李老师,于是也决定当老师。而且还朦朦胧胧地觉得,我可以成为李老师那样的老师。

李老师是一面镜子,从中我窥见了自己。

毕业前夕,李老师为我写了长达四页的赠言,并为我题了李商隐的一首诗:"嫩箨香苞初出林,於陵论价重如金。皇都陆海应无数,忍剪凌云一寸心。"

诗的前两句本是喻指有才能的青年弥足珍贵,这里显然就是对我的鼓励;后两句则隐含了老师意欲劝阻我考师范而又觉得不该劝阻,非但不该劝阻反而应该支持的心态。

三

三年的师范生活,我去得最多的地方是学校图书馆。要想像李老师那样博学多识,出口成章,不在图书馆泡怎么能行?

我借阅的《教育诗》和《塔上旗》因摘抄的东西太多,迟迟不能如期归还,惹得管理图书的南老师几乎发脾气。当我把做的读书笔记拿给她看,她惊愕了:"没见过像你这样认真做读书笔记的学生!"只字未提借书过期的事。而且以后再有类似情况发生也从未责备过我。

有一次,我借阅《政治经济学》。南老师说:"这本书可难啃呀!"

我似懂非懂地啃了一个多月。不管怎么说,以后再听到或者看到什么"抽象劳动"呀,"价值规律"呀,就不至于一窍不通了。

说话,我力求像李老师那样清晰,畅达,有幽默感。只可惜乡音难改,练至今日,仍有较重的山东口音。写文章,我力求像李老师写的那样朴实无华，淡而有味。课余时间，写小说，写诗歌，也写针砭时弊的短文。那时学校要求写"周记"，即每人每星期要写一篇文章，体裁不限，内容不限。每篇周记我都特别用心，几乎每篇的选材、立意都与众不同，颇得语文老师的赏识，经常在班级里读我的文章。越夸越有劲，写作的基本功打得也越扎实。

四

就像哪个工厂都有出类拔萃的工程师，哪个剧团都有技压群芳的艺术家一样，哪所学校也都有杰出的被学生崇拜的老师。

在徐州师范学校最被学生崇拜的是教数学的徐惠通老师。他有"三绝"——课讲得绝，字写得绝，京胡拉得绝。徐老师身体羸弱，好像一阵风都能把他吹倒似的。平时也少言寡语。但当上课铃一响，他猛抽一口快烧到嘴唇的烟蒂转身走进教室时，却判若两人。课堂上，徐老师精神矍铄，富有激情，宛如青年人一般。他语言铿锵，干净利落，具有摄人心魄的逻辑力量。而且口到手到——嘴讲着，手写着；讲完了，也写完了。那黑板上的字绝不因为快而失去整齐和匀称，绝不因为快而失去遒劲与神韵。毕业时，学生们把他的备课本拆开，你两张我三张地给分了。老师站在跟前，无可奈何地摊开双手。

在一次学校召开的庆祝"五一"晚会上，我清唱《凤还巢》，徐老师为我操琴。徐老师的"过门"一拉，会场掌声雷动。唱完了，掌声仍不停。我已经谢幕了，还鼓掌？刚想到前台再鞠一躬，忽听台下有人喊："徐老师！"我才明白是喝徐老师的彩。于是，连忙退避三舍——站在舞台的一角，为手持胡琴正在走上舞台中央的徐老师鼓掌。

徐老师又给了我新的启示：当一个受学生爱戴的老师，身上要有点艺术细胞。于是我又有了新的爱好——学琴。

节假日，教室里常常只有我一个人，要么读书，要么弹琴或拉京胡……

冬季的一个星期天早晨。天很冷，教室门前的玻璃上结满了冰花。我独自一人坐在风琴前练习音乐老师布置的《青年圆舞曲》和《八月桂花遍地开》。一个四分之三拍的，一个四分之二拍的，要求用分解和弦伴奏。可那笨拙的左手就是不听指挥，"1935"、"1646"怎么也"分解"不出来，老是想和右手"齐步走"。大冷的天，头上竟渗出了汗珠。我仿佛觉得徐老师微笑着站在我跟前。我不敢怠慢，练了整整一天，总算把左手驯服了。

一进入师范学校的大门，我便努力按照我崇拜的老师塑造自己，包括小学的、中学的、师范的。

五

参加工作不久的一天中午，我到一位亲戚家做客。饭后，亲戚的孩子议论起他们各自的老师来。话题是由谈我当老师引起的。

上小学四年级的二孩子说："我们的老师最坏了，动不动用脚踢人，还常常撕我们的本子。"

上小学二年级的三孩子说："我们的老师才有意思呢。讲完课，他在黑板上画一个小孩，说：'谁不守纪律，这个小孩都能知道。'说完，到教室门口抽烟去了。开始我们还信，后来就不信了，他一出门，我们就小声说话。"说完，嘻嘻笑起来，她爸妈也笑。我却笑不出来。

上小学六年级的大孩子说："我们的班主任老师，讲课生动极了。他教《半夜鸡叫》，还教我们排演课本剧呢。我演的高玉宝，邹君明演周扒皮。可有意思了。课间他还和我们掰手腕呢！别看他五十多岁了，我们班的大个儿两只手都扳不过他。"

孩子们的心灵是清澈的，目光也是清澈的。孩子们评说的各自的老师，不是立在我面前的一面镜子吗？它告诉我：怎样做，学生喜欢；怎样做，学生不喜欢，甚至憎恶。

我可不能做个让学生讨厌乃至鄙夷的老师。从此，我眼中的学生再也不是孩子。

天下着小雪。午饭后，正站在我家门口观赏着稀稀疏疏飘飞着的雪花。

忽然发现一位同事从左边巷口走来。头低着，嘴唇微微动着，好像在念叨什么。他和我一样，不会骑自行车，上班下班全靠两条腿。等走到跟前，我招呼他，他才发现，猛然收住了脚步。

"您从哪儿来？怎么才回家？"我问。

"到一位学生家去了，正好路过这里。怎么，您住在这儿？"

"您刚才好像在自言自语什么，是不是有什么难事？"

"没有什么事。我是在背岑参的诗《白雪歌送武判官归京》。看到飞舞的雪花，触景生情，我想起了这首诗，想起了其中'忽如一夜春风来，千树万树梨花开'的名句。我已经养成了习惯，每天利用上下班时间背古诗词。短的，一天能背一首；长的，可能要背两三天。走路，嘴闲着没事，正好可以利用。"

这位同事貌不惊人，戴着一副高度近视镜，那酒瓶底儿似的镜片把他的一双眼睛缩小得几乎没有了。他着一身半旧的中山装，浑身上下却散发着书卷气。听了他的一番话，我不由得肃然起敬。敬佩之情立刻转化为催我向上的动力。

周围的同事是距离自己最近的镜子，用他们来对照自己，看得更真切。

看到老教师废寝忘食地工作，自己就不敢懈怠偷懒；看到别人批改作文，评语写得一丝不苟，自己也就不敢潦草马虎；看到和自己坐对面的老师手不释卷地读书，自己也就不敢苟且偷安；看到有的同事犯了错误而受到处分，立刻反省自己。我参加工作的第二天，我的一位同事因犯错误而自杀，我简直惊呆了，沉默了好久好久。

"镜子"有正面的，也有反面的。孔子说的"见贤思齐焉，见不贤而内省也"也包括了两个方面的意思。以贤为镜，更多的是发现自己的努力方向，激励自己去争取。以不贤者为镜，则是透视自己的丑陋。因此，对照反面的镜子，除了有正视自己、剖析自己的勇气外，还得有矫治毛病的决心。

"镜子"也是动力，也是鞭策，也是警示。

不忘"夜走麦城"

我年轻的时候就喜欢上公开课，只要有机会。

我深感每上一次公开课，都能得到一次很好的磨炼。有时候，还会自己主动准备一课，把校长、同事邀请到教室来听。同事们戏称：还没见过自己让自己上公开课的呢。

评上特级教师之后，许多老师盯上了我，天天听我的课。于是我就天天上"公开课"。对我来说，这是个绝好的"发展机遇"。是呀，总不能让老师们失望吧？总得有点"特"的地方吧？于是就动脑筋，想办法，努力把课上得好些。

可以这样说，是无数的公开课成就了我。当然，这其中既有"过五关斩六将"的成功，也有"走麦城"的失误。虽说成功和失误都是财富，但失误这笔财富对我来说更有分量，更让我难以忘怀。

1979 年，我参加徐州市鼓楼区的赛课，执教《翠鸟》。那时时兴"质疑"，为了能体现"让学生自己发现问题、解决问题"这一理念，我事先对一位胆大且又能说会道的小朋友说："等我讲到'翠鸟像箭一样飞过去，叼起小鱼飞走了'时，你就腾地站起来说：'这句话应改为"翠鸟像离弦的箭一样飞过去，叼起小鱼飞走了"。箭不搭在弦上怎么飞呢?'"课堂上，这个小朋友果然适时提出了这个问题，赢得了听课老师和评委的赞叹声。我窃喜：我的课离一等奖不远了。之后，再加上我的简笔画的传神和读写结合的巧妙，真的登上了冠军宝座。校长大喜，同事也纷纷祝贺，我心里却沉甸甸的，怎么也笑不出来。

直到今日，一想起此事，还惴惴不安。为了获奖，我在学生幼小的心灵里撒播的什么种子呀！

现在，这件事还时不时地冒出来噬咬我的心，反复告诫我：你要让你的一言一行告诉学生，什么叫"真"人啊！

学生们倒是经常告诉我怎样做个真人。

一次，我班的一位叫刘扬的小家伙对我说："于老师，我最喜欢有人到我们班来听课了。"

"为什么呢？"

"因为一有人听课，你就满脸笑容，特别亲切！"

我顿觉身上的血液凝固了。这不是对我的批评吗？这不是对我的希冀吗？刚才凝固的血液，突然又像江河水似的在全身汹涌奔流起来。我想到了非公开课上的另一个我。显然，这"另一个我"远不如"公开课上的我"！虽然我没对刘扬说什么，但我暗下决心，努力修炼自己，努力上好每节课，善待我的每位学生！

一年，我应邀到张家港实验小学讲学，我执教的是《新型玻璃》。刚板书完课题，一个小朋友站起来说："老师，'玻'的笔顺您写错了。右边'皮'的第一笔是横勾，不是撇。"我因受写草书的影响，写"皮"的时候，总先写撇。于是我想当然地说："'皮'字也可以先写撇。"

错！听课的老师们和权威工具书都否定了我的说法！事后，我曾想给这个班小朋友写封信，纠正错误，挽回影响，但一直没有动笔。如果我及时写一封致歉信，错误不就变成了一种教育资源了吗？从此以后，我再也不敢大意了，对每一个要写的生字，对要板书的每一个字，都要弄清它的笔顺，力求写规范。而且，在学生面前，再也不为自己的错误找遮羞布了。人非圣贤，孰能无过？有过不怕，怕的是有过不认、不改。

如果说写字倒笔顺还算不上大失误的话，那么读错字则是丢人的事。

有一年在无锡的一个镇中心小学上《高粱情》。课文里有这样一句话："站得像高粱一样，要有抓地的根，站稳当。"范读时，我把"得"读成 de

了。课间休息时，一位老师以商量的口吻对我说："于老师，'站得像高粱一样……'中的'得'字应该读得 děi 吧？"我立刻意识到我读错了，连忙向他致谢。第二节课一开始，我向学生纠正了我读错的"得"字，说："这里的'得'应该读 děi，因为它在这里作'必须'讲。"虽然表面上我装得很虚心，内心却十分懊悔。

一次在北京执教《倔强的小红军》，我把"薄嘴唇"的"薄"字读成"bó"，一个小朋友立刻纠正说："老师，是薄（báo）嘴唇，不是薄（bó）嘴唇。"我一时拿不准，便把"球"踢给了学生："大家说说这个字到底读什么音啊？"谁知全班学生异口同声地说："读 báo！"我说："我这个山东老师要好好向北京小朋友学习普通话。"话音未落，一个小朋友站起来说："我们预习时，有一位同学问我们的语文老师，这个'薄'读什么音，老师查了字典后告诉我们的。我们是刚学的。"

我顿时感到脸发烧！原来学生是有备而来，但是，更有备而来的应是我，我却没有"备"！是呀，为什么课前没有查字典，就想当然地读？这次失误使我长了记性，读书再也不敢大意了。为了确保万无一失，我经常把课文读给同事听，请他们从方方面面指正。多次失误，换来了谨慎的习惯。公开课上的失误，是自己幡然猛醒的推力，远比平时上课失误的推力大。所以，我感谢公开课，喜欢上公开课——哪怕只有一个人听。

知识性的错误也出现过。

1984 年春天，我在徐州市民主路小学执教《燕子》。课上，一个学生突然问："燕子在水面上飞的时候，为什么喜欢用尾尖或翼尖沾水？"我暗自高兴，因为课前我曾就这个问题请教过一位中学生物老师。他说，燕子这样做是因为它在捕食水中的小鱼小虾时，可以减少冲力，以免栽到水中。当我把这话说过之后，一个男生（至今我还记得他叫张健）说："于老师，有一点您说错了，燕子是捕食水面上的小飞虫，它不吃鱼虾。"

课后一查，果然是我弄错了。

就像某些小学生一样，我也是大错不犯、小错不断。

一次，我在济南市经五路小学上《杨氏之子》，讲到"诣"字，有同学说，"诣"还可以组成"造诣"，又有一男生说，还可以组成"诣旨"，皇后、皇太后下达的指令叫"诣旨"。直到我回徐州了，才发觉该生说错了，应该是"懿旨"，可惜晚了！遗忘，多可怕！不读书、不"学而时习之"怎么能行啊！有了这样的认识，我觉得我又前进了一小步。

从某种意义上说，我对语文教育认识上的不断深入，也得益于公开课。年轻时上公开课，为了追求"舞台效应"，也搞了不少花架子，如果说和别人有什么不同，那就是我的花架子更具有蒙骗性。1986年，我在山东台儿庄执教《狐假虎威》时，一下课，有位老教师就直言不讳地对我说："两节课下来，就朗读来说，没达到课后要求，别说读得有感情了，就是读流利也没做到。还有课后要求写的生字，一个也没写。问题在哪里？在表演占时太多！"老教师的话，激起了我心中的涟漪。如今，再看我当年上的《狐假虎威》的课堂实录，好多地方自己都觉得可笑。

2011年暑假，我在河南信阳上《爱如茉莉》一课。课后，我的好友、著名特级教师王庆华对我说："你让学生画出了写茉莉特点的词语，又画出了写父母之间相互关爱的词语，并板书在黑板上后，干吗还在台上那么大段地、抒情地讲述父母之间的相互关爱像茉莉呀？这有显示老师才华之嫌，不是你的风格。"

一针见血！

他又说："你如果让学生根据这些词语，去说一说为什么父母之间的相互关爱像茉莉，岂不更好？哪怕说一句，也是学生自己的体悟啊！你不是常说，课堂是学堂，不是讲堂吗？"

醍醐灌顶！

以后，我再上这一课时，就把这里的"说"让给了学生，是啊，学生的精彩才是我们期望的。

现在，能直截了当地指出我教学中瑕疵的人不多。好在有自己，自己最了解自己。有些东西，一旦我认识到是错的，或者说是不合适的，我会断然否定。如果说我这棵老树上还有些许绿叶，这是与我敢于否定自己分不开的。

能不能在教育之路上走好，走直，最终要看自己能否正确认识自己，把握自己。

感谢"过五关斩六将"的成功对我的激励和鼓舞，更感谢"夜走麦城"的失误对我的警示和提醒！

珍惜五十

一

1988 年春节。

天空飘着雪花。没有风，雪花飘得轻盈、自在。一朵雪花钻进赵星的脖子里，瘆得她咯咯地笑，后背上的手风琴跟着一起一伏地笑。

我们一行 13 人来到民主路小学王树堂老师家，给他拜年。王老师是江苏省模范教师，已经退休了。王老师夫妇二人虽然进入耄耋之年，但身子骨仍然很硬朗。老两口儿见我们来了，喜不自胜。同学们一声"王老师、王奶奶新年好"，便把二位老人的眼泪喊出来了，泪花在眼眶里直打转儿。同学们先读慰问信，后演文艺节目。听完小合唱《新年好》，王老师终于忍不住，晶莹的泪花从面颊滚下来。王老师对我带领学生慰问老师的做法表示感谢和赞赏。他说："这活动意义大呀，这也是教小朋友学习做人啊！"听了我的"言语交际表达训练"实验汇报后，王老师连声说："好，好！说话、作文要面向实际，要教有用的东西。"

临走时，他握着我的手说："我年轻的时候，不会教书；等会教了，又老了，退休了。"

说完，又用力一握，然后慢慢松开。

这用力的一握，有遗憾，有惋惜，也有"落花流水春去也"的无奈，但，更多的是嘱咐。

如果说王老师对我的嘱咐是间接的，那么特级教师李蒙钤老师的嘱咐则是直接的。

一次，我们应邀到铜山县的一所小学参加教学活动。在汽车上，也已经退休的李老师对我说："现在，我有好多新的认识，新的想法，可惜'花有重开日，人无再少年'，人老了，力不从心了，不能付诸实践了。你还年轻，要倍加珍惜。"

"李老师，我不年轻了，都这个数了——"说完，我伸出了五个手指头。

"'五十而知天命'。五十，它标志着成熟。珍惜五十，珍惜成熟！"

真是语重心长。说完，脸上露出他那特有的严峻和刚毅。他的五官以及头发好像雕塑家雕刻出来的一样。他把脸转向车窗，已经涌出了却没有落下的泪花，使他的一双眸子更加明亮，更加深邃。

二

孔子说："吾……三十而立，四十而不惑，五十而知天命，六十而耳顺，七十而从心所欲，不逾矩。"什么是"天命"？我看就是事物发展的规律。奥斯特洛夫斯基曾说过，光阴给我们经验，读书给我们知识。年过五十，经多见广，掌握了一些事物发展规律。我读高小的时候，要跑到离家三里外的赤山中心小学。一天早晨，我背着书包去上学，爷爷说："带个斗笠吧（即用芦苇编的一种遮阳挡雨的帽子），天要下雨。"我看看天，不以为然，跑了。谁知放学回来，淋成了落汤鸡。早上，爷爷预报"天要下雨"，中午果然大雨倾盆，这就叫"知天命"。一年寒假，我感冒发烧，到一所乡村医院就医。一位老大夫让我把头昂起来，再把头低下，然后让我说说两种感觉有什么不同。我说过之后，大夫说："你不是感冒，是发疟疾。""冬天也会发疟疾？""一年四季都可能。"吃了药，打了针，果然就好了。这位大夫不用化验，便断定我是发疟疾，这也叫"知天命"。

话说远了点。总之，五十岁标志着成熟，正像冬小麦，到了一定季节就成熟一样。尽管成色不一样。

五十岁，我知道了什么？

——我知道了学语文得读，得背，得写。

——我知道了"和谐"的含义。

当然，李老师所希冀于我的，绝不是让我抱着理性认识之果而沾沾自喜。知道了，会教了，要踏踏实实地去教，这才是李老师说的"珍惜五十，珍惜成熟"的本义。

<h2 style="text-align:center">三</h2>

1990 年 7 月，我带的第一轮实验班学生毕业了。从一年级到五年级，整整五年。"言语交际表达训练"实验取得了一定成果。

"还带实验班吗？"教研室段主任问。

"带。"

他笑了。笑是满意的表示，也是支持的表示。他一贯倡导教研员要"又教又研"。

妻子问："下学期还教吗？"

"教。"

妻子也笑了。她知道我的价值在课堂上、在学校里。在家里，我是个弱智者、低能儿。一次烧开水，因心不在焉，差一点把水壶烧化，妻子果断地给我做出了"不是干家务活的料"的历史性结论。从此我便与做饭无缘。妻子表达爱的方式总是与别人不同。

1995 年 5 月的一天，我到鼓楼小学上课。天下着雨，虽然较大，但可以忍受。不料，走到半路，大雨倾盆，且刮起了大风，我的伞被大风鼓翻了过去，成了一朵绽开的喇叭花，不好使了，我只好在一家商店里避雨。一会儿，雨小了些，但马路成了河，我便蹚水向学校走去。到了学校，上课铃已响过，我迟到了。端坐在教室里的学生们一眼瞥见我出现在窗外的身影，立刻欢呼起来。

我把被风吹坏的伞往墙角一放，扶了扶眼镜，问："谁能用一句话来形容形容我？"

学生们笑而不答。

"我知道，因为能准确地形容我的那一句话不大好听。"

学生们立刻发出会心的笑声。是呀，"淋得像个落汤鸡"这句话怎么能说老师呢？只可意会，不可言传呀！从学生的表情里，我看得出，这时候，我在他们的眼里不是感到可笑而是可敬。我道歉说："因为风把伞鼓成了一朵喇叭花，我只好在商店里避雨，所以迟到了，请大家原谅。"

没想到，这一句话引出了一张纸条。纸条上写着："于老师，您应该早点儿从家里走。"

我当面读了，说："这位同学说得很对！为什么杨老师和同学们没有迟到？"说完，再歉意地一笑。

下课了，班主任杨晶说："于老师，雨下得这么大，您就别来了，还有我呢。""因为雨大就不来上课？那样，学生会怎么想？你听到学生的欢呼声了吗？学生的那一片欢呼声是喜欢我，纸条上写的那句话尽管对我进行了委婉的批评，但也是喜欢我。我能不来吗？"

"可是，您这么大年纪了呀……"

"正因为一天天老了，我才坚持上课的呀。"然后我把王树堂和李蒙铃老师说的话对她讲了一遍，把我多年来悟出的"和谐"二字的含义说给她听。

她感动了。

四

杨飞大乐的父亲问我："于老师，非得为孩子买电子琴？"

"得买。——您是不是有困难？"

"买是买得起，不就一两千块钱？我是说，还能指望孩子将来弹琴吃饭？会不会影响学习？"

"我们并不指望孩子在音乐方面有什么成就——当然，如果真能在这方面有出息，不更好？但是，它可以使你的孩子将来的饭食质量高一些。"

接着，我把"手指是大脑的延伸"，弹琴能发展智力，强身健体，能陶冶人的情操的大道理讲了一番，把德智体美劳和谐发展的道理讲了一番。

他没再说什么。

我常常旁听音乐课，说是"旁听"，实际上是"监督"。一次，杨飞大乐没把音乐老师布置的练习曲弹熟练，我"越俎代庖"，毫不客气地将他训斥了一通。年过半百，训斥和激励我运用得娴熟而有分量。但是，"怒发冲冠"时说出的话仍不失幽默："你如果不懂音乐，还叫什么大乐呢?!"

后来，杨飞大乐不仅弹得一手好琴，还是学校铜管乐队的一名出色的萨克斯管的演奏员。到了五年级，杨飞大乐的作文也写得很好。我郑重地对他的父亲说："如果不是学音乐，他的作文是不会写得这么有灵气的。"

他父亲把作文簿翻了又翻，掂了又掂。

每次听全班学生的手风琴、电子琴合奏，每次听由晏妮指挥、蔡苏钢琴伴奏的全班大合唱，我都会激动得热泪盈眶。那美妙的琴声，那激动人心的架子鼓声，那几个声部和谐的童声，那随着乐曲的情感变化而变化的表情，是任何语言都无法描述的。表达感受的只能是激动和泪花。

音乐是流动的诗。

学生融进了音乐，我无论如何也想象不出他们会粗野无礼。我这才知道，为什么两千多年前的孔子说的"六艺"中有"乐"。

我常常想，我要是年轻的时候就明白了"和谐"这个词的含义该多好哇！

珍惜五十，珍惜成熟！

五

1996 年 7 月 4 日，我和在鼓楼小学带的第二轮实验班的学生们依依惜别。从一年级到六年级，只是一转眼间。难怪人们有那么多的"光阴似箭"、"岁月去如瞥"的叹息。也正因为如此，人们才以"尺璧非宝，寸阴是竞"自勉了。

是的，"寸阴是竞"。1998 年春，我又到大马路小学二年级（1）班教起作文来了。

一个学期下来，年轻的班主任吴爱东说："于老师，您上课时，小朋友都会说，都会写！为什么我上课的时候，小朋友却不会说，写的作文也不通了呢?"听了我的课，她发现了自己的不足。

我高兴地说："你很有悟性，不过，答案还是由你自己找吧。"

我上第一节课向小朋友做自我介绍时，特别强调我姓的"于"是"干钩于"，不是"大鲤鱼的鱼"，但是，有个叫汤明尧的小朋友在一篇关于写我的作文中，似乎真的把我当成"鱼"了。他是这样写的：

"于老师今年 57 岁，头发花白了。它中等个儿，讲起话来笑眯眯的。"

我一边念他写的作文，一边把"它"写在黑板上。小朋友笑起来。我问汤明尧："单人旁'他'，怎么变成动物'它'了?"

汤明尧咬着下嘴唇，脸刷地一下红了，显得有点紧张。

我笑笑说："看来，我真的成了一条大鲤鱼，要到水里去了。"

说完，做了个往水里跳和跳进水里划水的动作。小朋友哈哈大笑，汤明尧脸上的紧张顿时烟消云散，也跟着笑了。下课后，吴爱东冷不丁却又很认真地对我说："于老师，我对学生太严厉了。"

"能说说潜台词吗?"

"您和学生之间多和谐，多融洽啊！这是我最缺少的。您那么民主，上课的气氛那么轻松，学生怎么会说不好、写不好呢?"

"你悟出了最根本的一点，它的名字叫'和谐'。但是，还有别的原因。希望你能继续去悟。"

我得知小朋友在吴老师的带领下到云龙公园看过名贵花卉郁金香，于是，这样一节课便在拉家常中开始了——

"小朋友，听说你们在云龙公园观赏过郁金香。什么时候去的? 郁金香在公园的什么地方?"

"是上个星期五上午，吴老师带我们去的。进了公园东大门，绕过假山，便是一片郁金香。"

"它的花只是一种颜色吗?"

"不！有好多种呢，红的，黄的，白的，蓝的，都有。"

"有这么多颜色！既然颜色那么多，那谁能用一个词形容形容?"

"五颜六色!"

"五彩缤纷!"

"五光十色!"

我奇怪地问："郁金香的花还放光，像电灯泡似的?"

说"五光十色"的这位小朋友说："不放光。"

"既然不放光，能说'五光十色'吗?"

"不能。应该说'五颜六色'。"

"郁金香的花是什么样的? 谁能把它画出来?"

有两个小朋友自告奋勇来到讲台前，在黑板上画。一个画了一朵红的，一个画了一朵黄的。我又请他们画上茎和叶。他们的画得到了大家的认可。

我指着黑板上的画问："郁金香的花像什么? 谁能打个比方?"

一个学生不假思索地说："像个高脚酒杯!"

多么绝妙的比喻! 我在郁金香的花旁边画了一只高脚杯，目的是通过对比加深印象，说明比喻的恰切。

我又问："有花骨朵吗? 花骨朵是什么样的?"

"花骨朵像天上落下来的大雨点。"

"是这样吗?"我问。因为我没有见过。

小朋友齐声说："是的。"

再往下说就多余了，我立即"刹车"，请小朋友以《郁金香》为题把看到的郁金香写下来。

下面是杨帆小朋友写的作文：

> 星期五的上午，我们到云龙公园玩。
>
> 进了大门，绕过假山，便看见一片五颜六色的郁金香。浓浓的香味扑鼻而来。我多么想变成一只小蜜蜂，立刻飞进花丛里去采蜜。
>
> 郁金香开得很旺盛，红的，黄的，白的，蓝的，都有。花瓣围在一起，被直直的花茎高高举起，像一个个高脚酒杯。含苞未放的花骨朵就像一个大雨点，落在花茎上。朵朵鲜花在绿叶的衬托下，显得生

机勃勃。

　　我们陶醉在郁金香花丛中。

不知不觉，一个学期过去了。最后一节作文课是这样上的。

　　我先在黑板上写下"酒窝"两个字，要求学生用它口头造句。这个容易。学生发言热烈，竟有人说"于老师嘴角有两个酒窝"。我乐了，说："与其说是酒窝，不如说是皱纹。"说完，把嘴朝坐在教室后面听课的吴老师一努。学生立刻会意，说："吴老师一笑，嘴角便露出两个浅浅的酒窝，非常美。"

　　"你做过哪些让吴老师露酒窝的事？能说给我听听吗？"

　　小朋友们的话匣子再一次打开了，各自说了不少自己做的让吴老师高兴的事。

　　"咱们班里有没有发生过让吴老师高兴的事？"

　　有说学校广播操比赛班级得了一等奖吴老师笑了，嘴角露出了一对小酒窝的；有说我们班背诵古诗文受到校长的表扬，吴老师笑了，嘴角露出一对小酒窝的。

　　"吴老师的酒窝也有不见的时候吗？"我问。

　　"有，那就是吴老师不高兴的时候。"班长孔俏坦诚地说。

　　接着，同学们又说了些惹吴老师生气的事。

　　这时，我又在"酒窝"二字前加上了"吴老师的"四个字，成为"吴老师的酒窝"，要求学生以此为题，把刚才说的写下来。

　　下面是雷晓雨的作文：

　　　　吴老师长得非常漂亮。脸白白的，头发乌黑亮泽。一双眼睛忽闪忽闪的，非常有神。

　　　　吴老师爱笑，一笑，嘴角上就露出一对浅浅的小酒窝。

　　　　一年级期末考试的时候，我取得了优异的成绩，吴老师笑了，嘴角上露出了小酒窝。

　　　　一天，我们到淮海堂背诵古诗文。面对台下一千多名老师，我们没有一个害怕的。我们每背完一首，台下的老师就为我们鼓掌，一次比一次热烈。吴老师站在讲台边上，不住地点头微笑，嘴角一次又一次地露出了浅浅的酒窝。

我一定要多做些让吴老师高兴的事，让吴老师的酒窝永远挂在嘴角上，留在我们的记忆中。

听了课，看了学生的作文，小吴对我说："于老师，我不会指导。指导时，心中无数。"

我高兴地说："是的！干什么事都要心中有数，要明白，要会教。如果说'和谐'是个圆，这个圆里包含的东西是很多的。"

六

1998 年 12 月 18 日，我应浙江省洞头县教研室的邀请，到那儿参加一次教研活动。洞头县是一个由一百多个大小岛屿组成的县。全县老师搞一次教学活动很不容易。那次活动，全县四百多位小学语文老师都乘船赶来了。我望着那一双双企盼的眼睛，心里被感动了，本打算上两节阅读课的，我临时又加了两节作文课，做了一个报告。一天下来，很累很累。但我看到老师们那一张张笑脸，看到有那么多青年老师让我签字，我又感到欣慰。不管怎么说，我奉献给渔岛同行们的是秋天的果实，虽然它不一定十分饱满，不一定十分甘甜，甚至果实上还有许多瑕疵。

成熟是相对的。成熟是年龄加经验结出的果实。这个果实是属于自己的。但是，也应该属于别人。我之所以笔耕不辍，特别欢迎青年教师听我的课，就是因为"珍惜五十，珍惜成熟"也含有"传、帮、带"之意。

这样，我一旦像王树堂、李蒙钤老师那样离开课堂，便不至于有太多的叹息了。

每当从镜子里瞥见自己的头发又被时光老人悄悄地染上了许多银色，便有背后被人猛击一掌的感觉，使我不敢懈怠，继续向前迈动已感到有些沉重的双脚。

第三辑

人生、教育感言

> 我没想到有这么多人关注我。关注就是关心，
> 就是呵护。所以我要谢谢所有关注我的人。无论是
> "捧"，还是"杀"，都对我有好处。

致弟子张忠诚的网友们

徒弟张忠诚对我说，我在扬州执教了《水上飞机》一课后，网上赞扬、批评之声迭起，于是写了以下的话，请忠诚把它贴到网上，转告他的网友。

一

没想到有这么多人关注我。关注就是关心，就是呵护。所以我要谢谢所有关注我的人。无论是"捧"，还是"杀"，都对我有好处。"捧"者使我受到鼓舞，"杀"者使我清醒。光有"捧"的，容易使人得意忘形，飘飘然，这不好。如果我能对他们提点希望的话，那就是希望"杀"者能有点儒者之风，"捧"者能静心听取不同的声音。

二

过去说要一课一得，得得相连，学生就会了不起。"得"是不是就是现在说的"生成"的一个方面？如是，则预设是马虎不得的，要在吃透两头（学生和教材）的基础上，缜密思考。我的造句训练，就是基于这种考虑而预设，而实施的。

不可以认为造句是雕虫小技，就掉以轻心。它是语文教学（尤其是低中年级的语文教学）应有之义，而且指导起来并不是轻而易举的。有些学生造的句子，很难在瞬间判断出它的正确与否。斯霞老师曾经多次举过这样一个例子：她的一位一年级的学生造了这么一个句子："今天，有两位法国阿姨到我们学校参观，这两位阿姨是女的。"斯老师一看笑了，阿姨当然是女的了！提笔欲将后半句画掉。又一想，不妥，一年级的孩子，加上这一句话是有他的想法的，于是保留了下来。公开课上，之所以很少有人安排造句训练，除了不屑外，恐怕还与不好驾驭、不好判断有关。过去为了"应试"，我常常造几个范句，让学生背。这样做，当然学生很容易得高分，却被教死了。如果说我的造句训练能激发学生的思维，开发学生的潜能，能使学生开窍，时时有豁然开朗之感，有利于训练学生观察、思维、表达的能力，我想，占用它 30 分钟是值得的。这样做，总比做无用的练习好。什么是好的语文教学？首先看是不是语文教学的应有之义，看它的思维含量如何，最终看学生是否有所得——激发兴趣否，提高学生的语文素养否。总之，有利于学生的发展，就是好的教学。

三

文品即人品，话品当然也即人品。上网面对的是很多人，网上聊天，当然更要注意自己的人品，不要轻易否定一个人的教学，哪怕是一节课。不要攻其一点，不及其余，更不能轻易否定一个人。否定了别人，也就是否定了自己。当然，也不能全盘肯定一个人，金无足赤，人无完人。我做人有一个信条，即善待别人。迁移到教学，则善待学生。我经常对老伴儿说，不要计较别人对我们怎么样，一般地说，我们不应该管而且也管不了别人，我们只能管自己。说实话，我是墙内开花墙内香。徐州市鼓楼区的领导和老师对我爱护有加，赏识有加，不然我绝对当不了人大代表，当不了全国劳模。大家对我如此厚爱，只是因为我的课上得好吗？不是的，主要是我能善待别人，人好。看一个老师，不是看他一节课上得怎么样，论文发表没发表，获奖没获奖，而是看他的人品怎样，看他平时教学工作做得怎么样，看他教的学生怎么样。

至于学术观点，允许有不同的意见，可以而且应该争论。不允许别人说话，是不行的，也是办不到的。听不得相反意见的人，是没有出息的，提意见和人身攻击是两码事。善待别人，就是要一分为二地看别人，而且多看长处；善待别人，就是要把学术争论与人身攻击区别开；善待别人，就是即使在学术争论中，也要心平气和，语言得体，让人听得下去，看得下去。善待别人，也就是善待自己。

最近有人批判于漪、钱梦龙、魏书生等老师，而且语言刻薄，有的近乎辱骂，我心里很不是滋味。这些老师是时代的英雄，是我们学习的楷模。有人见到一棵老树上有几片黄叶，就说这棵树坏了、死了，是不对的。要历史地看问题，全面地看问题。评价人不能离开时代。再说，我们当老师的，有什么可值得批判的？老师辛苦得很，付出的太多！连我们中的佼佼者都要批判，那么我们这些普通人，岂不是更要批判？反思一下，我在教学中说过多少不应该说的话，做过多少不应该做的事啊！真的是"峣峣者易折，皎皎者易污"吗？说真话，没做过中小学教师的人，无论如何是不会知道我们当老师的甘苦的，他们怎么也体会不出我们老师面临着几十位个性各异、成绩不等、表现不一的学生所组成的一个班集体的心态的，怎么也想象不出我们老师面临着一个有时"失控"的班集体和个别难以捉摸的学生所产生的复杂的心情的。为什么著名的教育家马卡连柯和苏霍姆林斯基等人都曾体罚过学生？原因很简单，因为他们是一线的老师。为什么有些国家和地区的教育法没有废止体罚？我想，这些教育法的制定者中必定有认认真真而不是敷敷衍衍地当过老师的人，至少他们对教育工作、对广大学生有着深刻而全面的了解。我们广大一线老师十分欢迎所有善意的劝告和批评，当然，和学生一样，我们不喜欢板起面孔来教训我们的人，更不要说批判我们的人了。因为当他们板起面孔时，就少了一份对我们的尊重。

四

一位朋友对我说：外国人认为，一个中国人是一条龙，两个中国人在一起，就变成虫了。我问何故？友人答，外国人说，中国人看不得别人好，好窝里斗。

五

心地正，事业心强，理论水平高，语言丰富，有幽默感，头脑冷静，善于思考，这样，我想网上聊天就会精彩纷呈，收获多多。——如果网上聊天和我们平时的聊天没有什么两样的话。

六

请所有网友，千万不要闭上眼睛想象我，要睁开眼睛看我。看，才能了解我，才会发现我不过才 1 米 68 的个头儿。

为了岳母和妻子

一

我每次下班回家，妻子总是要把我上下打量一番。如果她比我回家晚，我听到妻子进门的第一句话总是："娘，永正回来了吗？"尔后问及的才是孩子。娘回答"回来了"，是耳闻，这不够，还得目睹——把头伸向我们的房间看看，眼见为实。看着妻子那双弯弯的眼睛，我便不由得想起"举案齐眉"的动人故事。

一天中午放学回家，妻子只瞅了我一眼，便问："学校里发生什么事了吗？"

"没有哇！"

"不可能。说说呗，别闷在心里。"我脸上哪怕有一丝愁云，有一点不快的蛛丝马迹都逃脱不出妻子锐利的眼睛。

"噢，是这样，今天上的一节课，自己不大满意。"

"什么课？"

"《翠鸟》。"

"这不是你以前上过的吗？而且上得很成功。我记得是在民主路小学的礼堂里。"

"此一时，彼一时。这次上砸了，听课的人又那么多。"

"那是你对自己要求高。别人听了说不定——不是说不定，是一定，一定会觉得不错的。来，今天咱们杀鸡！"

只要我有什么不称心的事，妻子的爱就释放得特别多。

一天下午回到家，我忽然开了胃口，想吃点好的，便往沙发上一坐，长长地叹了一口气。

妻子忙不迭地问："怎么长吁短叹的？出了什么事？"

我只是叹气，一言不发。

妻子急了："你倒是说话呀！"

我"扑哧"一声笑了，指指肚子说："想吃点好的！"

妻子嗔道："想吃什么说一声，别装成这副模样，把人吓一跳。"

我给了妻子一个爱的表示。

<h2 style="text-align:center">二</h2>

我的爱情道路颇曲折，走了几个"之"字形，我也说不清。曲折而成功倒也罢了，那样的爱情史反而更具浪漫色彩。我却不是，"曲折"的结果，都是被人家甩了。那年头，小学教师没有多少人瞧得起。

最初谈的是一位同学。在师范学校读书时，因为都爱好文学，接触得相对多些。我每每写了篇好作文，尤其是老师在课堂上读过的作文，她便要去看，说是"学习学习"。"学习"自然是说给别人听的。毕业前夕，她把所有的讲义、笔记都装订成册，把一些专业性强的书，包上皮儿，让我一一写上书名，她说，非常喜欢我的毛笔字，要留作纪念。

就这样，初恋的萌芽慢慢催发了。

毕业后，她被分配在一所农村小学。一年多来，书来信往，交流着彼此的一切。

一个星期天，她来我校，为我拆洗被子，被我校几位老师碰到了，大家免不了评头论足一番，对她的评价颇佳。

爱情的确能给人以向上的动力。于是我天天心无二挂地、信心十足地投入到工作中去，业余时间钻进书堆里，做着美丽的作家梦。

一年后的一天，我接到她的一封信，欣然地拆开，却颓然地丢下。原来她提出要"中断关系"。我这才如梦初醒。

朋友们一方面对我"深表同情"，一方面为我这个书呆子总结"经验教训"。说什么"一年多了，不该不到女方那儿去"啦，"主要是你没有盯紧"啦，等等。结论：今后要把丘比特之箭射得深深的。

不过，书呆子自有书呆子的"呆气"。我"呆气"一来，抓起笔，一口气写了洋洋数千字的回信，淋漓尽致地抒发了我对人生的看法、对"背信弃义"者的鄙夷，越写越觉得自己是个"伟岸丈夫"。

第二天，我看到我的学生，感到特别亲切，一种从来没有过的亲切；打开书，书香味倍感浓烈，书中所展现的世界更加明媚和广阔。

我像个孩子似的在心里说："我要活个样儿让她看看。"

失恋，我同样得到了奋进的动力。

三

知识分子的地位每况愈下，"文化大革命"时成了"臭老九"。

和我同龄的男老师，很少有"按时"娶到媳妇的。不是箭射得深不深的问题，而是根本没有受箭的对象。我却例外——一位学生的姐姐居然看上了我。她是参加家长会认识我的。至于为什么爱我，不得而知。也许家长会上，我口若悬河的谈吐折服了她，也许她弟弟说我如何如何好，打动了她。

她以家长的名义找我的次数多起来。

一次，她约我到她家去，说她弟弟"学习遇到了麻烦"。其实，醉翁之意不在酒，她是叫我到她家去，让她的家人过目的。此后，她直率地向我提出了建立恋爱关系。显而易见，她的想法得到了家人的同意，我已被"验收"合格。这时居然有人爱小学教师，我心里免不了有几分得意，同时，也有几分对她的感激。

又过了一年，她的母亲变了卦，为此事和她女儿闹得很厉害，几次欲寻短见。一天晚上，若不是邻居把她老人家从河边拉回来，早就呜呼哀哉了。老太太一反常态，是因为别人做了大量的"策反"工作。死不同意女儿婚事的原因有两个：一、小学教师没出息；二、我是农村来的。那时城里人都下放农村，你本来就是农村的，能保得住吗？

当时，女方厂里有个年轻人"乘虚而入"（据说他很早就追过她）。老太太一看是个"工人阶级"，小伙儿长得虽不英俊，倒也厚实，便对女儿说："情愿找他，也不能嫁给一个小学老师！"

女方无奈地对我说："算了吧！万一老娘有个三长两短的……"

没有说的，分手。用当今的话说，叫"拜拜"。我这个人向来干脆，好说话。

书呆子自有书呆子的"呆气"，别人可以看不起自己，自己不能看不起自己。

书呆子还有书呆子开导自己的办法——我把巴尔扎克的一句名言抄下来，压在自己写字台的玻璃板下面：

"我必将勇敢地追随我的命运，举眼眺望比一个女人的爱情还要高超的地方。"

四

光阴荏苒。

我们眼看着一个个成了"大龄青年"。正当我的男同行们纷纷"面向农村"时，我校的一位被打成"右派"的贾老师却在暗中关心着我的婚事。贾老师多次向我岳母介绍过我的情况（她们过去是邻居），说我人品好，有才华，有能力。岳母被说动了心，两次到学校"暗访"。第一次没相中，说我衣着邋遢，不修边幅。贾老师说，不对呀，是不是看错人了？再看看。于是岳母又去。第二次看中了。这次去，我正在操场的讲台上讲话。后来，岳母描述说：我当时身穿白衬衣、蓝裤子，脚穿黑皮鞋，颇有点风度。就这样，很快地和她女儿——杨玉芝，见了面。

"第一印象怎么样？"我问她。

"还行。你呢?"她问我。

"不错。"我说。

于是双方约好了下次见面的时间和地点。

第二次，见面的地点就在岳母家。我对岳母说："我是小学教师，没地位。"

"嗨! 什么地位不地位的! 人好就行。"

"我的工资低，每月才 35 元钱。"

"人家能过，咱也能过。"

"我是农村的，说不定哪一天还要打回老家去，'彻底闹革命'呢。"

"嫁鸡随鸡，嫁狗随狗，嫁根扁担拎着走。"

别看岳母没文化，说话却很风趣，说得杨玉芝也乐了。

杨玉芝的一位挚友，外号叫"胖子"的说："杨玉芝，你怎么找个当老师的! 我情愿一辈子不嫁人也不找老师。听说他脾气坏，以后你怎么受? 还有，据说他年龄大，都三十好几了，不是你说的二十八九岁。"

人家也确实出于对朋友的关心，无可非议。不是挚友，谁管? 但杨玉芝有她的主意，她相信贾老师，更相信通过接触了解了一些我的情况的自己。

我既没有"穷追不舍"，丘比特之箭也没有着意地射，半年之后，我们就结合了。我是空着手到她家去的。但我们夫妻相敬如宾，岳母疼我胜过疼她的女儿。

她老人家不知听谁说过，从事脑力劳动的人比从事体力劳动的人还要费神，因此她总是把饭菜做得符合我的口味。吃饭时，这顿比上顿少吃一口都能看出来，而且心里犯起嘀咕："怎么啦? 哪儿不舒服?"一旦发现我夹哪盘子菜的频率快，她绝不再夹第二次。问她为什么不吃，她要么说"不爱吃"，要么说"嚼不动"。

一天中午，一家人刚在饭桌周围坐好，岳母对我说："我破个谜语，你猜着了再吃饭。"我说："行。请讲。"岳母说："一个小罐儿，盛两样菜儿。"我想了老大一会儿也想不出来。这时，岳母手拿一个青皮（咸鸭蛋），往饭桌上轻轻一磕，说："就是它！"说完，放到了我的眼前。

我咽下了可口的饭菜，也咽下了涌到喉咙的令我感动的母爱。

我在心里说：我一定要朝着我心目中的"高超的地方"奋力迈进。我知道，最令岳母和妻子眉飞色舞和高兴的，莫过于我有能耐和有作为。郎才女貌嘛！男的长相不怎么样没关系，但是没有才那就会令女方伤心了。

我和妻子筑起了一个小小的巢。它虽然不足15平方米，而且简陋，但是十分温暖而舒适。晚上，我伏案写作，埋头读书，妻子便悄悄地在一旁忙着做家务。

一个冬天的晚上，妻子一觉醒来，见我还在伏案写作，说："几点了？睡吧，身体要紧！"

那时，我正在备课——徐州师范学校请我去给师范生讲作文教学法。冬夜特有的宁静，似乎为我的大脑注入了"脑黄金"，对叶圣陶、李伯棠、高惠莹等学者的关于作文教学的论述，好像领悟得特别透彻，记得特别牢固。我不停地读着、记着，备课本翻过一页又一页。

妻子见我无动于衷，便默默地起身，为我倒了一杯开水，轻轻地放在案头。

这水喝进肚里，像发动机有了汽油似的，马力更足了。

五

"你这是忙活啥，怎么又买点心又买酒？"一天中午，我见妻子双手拎着许多东西，风风火火地从外面进来，奇怪地问。

"后天——4月14日，是爸爸的85岁大寿。"

我一指脑门儿："嘿，这么大的事，我怎么忘了？！"

妻子说："生日蛋糕已经定做了，明天去拿。你这么忙，明天还要到北京讲学，这次，一切就由我来办吧。我在爸爸面前多说几句好话，多替你敬几杯酒就行了。"

我感激地说："那就烦劳你了，由你替我行孝了。孔子说：'父母在，不远游，游必有方。'‘不远游’做不到了，但‘游必有方’可以做到。请转告爸爸，等我从北京回来，再去看他老人家。"

父亲离休后，一直住在乡下二弟家里，说农村空气好，在那里生活，觉得舒畅。隔一段时间，妻子便会提醒我去看看父亲。有时看我忙，便一个人去。她能替我做的事，都做了，我能替她做的事，却不让我做。她为我在家中拓展了一个十分珍贵的工作时空。每次见她风尘仆仆地从乡下回来，心里总是有说不出的感激。我回报她的只有两个字：努力。

六

锲而不舍，金石可镂。

1980 年第 12 期《江苏教育》上发表了我的第一篇论文：《选材与命题》。

同年，我执教的《翠鸟》获鼓楼区中青年阅读课比赛第一名。

1984 年，我的《燕子》一课教学赢得了省内外听课者的一致好评，当即被邀请到常州、无锡讲学、上课；1985 年，我被评为江苏省特级教师。

从此，一发而不可收。论文一篇篇地发表，全国各地邀我讲学、上课的信接连不断地寄来。第一篇论文的稿费给妻子买了一条裤子。

第一篇小说的稿费给岳母买了两瓶洋河大曲。

我把特级教师证书递给妻子时，她笑得最开心，一双眼睛弯弯的，像一对月牙。我在心里说：我要对得起她。

我在电视里出现的时候，岳母最兴奋，手帕不停地擦着眼角，我在心里说：娘，我不能让您白疼我！

1995 年 8 月，我被评为"国家级有突出贡献的专家"，享受国务院颁发的政府特殊津贴。8 月 5 日，我出席了徐州市"专家会议"，市长亲自将国务院的政府特殊津贴证书递到我的手里。回到家，我又亲自把它递给我的妻子。这津贴应当属于她。

妻子把激动和兴奋藏在心里，然后把它转化成对我、对母亲、对子女的爱。

我把激动和兴奋藏在心里，然后转化为追求事业的动力。

我开玩笑地对妻子说："你有眼力，没找错对象。"

她说："别忘了，那时你是每月只挣 35 块钱的臭老九。"

"所以说你有眼力。"

"当特级教师可是万万没有料得到的。"

"贾老师不是说过吗，我这个人多才多艺。"

"臭料！"

说"臭料"是好听的，有时骂得不堪入耳——"熊样儿"！

但我通通给加上引号，朝着反面理解。

1995 年，人民日报出版社为我出版了第一本教学专著——《于永正课堂教学教例与经验》。我首先想到了岳母。我在一本书的扉页上工工整整地写下了："献给岳母大人。您的儿子：永正。"然后双手呈给她老人家。岳母把书掂在手里，看着书上印着的我的照片，说了两个字："孩子……"

脸是笑着的，声音却是颤抖的。

真的，就是为了岳母，为了妻子，我也得干出个样儿来！

初读社会

一

在我走上工作岗位的前夕，一位长辈对我说："社会是个大染缸，你要好自为之。"听了以后，把我吓了一跳。父亲到底是个当老师的，说话不叫人发憷："社会是个大课堂，是真正锻炼人的地方。"

"既然是课堂，一定也有书读了？"我笑问。

"当然，这本书就叫'社会'。"

人们称参加工作为"走入社会"。在踏入社会之前，长辈们自然免不了如此这般地告诫一番。这是中国人的传统。

1962年8月底的一天，我背着行李跨进了徐州市搬运工人子弟小学的大门。学校不大，有一幢古老的楼，三排平房。学生不足五百，教职员不过三十。心里想，这就是长辈们说的社会？这就叫跨入了社会？

于是，我小心翼翼地翻开了"社会"这本书的第一页，以一种新奇的目光去读它。

老校长向后梳着的满头银发和嘴里叼着的烟斗，让人觉得凝重；他那为我拎着行李上楼的身影深深地印在了我的脑际，什么时候想起来，都会觉得喉咙里像有东西堵着似的。

同宿舍的老师对我关怀备至，每天晚上都毫无保留地介绍他们的经验，告诉我，在黑板上写字时如何突然转身逮住那些背后做鬼脸的学生。

我清清楚楚地看见了"社会"这本书的第一页开头写着一个醒目的

字——诚。

年过半百的刘老师诚得让我落泪。她见我洗的白色圆领衫上有黑色的汗渍，不由分说，从晾衣服的绳子上扯下来，一把按到盆里，端起来，噔噔噔地朝水池走去。她的麻利劲儿，多像我的母亲！

洗好后，她告诉我，她的唯一的儿子和我同庚，在连云港工作。这时，我才琢磨起她从绳子上拽衣服时说的"到底是个男孩子"的意思。是啊，她为我洗的时候，一定想到了她远在外地的儿子，正如我看到了她为我洗衣服的动作想到了我的母亲一样。

一年的时间匆匆过去了。在放暑假的前两天，校长宣布我为少先队大队辅导员，暑期去参加市里举办的辅导员训练班和夏令营。

读完了"社会"这部书的第一页，我觉得它是一首诗，和谐、隽永、美丽、流畅。它并不像我父辈所描述的那样复杂，那样可惧。

<h1 style="text-align:center">二</h1>

新学年开始了。有人说我多才多艺，头脑灵活，前途无量；还有戏称我为"二校长"的。我不知深浅，信以为真，踌躇满志，准备干一番事业。

十分关心我的教导主任到底长我几岁，听了这些议论后，找我说："小于，你要夹紧尾巴做人哟。"

"什么？"我不以为然，"夹紧尾巴是什么形象？那不成了癞皮狗、丧家犬了吗？不行！人活一口气，得翘起尾巴做人嘛！"

"夹紧尾巴做人的意思是说要谦虚、谨慎。"

"我没当大队辅导员时，没有一个人不说我虚心好学的，怎么一当大队辅导员，就说我自满了呢？我在师范学校读书时，入共青团前都说我不错，我要入团的时候，问题来了，有说我骄傲自大的，有说我盛气凌人的。看来，人不能有作为，不能搞点名堂，更不能擢升。——其实，大队辅导员算个啥？"

一席话把主任说愣了。我望着她那双睁得大大的眼睛，笑了，说："主任放心，我知道该怎么做。"

我翻开"社会"的第二页，只读完了第一行，就觉得其中有点苦涩。

一天，上级派人来考察我，看我是否能转正。我们参加工作的头一年，叫见习；一年后，经考察合格，才能转正。先开座谈会。那天儿乎全体老师都出场了。

开始几个人的发言使我震惊。他们好像事先约好了似的，先发制人，一直反对我转正。座谈会的气氛一下子紧张起来。理由很多，有说我骄傲的，有说我思想认识有问题的。说我思想认识有问题的，举了这样一个例子：说我曾经说过，把一根木棍截成两半，这就是"一分为二"。他严正指出，这样说，显然曲解了毛主席"一分为二"的唯物辩证法。还有位老师讲："有些事不便在会上说，我准备和领导单独谈谈。"

那时，我好像站在审判台上似的。

读到了这儿，我嗅到了火药味儿。

但不知为什么，那时我竟十分冷静。我开始迅速地审视自己。我也是社会的一员，也得读读自己啊！

德高望重的戴希圣老师发言了。他说我有才华，有理想，有干劲，有成绩，完全符合转正条件。接着，有几个人表示同意戴老师的意见，但声音很小，听起来，好像是胆怯的学生发言。

过了几天，不断有人找我班学生谈话，走马灯似的，一个又一个。

又过了几天，老校长对我说："小于，你不知道，有人反映你跟女学生一起看电影。这两天都为这事忙着。经调查，没有这回事。"

所谓"会上不便讲的事"，大概就指的这。

"还有，"老校长说，"你说的那个'一分为二'是怎么一回事？"

"那是庄子说的一句话。不过，我说的时候，不是引用的原话。原话是这样说的：'一尺之棰，日取其半，万世不竭。'讲的是事物的相对性、可分性。我要能讲出这种话来，岂不也成了哲学家？"

戴老师早就沉不住气了。他悄悄地把我拉到他的会计室，说："小于，人言可畏，你可要想得开。"

我乐呵呵地说："戴老师，我给您唱一段京戏《探阴山》怎么样？——'扶大宋锦华夷忠心赤胆……'"

戴老师乐了，摆摆手说："行了行了，我是服了你了！"

我停住了，正儿八经地说："戴老师，'人言可畏'应改为'人言可为'。旁听则暗，兼听则明。周总理曾经说过，人为什么长两只耳朵？就是叫我们尽量多地听取别人的意见的，既能听好话，也能听反话。座谈会上老师们的发言都是对我的关怀。在我刚刚步入社会时，他们就在我前进的路上插上了许多路标，有的写着：由此向前；有的写着：此路不通；有的写着：前方为事故多发地段，小心走好。这会使我少走弯路，少栽跟头，不会走入歧途。再说，人与人之间有个了解过程，我刚刚读他们，他们也刚刚读我。不过，请您放心，我会努力把我这本书写好，尽量不让它有大毛病的。"

戴老师紧紧地握着我的手，半天没松开。

不久，校长宣布：于永正按期转正。

读到这里，苦中又有了一点甜味儿。

三

"说来说去，读社会就是在读人。"一天，我们几个同学聚在一起，共同交流初读社会的感受，逻辑思维和形象思维都"发达"的振海同学得出了这么一个结论。

"是这么回事。"庆增同学对这一看法表示赞同。但他又说，"不过，我们是不是能不去管别人？井水不犯河水，各人做各人的事就是了。"

"不管？你不管可以，可有人要管你！他硬把屎盆向你身上扣，你不管？年轻人就得有年轻人的率直和勇气，对个别居心叵测的人不能坐视。"振海意气风发，逻辑思维和形象思维又一次得到了充分展示。

我说："同事之间还不至于那么严重。我看，以德报怨总比以怨报德、以怨报怨强吧。当然，我们头上的'角'是不能锯掉的。"

事隔不久，我头上的"角"便使用了一次。一位老师因为校长在全体老师会上说他讲课出现了科学性错误——记得是一个成语解释错了——而大发雷霆，说校长故意刁难他，夸大其词，把芝麻说成了西瓜。老师们越劝，他越是不让，指鼻子挖眼的。老校长手里的烟斗都被他打落在地。

我按捺不住，走上前问他："校长讲的事可有？"

"有，但有出入！"

"有您还吵什么？当校长的如果不批评，那叫失职。作为您，首先考虑的不应当是校长的'出入'，而是自己的错误。"

"小于，是不是因为你转正时，我提了你的意见，来报复的？"他的声音比刚才还高。

"路不平，有人踩。你太过分了！"我是练过嗓子的，声音比他更响。

他脸色蜡黄，眼睛瞪了我半天没说出一句话来。还没等他的舌头拐过弯来，我毫不客气地又说了一声："厉害、撒泼堵不住别人的嘴。"

一天，徐州市教育局人事科葛科长见到了我，说："小于，听说你很正直，敢于批评和自我批评。年轻人，该这样。"

工作不到两年，我得到了一个"正直"的美名。但是，我知道，我自己离"正"和"直"还差得远。

读社会也和读书一样，其中真善美和假丑恶并存。对假丑恶的东西，只要看出来了，我是坚决抵制的，包括自己身上的。所以我说，读社会，也包括读自己。

四

三十多年过去了。我成了教师队伍中的佼佼者，被评为"特级教师"，被评为"国家级有突出贡献的专家"，享受国务院颁发的政府特殊津贴。

我之所以会有今天，原因之一，就是我一开始就遵照父辈的教导，认认真真地一字一句地去读社会这本书了。

社会是本人人都得读的书。

不过，这本书得冷静地读，坦诚地读，超然地读，把自己摆进去读，有时还得和朋友一起读。

只有这样，才能读懂。

跟京戏一块活着

一

刘连群先生曾写过一篇文章，题目叫《跟戏一块活着》。一看题目我就激动。这不是替我说的吗？世界上还有和我一样痴迷京剧的呀！

读完文章，更是激动不已！激动"不已"，就想倾吐。于是套用刘先生的题目（只是在"戏"前加了一个"京"字，为的是不产生歧义，因为，据专家说，中国戏曲有三百余种），写了下面的文字。

不知套用别人的题目算不算剽窃，也只好厚着脸皮不管了。不过，我想，刘先生读了我这篇文章是不会生气的，非但不会生气，反而也会感动，就像我读了他的文章深受感动一样。

二

1988 年春，我出席徐州市鼓楼区政协会，正好和徐州京剧团团长坐在一起。我认识他，他却不认识我。团长很客气地问："您贵姓？"我说："不免贵，姓京。"他一怔，意思是说，没听说有姓京的，更没见有人这样不客气的。当得知我是个京戏发烧友，才恍然大悟，激动得差点拥抱我。

那年的春节，政协开联欢会。团长带着京剧团的琴师和几名演员来助兴。从省戏校毕业不久的李雪梅唱完了"看大王在帐中和衣睡稳"一段南梆子，团长便点了我的名，请我来一段。我本来听到胡琴响，嗓子眼就痒痒，于是"就坡骑驴"，上了场。我唱的是《凤还巢》里程雪娥的一段西皮原板："本应当随母亲镐京避难。"第一句刚唱罢，就赢了个满堂彩。我从台上下来，团长握着我的手说了三个字"好极了"。

◎ 2007 年春，我在济南京剧院清唱京戏《春秋配》《霸王别姬》等

"看我是不是姓京？"

"姓京！纯纯正正的京味！"

京戏伴我几十年了。我上小学三年级学拉京胡。一把刻有"民国三十一年，杨宝忠监制"的和我同庚的、一直跟着我的京胡，便是见证。

三

我第一次看《失空斩》，个子还没有戏台高，但是全神贯注，眼睛一眨不眨的。听孔明唱"一见马谡跪帐下，不由老夫咬钢牙"，心里为马谡捏着一把汗。孔明唱完了，说完了，把羽毛扇一挥，说："斩！"我心里"咯噔"一下，好像斩自己似的。马谡还没下场，孔明喊了一声："带回来！"马谡快步回来，连忙跪下说："谢丞相不斩之恩！"我的心跟着一松。谁知，孔明和马谡说了一会，哭了一会，还是下令"斩"。我的幼小的心再也承受不了，在台子下面叫道："别斩！"许多大人把目光投向我，但没有一个有责备的意思。

一年正月，我到大姑家里看戏。大姑家在海阳泉水头。泉水头的京戏闻名遐迩，箱底也好，八蟒八靠，就连张飞的兵器——丈八蛇矛都有。那矛弯弯的，长长的，矛尖上有两个齿儿，像蛇张开的嘴。而我们村的剧团没有，张飞一出场，手里拿的都是枪，以枪代矛，我非常失望。头一天，演的《李陵碑》。杨继业唱完那一段愤怒悲怆的"叹杨家秉忠心大宋扶保，到如今只落得兵败荒郊"后，往李陵碑上那一撞，竟撞得我茶饭不思，心里恨透了奸臣潘仁美。大姑说："傻孩子，你真是'看戏落泪，替古人担忧'了。那是唱戏，咱们难过什么？"说完转身问大姑夫："明天演什么？要是不好，别让孩子看了。"姑夫说："明天演《白水滩》和《战马超》。"

第二天，看完《战马超》，我便找来一根高粱秸当丈八蛇矛，在院子里挥舞起来，嘴里还叫着："哇呀呀……马超，三爷与你大战三百回合！"一阵乱舞，落得了个饭量大增，姑姑笑了，说："明天再演战什么超的，咱们还去看。"

长大了，再看《战马超》，就少了一份打斗，多了一份思考；再看《击鼓骂曹》，就少了一份为祢衡的以卵击石的担心，多了一份一个人的威风在正义的旗帜下竟会如此光芒四射的认识。

中学时代，学校里有一批喜欢京剧的老师和同学，我们常常聚在一起谈戏、唱戏，有时还到广播室里唱，向全校广播。我大嗓小嗓都有，这期间学了不少唱段。

唱戏跟听戏不同。唱戏，是自己去悟戏中之情；听呢，是品别人悟出的戏中之情，中间隔着那么一层。我唱戏很投入，一段"杨延辉坐宫院自思自叹，想起了当年事好不惨然"唱下来，必是泪水涟涟。你想，盖世的英雄，沦落番邦，有家难回，报国无门，多难受！那旷世的幽愤和怅惘，只一句"金井锁梧桐，长叹空随一阵风……"的念白，就从嗓子眼里全涌出来了；及至唱完"我好比笼中鸟有翅难展，我好比虎离山受了孤单。我好比南来雁失群飞散，我好比浅水龙被困沙滩"，那幽愤和怅惘就化为泪水，夺眶而出了。

唱，就得去仔细琢磨，仔细体味，要了解戏里人物的身份，揣摩人物的性格和思想感情，要考虑咬字、吐字、行腔、气口、韵味、尺寸。就说大家熟悉的《甘露寺》中的那段脍炙人口的"劝千岁"吧。那是乔国老规劝孙权不要鲁莽从事，要谨慎考虑孙刘两家和好与决裂的利害关系的。话的分量很重，但又要以一种温和的语气说出，因为孙权与乔国老是君臣关系。京剧讲究的是"以情带声，以声传情"，如果说唱京戏难的话，恐怕就难在这里。

一天，我在家里洗衣服，跟前放着一个录放机，边洗边听京戏。一位朋友来了，见此情景，笑着说："你真会忙里偷闲！"

我说："手不闲着，耳朵也不能让它休息。一个开发左脑，一个开发右脑，相得益彰。"

朋友撇撇嘴。他不是笑我的荒谬，而是笑我对京剧竟痴迷到不可救药的地步。

"是不是所有的唱段你都听得懂？"他耐着性子煞有介事地听了一会儿，认真地问我。没等我回答，他又说，"我怎么一个字也听不清？"

"我也不是每段都能听懂。比如现在放的张君秋唱的这段《怜香伴》，我就听不大懂，因为对这出戏不熟悉。但是我能听出这是一段'四平调'。说实话，很大程度上，我是把京剧当成音乐来欣赏的。京剧的唱腔很丰富很优美。许多唱段，曲调本身就很感人。和其他音乐一样，它表现的也是一种情绪。'喜则欲歌欲舞，悲则如泣如诉，怒则欲杀欲剐'，是的的确确的。听程砚秋的《六月雪》，即使一字不懂，也会令人生悲。不知你注意没注意，许多京剧爱好者悠然自得地哼京剧，常常是没词儿的，哼的只是调儿，是那种美的旋律。'哩格隆'这个词哪儿来的？就是哼京胡拉的过门哼出来的。"

我的这位朋友虽然不停地颔首，但我怀疑，他只是出于礼貌。因为我这一番宏论，讲给不爱京剧的人听，无异于对牛弹琴。

每学一段京剧唱腔，每唱一遍哪怕是很熟悉的唱段，对我来说，都是一次感情上的洗礼，都会增加一次感情上的积淀。京剧使我懂得了爱，懂得了恨。京剧教会了我喜，教会了我怒，教会了我悲，教会了我乐。总之，京剧使我懂得了人世间最重要的一个字——情。

人是要有情的。情是一点点积淀的。

教学也是要有情的。

我在一本关于京剧的书的扉页上题了这样一句话：

"以情教书，以情育人；以情育人，理在其中。"

听戏好，唱戏更好。

四

从前，我的家乡胶东半岛的许多农村里都有关帝庙。我们村的关帝庙规模较大，里面除了有关公、周仓、关平的塑像外，还有刘备和张飞的塑像。由于认识了这五位，也就特别喜欢看三国戏。演三国戏的京剧剧目似乎也特别多。我小时候对三国这一历史时期的大概了解，完全得益于看京剧。

如果说，我们村的关帝庙是我了解祖国历史的起点的话，那么，京戏便是一部紧跟其后的认识祖国历史的鲜活的教材。

把所有的京剧剧目按朝代排列起来，可以说就是一部活生生的中华文明史。

是京戏，使我很小的时候便知道了商纣王、周文王、西门豹、蔺相如、廉颇、赵高、刘邦、项羽、萧何、韩信、赵匡胤、杨继业、包拯、岳飞、文天祥、海瑞等历史人物以及许多名不见经传的平民百姓，如萧恩、宋士杰等。

京剧是最能代表中国传统人文精神的一种艺术形式。说"京剧至少是中国戏迷的'正心、修身、齐家、治国、平天下'的'百科全书'"，绝不是夸张。

不能没有京剧，至少对我。

五

一段京剧唱词就是一首优美的诗。唱京剧就是唱诗。念诗可以念出感情来，唱诗可以唱出神韵来，能把诗唱活。能唱几十段京剧，就等于往肚子里装进了几十首活诗。这是一笔不小的财富。唱，记得快，记得牢，若不是唱，而是背，我想，是无论如何也记不住的。即使记住了，也不会像唱记得这么长久。光一出现代京剧《沙家浜》，就有多少唱段！但我能从头唱到底。如果背，就不可想象了。《野猪林》一出戏里，林冲有这么一段"反二黄"：

> 大雪飘，扑人面，朔风阵阵透骨寒。
>
> 彤云低锁山河暗，疏林冷落尽凋残。
>
> 往事萦怀难排遣，荒村沽酒慰愁烦。
>
> 望家乡，去路远，别妻千里音讯断，关山阻隔两心悬。
>
> 讲什么雄心欲把星河挽，空怀血刃未除奸。
>
> 叹英雄生死离别遭危难，满怀激愤问苍天。
>
> 问苍天，万里关山何日返？
>
> 问苍天，缺月儿何时再团圆？
>
> 问苍天，何日里重挥三尺剑，诛尽奸贼庙堂宽，
>
> 壮怀得舒展，贼头祭龙泉？
>
> 却为何天颜遍堆愁和怨？
>
> 天呐天！莫非你也怕权奸，有口难言！
>
> 风雪破，屋瓦断。苍天弄险。
>
> 你何苦林冲头上逞威严？
>
> 埋乾坤难埋英雄怨，忍孤愤山神庙暂避风寒。

我很喜欢这段唱，既能酣畅淋漓地唱下来，也能一字不差地背出来。单说这京剧的唱词，是不是就是一种文化？

著名作家苏叔阳在《联想到〈复活〉》一文中说："一折《女起解》就是一本教科书，让人读懂什么是封建社会，什么是人性美的光辉，也可以解读一下美学书。"

是的，每出京戏都是一本教科书。

看戏，唱戏，就是在接受这种文化的熏陶。我说不出这种文化究竟影响了我什么，影响有多大，但是，我的的确确受到了它的影响。正如说不清吃到肚子里的水果的养分究竟会跑到身体的哪个部位、发挥了什么作用，但谁也不能否认它确实发挥了作用一样。

六

京剧不但唱词美，它的音乐、唱腔、舞蹈、服饰、脸谱都是美的。正如苏叔阳所说，一出京戏，不但是一本教科书，而且是一部美学书。

就说《打渔杀家》吧。你看萧桂英那双手。那是一双什么手啊！一出戏下来，手势变化有多少啊！站有站的手势，坐有坐的手势，走有走的手势，参见爹爹有参见爹爹的手势，就是划船，那拿船桨的手也是艺术化了的！难怪俄国大戏剧家梅耶荷德看了梅兰芳的演出后，惊叹道："梅先生的手势美妙多姿，能够随着剧情的发展，使我们不懂汉语的人，也能够了解剧中人的思想感情，这是我们应该学习的。看了梅先生的手势，我觉得苏联某些演员的手可以砍掉。"美国著名戏剧评论家斯达克·扬也盛赞过梅兰芳的手。真的，关于京剧旦角演员的手，就可以写一本书。

你看萧桂英是怎么站、怎么走的。她站在爹爹面前，双手成兰花状，放在腰的左侧偏上，一只脚稍向后撤，成"丁"字形，给人一种既恭顺又有精神的感觉。坐呢，臀部只是稍稍沾一下椅子。作为京剧道具的椅子，腿较高，人往上一沾，既让人感到是坐着的，又给人以挺拔的感觉。真是站有站相，坐有坐相。我们不得不佩服中国艺术家的高明。我们再看她走路。抬脚时，脚尖向上一挑；落脚时，先向外一撇，然后脚跟轻轻地落在正前方，无声无息，多美！服装模特的走法，都是跟京剧青衣学的。快走更好看，全是碎步，看上去，人就像在舞台上飘一样。

再看那萧恩和武师爷的一番较量，每个身段都是一尊雕像！京剧讲究的精、气、神全在里面。我每看一场京剧，便能振奋好几天，看完戏，连走路都格外有精神。有一回，生病了，无精打采的，一位同事开玩笑说："你是不是好长时间没看京剧了？"

萧恩父女上船的动作充分表现了京剧的以虚带实、营造气象的美学思想。他们往"船"上一跳，大锣发出轻微的响声，人随着锣声一起一落，上下摇晃。每逢此时，我总在心里说："天哪，千万别翻了船！"真是"此时无船胜有船"！但是，如果真的把一只船弄到舞台上，真实倒也真实，可是，那就把京剧艺术彻底糟蹋了。

京剧舞台上只有一张桌子，两把椅子。别管谁的家，哪怕是金銮殿，统统是这三件东西！只不过换换桌围椅披而已！换上黄色的绣有龙凤图案的，代表皇帝（皇后）的办公地方或居室；蓝的或其他颜色的，代表一般百姓的住家。但是，那蓝色的桌围绝不因为代表穷苦百姓的居家而破旧不堪，上面仍然绣着美丽的图案。穷，也让人觉得美。话说远一点，《女起解》里，苏三戴的刑枷明明是犯人戴的刑具，却做成了两条精致好看的鱼！但，如果让苏三戴上一副真的刑枷，铁链子哗啦啦地响，我想，观众是不会接受的。

这就是京剧！这就是京剧的美学！

看京戏，实在是一种美的享受，是在解读中国人的或者说具有东方文化特色的美学！

京戏真好。生活不能没有京剧。有了京剧，我的生活才如此多姿多彩，才如此有滋有味。

我爱生活，爱音乐，爱美术，爱自然，爱学生，爱一切美好的东西，与爱看京戏有很大的关系。"目濡耳染，不学以能。"韩愈说的，不就是这个理儿？

七

话已经说了不少了，但还不愿意把笔放下。放下了，就觉得好像对不起京剧似的。我又想起了刘连群先生写的《跟戏一块活着》。刘先生在文章的最后说："活着吧，有戏的日子挺有滋味。"死后呢？他没说。我续上一句，作为结尾吧：

> 我的孩子们，你爸百年之后，不要烧纸，不要烧香，每年清明节，在我坟前放京剧磁带，倘有时间，照它一天的放。在阴间，有戏的日子肯定也会有滋味的。

刘先生看到这里，脸上是不是会露出会心的微笑？

"行万里路"

一

外出讲学的同时，可以饱览祖国的大好河山。"行万里路"与"读万卷书"同样重要。

山山水水也是一本书，不可不读。苏轼泛舟赤壁，读出了个"寄蜉蝣于天地，渺沧海之一粟"；刘禹锡读来读去，读出了个"山不在高，有仙则名；水不在深，有龙则灵"；文天祥则从山山水水之中读出了"正气"二字："天地有正气，杂然赋流形；下则为河岳，上则为日星。"毛泽东长征途中，跋千山涉万水，读出了个"万水千山只等闲"的英雄气概。

我虽是个等闲之辈，但也自有等闲之辈的理解。

二

第一次到石林是1987年秋。当汽车进入外石林时，人们一下子惊呼起来；汽车拐了几个弯，来到大石林，面对着壁立的群峰，人人竟张口结舌，反倒出奇地静。这时我才真正懂了，什么叫"惊呆"。眼前，一支支巨大的黑灰色石峰、石柱拔地而起，直刺青天；放眼望去，犹如一片茫茫的森林，蔚为壮观。正前方最高的一座石峰上，刻着两个醒目的红色隶书大字：石林。走进石林，一泓碧水，像明镜似的嵌在奇峰异石之间，峰与峰有石桥相连。这就是有名的剑峰池。因池中有一石峰，像一把宝剑直插蓝天而得名。走出剑峰池不远，只见前方两座峰之间的齐胸处，被两块突出的石头锁住，当中只有一条缝隙。导游的哈尼族姑娘说，如果谁的脖子能从中间的夹缝中挤过去，必将大吉大利，事事顺心。于是游人争相去试。但能挤过去的人很少——那缝隙太窄。要想过去，第一，脖子不能太粗；第二，要选好角度。我细心观察了两个挤过去的人的动作和入缝的部位、角度，然后像他们那样先把脖子正面挤进夹缝里，当挤到一半，感到挤不动了的时候，再把头向右一扭，便轻而易举地过去了。导游小姐为我的成功感到十分高兴，连声说："您将来必定事事如意，大吉大利。"中国人喜欢听吉利话，虽然未必兑现，但心里很舒坦。

这里的石峰千姿百态，有的像孔雀梳翅，有的像双鸟夺食……每座象形石峰，导游小姐都能讲出一个美丽的传说。最著名的是小石林中一池碧水侧畔的阿诗玛石峰。它颀长高挑，风姿绰约，背后又有一峰相连，侧看宛若一位背篓的少女。导游的哈尼族小姐说：传说很久很久以前，哈尼族姑娘阿诗玛被富人热布巴拉抢占为妻。哥哥阿里前来营救，历尽千辛万苦，终于逃出虎穴。当兄妹走到这里时，热布巴拉勾结崖神变出滔滔洪水，淹死了阿诗玛。后来，她就变成了这座石峰。来石林的人，几乎没有不和阿诗玛合影留念的。我想，既然是和阿诗玛合影，就应该把自己打扮成哈尼族人，于是，我租赁了一套哈尼族服装，穿在身上。导游的哈尼族姑娘笑着说："您成了哈尼族小伙子了。"我说："我都46岁了，我是阿里哥。"在笑声中我和"阿诗玛妹妹"合了一张影。

昆明市官渡区教研室的陈老师说，到昆明不爬西山是个遗憾。他指着研讨会发的提包上的图案说："这图案画的就是西山。西山又叫'睡美人'。"我仔细一看，这山果然就像一位仰面睡卧的女子。

"是不是故意画成这样子的？"

陈老师说："没有一点虚构，实际上就是这个样子的。"

西山在昆明的西面，立于滇池西岸。远看，起伏的山峦果然犹如一位丰盈的美女仰卧岸边。那长发、前额、鼻梁、下巴十分清晰、逼真，那隆起的胸，更会令翩翩少年郎想入非非。陈老师说："传说从前有一青年女子，因丈夫到边远的地方当奴隶，她日日思念，夜夜啼哭，泪水积成了滇池，然后仰面倒下，化为西山。当时，有凤凰前来哀悼，人们误当碧鸡，所以西山又称碧鸡山。"

西山的龙门堪称滇中第一胜景。它建在西罗汉山崖的峭壁上。我们沿峭壁拾级而上。那峭壁并不是上下直立，而是微微向滇池倾斜，是名副其实的悬崖。左侧万丈峭壁下是滇池。我有恐高症，紧贴右壁而行。爬到龙门时，连怕带累，已是大汗淋漓，气喘吁吁。龙门石坊门横上刻有"龙门"两个金色大字。门横的正下方有一圆形的装饰物，像一宝珠，十分明亮。陈老师说："过龙门，一定要跳起来，摸一下那珠子。摸到了，写文章一定会文思如泉。凡评职称没有论文的老师，一定得摸一摸。"于是人们便嘻嘻哈哈地跳起来去摸那珠子似的石头。也有大人让孩子骑在脖子上去够那石头的，内中自然有望子成龙的意思。这说法虽然荒诞不经，却为旅游平添了一份情趣。

入龙门内，右侧的石壁上凿有一间石室，名叫"达天阁"。室内壁上有魁星点状元的浮雕，栩栩如生。室外左侧有月台，月台外侧有石栏保护。壁上镌刻着一副对联："仰笑宛离天尺五，凭临恰在水中央。"我"仰看"可以，但笑不起来，这里太险。至于"凭临"就更不敢。陈老师说："贵在体验，既来这里，怎么能不站在边儿上俯视滇池，向远处看一看呢？"我只好硬着头皮走到护栏前，向下看了一眼。只看了一眼，便觉得后脊梁上过电似的一凉。

别人游龙门，感受到的是险峻壮丽，我比别人多了一种感受，即心惊胆寒，但我情愿。就像我情愿恐惧，也要去爬黄山的天都峰，华山的千尺幢、百尺峡一样。黄山的秀美、华山的峻奇不能只在听别人讲述中去想象。

三

1991 年暑假，我和杨再隋、袁瑢、朱敬本、支玉恒、靳家彦、徐善俊等人到牡丹江市讲学，适逢下暴雨，计划中的游镜泊湖未能如愿以偿。1993

年暑假，我和善俊再次来牡丹江讲学，游镜泊湖夙愿终于实现。陪我们游湖的是朝阳小学的宋校长。宋校长是典型的东北汉子，为人热情、豪爽。

我们驱车直达镜泊湖边。这里风光旖旎，堪称人间天上。镜泊湖是高山堰塞湖，长百里，最宽处十余里。湖水碧绿，平明如镜。两岸峰峦叠嶂，披翠挂绿，各种造型别致的别墅掩映其间。望着远处的青山，我这时才真正理解了小时候学的"山青灭远树"这句诗的意思。我们乘快艇，在湖上兜了一个大圈儿。

这里的天空也蓝。它高深辽远，蓝得纯净、透亮。放眼望去，直到天的尽头都是蓝的。那云也特别讲究，不懒散，也不拥挤，一团一团的，既有层次，又注意造型。它使我想起了故乡胶东半岛的天空。故乡的天空、故乡的云也是这样的。

从湖中出来，我们又来到了吊水楼瀑布。瀑布落差不大，却轰然作响，很有气势。瀑布下面是一个圆形的大潭。潭水漫出来，穿过乱石，向下奔流而去。这水清得让人舒坦，活泼得令人心动。我们挽起裤腿，随着众人蹚了进去。有人把清水撩在臂上、脸上，孩子们则干脆躺在水的怀抱里，享受着水的纯洁的爱抚。

我仿佛站在家乡的河里。我家的门前也有这么一条川流不息的清清的河。

我爱青山，我爱绿水，我爱蓝天。

愿青山不老，绿水长存，天空永碧。

四

说到水，我想到了青岛。我去过连云港、宁波、温州、厦门、大连。但那里的海都不及青岛的海。尤其是宁波的海，浑黄一片，看了叫人失望。

青岛的海是绿的，是碧的。

我每次到青岛都要去看海。徜徉在青岛的海滨，望着那碧绿的、无边的海，听着那海浪拍打岸边岩石的声音，呼吸着那清新、湿润的空气，是一种美的享受。

1991 年秋，我到青岛市北区讲学，又一次来到鲁迅海洋公园。那天，风和日丽。海水依然是那样的清，我坐在红色的岩石上，经不住海水的纯洁的诱惑，脱掉了鞋袜，把双脚伸进海水里。海水一漾一漾地亲吻着我的脚。我忽然觉得把脚伸进海里是对海的一种亵渎，于是把脚收了回来，伸出双手去捧那涌来的浪花。我眺望着蔚蓝的大海，恍惚觉得展现在眼前的，不是无边大海，而是巨大的、柔美的蓝色天鹅绒。那上下翻飞的海鸥，就像绣花姑娘的灵巧的双手，不停地在上面刺绣；那大大小小、远远近近的船帆，就像绣成的白花。

有人说："世界上最大的是海洋，比海洋大的是天空，比天空大的是胸怀。"但是，当我面对"无边天作岸"的大海时，我想，胸怀能够比大海宽阔的人有吗？不说别的，听到别人骂能真正做到不计较，听到别人的批评，能真正做到虚心接受的又有几人？

大海的内涵实在太丰富。但我最爱它的清。假如没有了一个"清"字，大海就会失去很多。

这正是我爱青岛的海的根本原因。

五

就内河而言，最清的莫过于桂林的漓江了。语文课本中的《桂林山水》一课的作者游览了漓江后，读出了"静、清、绿"三个字。他写道：

> 漓江的水真静啊，静得让你感觉不到它在流动；漓江的水真清啊，清得可以看见江底的沙石；漓江的水真绿啊，绿得仿佛那是一块无瑕的翡翠。

1998 年 10 月 7 日，我到桂林讲学。翌日，乘船游览了漓江。从桂林到阳朔，一双眼睛始终没离开过漓江的水和漓江两岸的山。就是中午在船舱内用餐的当儿，眼睛也是透过窗户，紧盯着缓缓向船后移动的山和水。整整看了七八个小时，真可谓"饱览"了。"览"的结果，不但感到漓江的水的确静，的确清，的确绿，而且我又从中读出了个"圣洁、和谐"四个字来。

漓江的水是圣洁的水。它静静地在祖国母亲的血管里流淌。人们不允许水面上有一片树叶、一根枯草。一旦出现，立刻就会被乘着竹筏的人不声不响地捞出去。它的圣洁赢得了人们的爱，它又因人们的呵护，变得更加圣洁。漓江两岸的拔地而起、各不相连的山，山上的绿树红花，岸边的房舍农田与漓江相映成趣，使漓江更增添了几分秀美。如果把桂林山水比作一幅长长的画卷，比作一首长长的诗，那么，这幅画的主题，这首诗的诗魂便是"和谐"。

和谐，是大自然永恒的主题，也是人与人之间永恒的主题，更是教与学的永恒的主题。

六

1997 年 8 月 7 日，我乘第二次到昆明讲学之机，来到景洪，游览了西双版纳植物园。

一进入植物园，自己立刻变成了一个茫然无知的人。这里的植物几乎都不认识。我们一行十几个人都成了傣族导游小姐的学生。

我忽然发现一个土冈上有一片从来没见过的树林。那树干是灰白色，又高又直，而且很细；树干顶端长着一撮羽状叶子，像有人在上面放了一个大鸡毛毽子。我问导游小姐："前方是一片什么树？怎么像联合国大厦前的一排排旗杆？"姑娘笑了，说："那是槟榔树。中药槟榔就是它的果实。"

我努力向树顶上瞅去，想看看它的果实是什么样。可是太高，看不见。我问北京来的、自称视力为"3.0"的赵景瑞主任，他孙悟空似的打起眼罩看了半天，也说不出个所以然。

植物园里有一种叫"舞蹈树"的，进园不久，导游小姐便对我们做了"渲染"，说这种树很神奇，只要听到姑娘唱情歌，它的叶子就会翩翩起舞。

我在心里说："植物王国里难道也有张君瑞式的痴情种？"于是我们便很想早早见到它，一睹它的舞姿。其实，这是一种其貌不扬的树。与其说它是树，不如说它是灌木更确切，因为它的枝叶是丛生的，且只有一人来高。它的叶子瘦长，有人的手指那么长、那么宽。叶子前端稍宽一些，呈棒槌状。我们十几个人围在它的周围，等待着奇迹的出现。傣族姑娘对着它唱起了我们听不懂的傣族民歌。一会儿，奇迹出现了！那长在上面的叶子，果然一上一下地动起来！嫩叶子动幅最大。歌声一停，动作便止。我们惊叹不已。

"您一定唱的是傣族情歌。"我对导游小姐说。

"那当然。"小姐笑着说。

大队人马跟着导游小姐走过之后，和我同样好奇的赵景瑞主任说："非得姑娘唱情歌它才跳舞？老于，您来一段京戏，看它跳不跳。"老赵知道我会唱京戏。

"不唱情歌能行？"

"咳！'苏三离了洪洞县，将身来在大街前'不就是情歌？唱一段！"

"咱们俩合唱《红灯记》中的'临行喝妈一碗酒'，怎么样？"

于是我和赵主任傻老帽似的放声唱起来，没想到那叶子跳得更厉害！

附近的因为没有人导游而在植物园里信马由缰地漫游的游客，以为我们两个老头子得了疯癫症，纷纷过来看热闹。我们旁若无人，一直唱到完，然后拍手大笑。当他们知道了我们引吭高歌的原因后，男男女女也像我们一样，在树的周围发起了疯癫。

七

我从小喜欢看云。故乡胶东半岛的云也的确好看。自从坐了几次飞机，我发现，坐在飞机上，才是看云的最佳位置。

坐在飞机上看云别有一番景致。别在哪里？别在角度上。在地面上看云，看到的只是云的底面和侧面。当天空彤云密布时，那云的上面是什么样的就不得而知了。当飞机升到七八千乃至一万多米高空时，由上向下看，那才真正叫"鸟瞰"哩！那景象才叫壮观哩！

一次，我从杭州乘飞机去武汉。飞机起飞时，杭州正下着大雨。飞机起飞不久，便穿出乌云。上面是湛蓝的天空，下面是茫茫云海，我们仿佛来到了第二层世界。云海怒涛翻滚，如烟如尘。我疑心下面有张翼德率领的千军万马在驰骋。如果不是他命令在千万匹马的尾巴拴上树枝，怎么会把云搅得如此翻江倒海？那滚滚波涛，一层连着一层，远远地跟蓝天相接。

飞机飞了约莫20分钟，云海不见了，代替它的是一片莽莽的雪原。莽莽的雪原上散落着零星的小丘。小丘有大有小，有高有矮，有的像孩子堆起的逗人喜爱的雪人，有的像用汉白玉雕琢出来的造型别致的假山。因为有了这大小不一、高矮不等的小丘，所以雪原并不显得单调。忽然飞机前方的天边上出现了连绵起伏的雪山，虽然很远，但轮廓清晰。难道我们飞到了昆仑山上空？

临近武汉时，天空中却一丝云也找不到了，地面上的河流、山脉、公路、村镇依稀可辨。

还有一次，我在延吉讲学结束后，乘飞机经大连回北京。飞机升空后，下面全是云山。一座接一座，座座险峻，座座壮美。云山虽然靠得很近，却不相连，极有层次。快到大连上空时，飞机高度开始下降，然后就在云山之间穿行。有时飞机钻进云山的肚子里，就像进入蒸笼里一样。这时我才看清，那组成云山的水蒸气和打开蒸笼的水蒸气一样。

我想，这时如果是早晨或者傍晚，那云山披上霞光，一定更壮丽无比。以后有机会再从延吉乘飞机回来，一定选择在早晨或傍晚。但是，那一天，天空是否会出现这样的气势磅礴的云山呢？

八

我爱大自然这本书。走南闯北使我有更多的机会去接触这本书。虽然我的理解能力有限，但由于我的努力、我的专心、我的思考，所以从中读懂了不少东西。

　　我每读懂一点，便觉得自己充实一点。

　　我每读懂一点，便感到多了一点教学的资本。不一定去游名山大川。

我觉得，只要走出家门，大自然便会无私地为自己打开崭新的一页。

感谢书

只要教育还没有发展到不需要学校、不需要老师的程度，那么，教育将始终是教育者和受教育者的双边活动。如果真有那么一天，教育不再需要老师了，"教育"这个词也就消亡了。因为教育者和受教育者只要缺一，就不能称其为"教育"。

既然教育是师生的双边活动，这样一个问题便始终摆在我们面前，即老师的素质问题。

老师应该具备什么样的素质？许多专家都提出了自己的看法，每位教育工作者也可以说出几条来。但迄今为止，我还没有见过像美国教育家保罗·韦地那样，从学生这个角度去研究这个问题的。这位博士花费了40年的时间，搜集了9万名学生写的信（内容全是关于他们心目中所喜欢的老师），在此基础上，提炼概括出作为好老师的12种素质。现抄录于下：

1. 友善的态度。"他必须喜欢我们。要知道，我们一眼就能看出他喜欢还是不喜欢教书。"

2. 尊重课堂内每一个人。"老师应对我们有礼貌。我们也是人。"

3. 耐心。"老师，请您耐心地听听我所提的问题。在您听来也许可笑，但只有您肯听，我才能向您学习。"

4. 兴趣广泛。"她带给我们课堂以外的观点，并帮助我们去把所学到的知识用于生活。"

5. 良好的仪表。"我立刻就喜欢他了。他走进来，把名字写在黑板上，马上开始讲课。你能看得出他是熟悉教学工作的。他衣着整洁，事事都安排得有条不紊。""她长得并不漂亮，但整节课瞧着她，我没什么反感。她尽力使自己显得自然。"

6. 公正。"老师，只要您保持公正，您对我尽量严格。表面上即使我反对严格，但是我知道我需要您的严格。"

7. 幽默感。"他讲课生动风趣，幽默活泼，听他的课简直是一种享受。"

8. 良好的品性。"我相信她与其他人一样会发脾气，不过我从未见过。"

9. 对个人的关注。"老师只和好学生谈话，难道他不知道我也正在努力吗？"

10. 伸缩性。"老师，请您记着，不久之前您也是学生，您是否有时也会忘带东西，在班上您是否样样得第一？"

11. 宽容。"她装着不知道我的愚蠢，将来也是这样。"

12. 有方法。"忽然间，我能顺利完成作业了，我竟然没有察觉这是因为她的指导。"

山东省济宁市乔羽学校田冰校长，从另一个角度对这 12 种素质进行了阐释，归纳成 12 句"教育箴言"（见 2002 年第 9 期《山东教育》）。箴，劝告、劝诫的意思；箴言，即劝告的话。田校长的话，字字珠玑，都是至理名言。这 12 句箴言是：

1. 态度，决定你与孩子的关系。没有良好的师生关系，就没有优质的教育。

2. 尊重也是一种教育力量。孩子对老师发自内心的敬爱首先来自老师对孩子的尊重。

3. 不要以为耐心只是我们对过激情绪的控制，从某种意义上说耐心本身就是一种教育艺术。

4. 一位兴趣单一或者只关心自己所教学科的教师对学生来说，仅仅是一位教师；一位兴趣广泛、博学多识的教师，对需要多种营养的成长中的学生来说则是一位大师，是一部可以满足多种需求的百科全书。

5. 没有哪一位学生喜欢邋里邋遢的老师，整洁的仪表同时也是对自己学生的一种尊重。

6. 只有在公正面前，学生才能接受教师的批评；否则，教师的任何批评在孩子心灵里引起的都可能是不满和怨恨。

7. 幽默是师生关系和知识传授的润滑剂，教师的幽默可以让最枯燥的课堂教学变得有声有色，令孩子们回味无穷。

8. 要想成为一个好教师，就必须修炼自己的性格。性情暴躁的人最好从教师行当里退出。

9. 手心手背都是肉。教师应当把关注的目光投向每个学生。偏爱是教育的大忌。

10. 设身处地、推己及生应当成为教师职业的一个准则，能够站在孩子的角度来理解孩子，这样的教育还没开始就已经成功了一半。

11. 对学生宽容等于给了学生一个修正错误、不断进步的空间。

12. 最科学的教学方法是让学生感觉不到方法，一个聪明的教师总善于不着痕迹地影响学生。

读了保罗·韦地博士总结的好老师的 12 种素质和田冰校长阐释的 12 句箴言，有的引起了我的共鸣，因为我也这样努力了（尽管做得还很不够），如"友善"、"兴趣广泛"、"幽默感"、"伸缩性"（即我常说的"蹲下来看学生"和"换位思考"）等方面。有的则使我汗颜，如"耐心"、"公正"、"品性"等。假如我在 30 岁以前读了"性情暴躁的人最好从教师行当中退出"这句话，我绝对会"引咎辞职"。真的，年轻时，我动辄发火，体罚学生的事时有发生，而且对校长提出的批评还不以为然。直到过了而立之年才有所觉悟，过了不惑之年才算基本成熟。虽然说"改了就是好同志"，但以前那十多年的影响却永远无法消除、无法挽回了。还有"宽容"，有时我很宽容，有时却又不能，脾气一来，腾腾腾，常常只几句话，便把事情办糟了。事情过去了，虽然也后悔，但为时已晚，成了"马后炮"。

感谢书（包括报纸、杂志），读书使我进步。我这个人读书喜欢想自己。我是抱着从书本中寻找智慧、思想和方法的态度读书的。如果读书不与自己、与工作联系起来，学而不用，对我来说，读书就失去了大半的意义。

我写的这篇读后感，抄的多，感的少，因为我主要不是想说自己的，而是想让更多的人了解保罗·韦地总结的作为一位好老师的 12 种素质和田冰校长阐释的 12 句教育箴言。我觉得，凡是能感动我、启发我的，也一定能感动别人，对别人也一定会有启迪作用。

如果我说得对的话，那就让我们一起感谢书吧！感谢书的作者吧！

故乡行

一

1987 年 8 月 20 日，我和二弟永棠、女儿于然、侄女彩云回到了阔别多年的故乡——山东莱阳徐家夼村。

这是个美丽的山村。排列得整齐有序的红瓦白墙的农舍，掩映在绿树丛中。三条清澈的小河从村东、村中、村西穿过，然后在村南头汇合。汇合在一起后水量大增，河水顺山脚——先是南山，尔后是陡山——蜿蜒地向东南方向流去，然后汇入胶东半岛有名的富水河。我们村周围都是山，祖先们看好了山脚下的这一片较平整的地，于是定居下来，取名徐家夼。"夼"，读 kuǎng，即洼地的意思。徐家夼现在并没有姓徐的人家。据老人讲，最早，这里是姓徐的人居住的，可是人丁不兴旺。徐姓的人们认为"风水"不好，于是迁徙到别处去了。接着我们姓于的来了（也许姓徐的没走前，我们就来了，无从考）。"风水"先生说，"鱼（于）儿离不开水。这里是三条小河汇集处，适宜姓于的居住"。果然姓于的在这里兴旺发达起来，至今姓于的占全村人口约 90%。

一跨进四弟永杰的门槛，我和二弟几乎同时说："到家了！"

这才是家，生我养我的家。

二

1987 年 8 月 20 日是我母亲逝世三周年忌日。这次我们回来是为母亲过

◎1987年暑假，我回故乡探亲。我站在村南头的南山上眺望生我养我的小山村——山东莱阳徐家乔村

"三周"的。在家务农的三弟永一、四弟永杰要为母亲扎纸人、纸马、房舍、电视机什么的，说要母亲在那个世界过上现代化的生活。我说："不要扎，咱们多送些钱，老人家爱买什么买什么，省了我们备置的东西她不满意。就拿电视机来说吧，你扎什么牌号？还是由她老人家选吧！"二弟也同意我的意见。其实，我根本不相信还有"那个世界"。母亲生前常对我说："人死如灯灭，什么都没有了。"说是这么说，但按风俗，得烧烧纸，燃炷香，摆点供品。于是四弟买来许多纸，姐姐永凤，表弟鹏程、秀臣也带来不少纸。四弟永杰把纸一沓一沓地铺在桌子上，"凿"上钱印。"凿子"是用一根圆梨木制作的，它的一头，刻有一枚大大的铜钱图案。把它放在纸上，用小锤在另一头敲一下，纸上便留下了钱印。"凿纸"很有讲究，要求也严。一要均匀，不能稀疏，否则"钱"不多；二不能重叠，否则烧化以后出来的"钱"会残缺，不好花。凿的时候还不能图省事，把纸铺得太厚，不然烧化以后"变"不出钱来。小时候，有一年春节，我把所有的纸摞在一起，企图"毕其功于一役"，在最上层凿一遍就行了。还没凿两下，被爷爷发现了，他急忙予以制止，给我讲了不能把纸铺得太厚的"道理"。纸很多，四弟忙得不亦乐乎。汗水滴在纸上，立刻洇开去，圆圆的汗渍，更像一枚枚铜钱。

烧纸时，还得附一张祭文，一者表达悼念之情，二者使死者知道钱为谁所送。表弟秀臣长于此道。祭文的最后一句是"他鬼不得争夺"。看来，"那个世界"上也存在着社会治安的问题。是不是也有鬼警察维持社会秩序，就不得而知了。

墓地在村子东南面的一个山坡上。背后是座大青山，前面是条富水河，依山傍水，风景秀美。这里是全村的公墓，不论姓于的，还是姓梁、姓宋的（全村只有这三姓），死后都葬在这里。他们生前在一起，死后也在一起。

纪念仪式是在二爸于全忠的主持下进行的。他把纸堆在母亲坟前，用一根棍围着纸堆画了一个圆圈，圆圈的东南部留了一个口儿，据说，母亲可以从这儿进来把钱取走。他先取出一叠纸来，用火机点燃，放在圈外，说："这钱是给左邻右舍的。"看来，在"那个世界"也讲究人际关系，要和邻里搞好团结。我说："好在都是自己村的，多给点嘛。"二爸笑笑，又取出一叠，烧化了，说："一点小意思，大家花。"

香纸点燃了，供品摆上了，我们弟兄四人跪下磕了四个头——"人三鬼四"，给死者磕头应磕四个，给活人磕头应磕三个，这是规矩。三弟怕我出外多年忘了，临来时特意交代了一遍。

一跪下，眼泪就止不住流下来。二爸站在一旁，一边用棍子摆弄着纸，一边说："大嫂（指我母亲），您的孩子和侄男侄女、外甥们来看您来了，给您送钱来了。"听了这话，我们弟兄竟大哭起来。

三年前——1984年母亲在病重期间问我："特级教师评上了吗？"我为了让母亲欢喜，撒谎说："妈，评上了，还登报了呢！"她眼角露出一丝欣慰。

母亲读过书。我四五岁时就教我背"九九表"，背古诗。至今我还记得母亲送我上小学那天，我当场背出了乘法口诀表和《木兰辞》时，梁老师那吃惊的表情。"母亲"，谁能说清这个伟大字眼里有多少内涵呀！

香纸快焚完了。一缕缕青烟从没燃尽的纸里袅袅升起。我想象着冥冥中的妈妈，似乎真的觉得她老人家来了，还是那么慈祥，笑着一个个端详着我们……

我可以告慰母亲在天之灵的，是我没有辜负她对我的培养和期望。

我最感到内疚，最对不住妈妈的是，在她去世前两天，我为她喂药时，说"请张嘴"三个字声音大了。

我多么想重新写那一天的历史啊!

但,历史既不能重复,也不能涂改。

三

　　吃过午饭,已经下午三点了。亲戚们也因为完成了使命而一一告辞。于奎照约我到他家,说是去"唱一段"。他不但会唱,而且操一手好琴。他的胡琴是不久前在济南买的。"转轴拨弦三两声,未成曲调先有情。"我刚一定弦,不由得想起小时候我刚学拉胡琴的情景。"吱吱啦啦",拉得妈妈心烦。但爷爷爱听,尽管"短笛无腔",爷爷却说我能让木头说话,不简单。当我拉得"有腔"了,妈妈笑了。"来,先来段《让徐州》。刚喝过酒,调儿定低些。"奎照站起来,清了清嗓子对我说。

　　刚唱完,于永元大哥家的大嫂抱着一个孩子从外面走进来。我连忙起身打招呼。以往,我每次回家她总要找我说说话。虽然已是七十多岁的人了,但身板还挺硬朗。

　　"大兄弟,有日子没回家了。"

　　"是的,大嫂,整整 11 年了。"

　　"要常来家看看。再隔几年不回来,说不定你就见不到嫂子喽。"说完,她叹了口气,从上到下把我仔细打量了一番,说,"大兄弟,你侄女要是活着,和你一样,今年也 48 岁了。"

　　我的大侄女儿叫于世香,和我同岁。她长着一双忽闪忽闪的大眼睛,说话很快,能歌善舞。她常说,长大了要当个老师,专教唱歌。世香的爸爸是远近闻名的旦角演员,嗓子又脆又亮,有"小喇叭"之称。世香很像他爸爸。可惜,她于 1954 年春天突然夭折了。记得那是一个寒冷的下午,我放学回来,刚走到村南头,迎面碰到了于全贵。他心情沉重地说:"于世香死了。"

　　我大吃一惊:"昨天晚上不是在街上耍吗?怎么会突然死呢!"

　　"今天早上起来,觉得肚子疼,中午就咽气了。"

两个木匠在家庙的院里为世香做棺木。我和全贵来时，小棺木已做好了。院子里有好几个小伙伴。

"全贵，棺木底怎么不用板子，而钉木条呢？"我轻声问。

全贵摇摇头说："不知道。"

于永元大哥两眼红红的，嘴里衔着大烟斗，"吧嗒吧嗒"地一个劲抽烟。

"世香就要躺在里面被埋在地里了。"一个女同学小声说。话音未落，立刻就有几个女孩子抽泣起来了。

"往哪儿埋？"我问全贵。

"胡留村。那个村子有个男孩死了，她要和他埋在一起。"

"为什么要埋到外村去？那个男孩她认识吗？"

"他俩要结婚。这叫'人魂儿亲'。"全贵长我两岁，知道的比我多。死了的人，就可以不遵守婚姻法，不然，12岁的女孩怎么能出嫁呢？

"人在光阴似箭流。"一晃，几十年过去了。我这个小时候根本没有想当老师的人却当了老师，而且教过唱歌。永元大哥不无感慨地说，是我为世香圆了当老师的梦。

我望着大嫂那饱经风霜的脸，把话题岔开："大嫂，您抱的是谁的孩子？小家伙长得多可爱呀！"

大嫂脸上浮上了笑容："这是你大侄子世经的儿子！"

"11年没回家，世经都有了孩子了！"我把孩子接过来，小家伙非但不哭，还大胆地看着我。一双大眼睛忽闪着，酷似他的姑姑世香。但我没敢说，怕大嫂难过。

我到二姑家的时候，二姑告诉我，母亲生下我时，奶水不够吃，便经常抱着我走门串户去吃别人的奶。去的最多的是于永元的家。因为世香和我差不多同时出生，大嫂子的奶水足，为人又好。

我说："真是老嫂比母。看来，我应叫她嫂娘！"

二姑说："你是吃'百家奶'长大的。喂你的人多了。你小时候又白又胖，人们都喜欢你。"

从此以后，我只要唱《妈妈的吻》，我的眼泪就簌簌地往下落。就是听别人唱，眼睛也会湿润。唱第一句"在那遥远的小山村，小呀么小山村"，眼前便浮现出青山环抱的徐家夼村的轮廓。唱到"我那亲爱的妈妈已白发鬒鬒"和"妈妈的吻，甜蜜的吻，叫我思念到如今"时，脑海里就会闪现出妈妈慈祥的面庞和哺育过我的众多的嫂娘、婶娘、姨娘的形象……

"再还妈妈一个吻"是不可能了，但我可以再还嫂娘一个吻。"吻干她那思儿的泪珠"，"安抚她那孤独的心"！

四

第二天一大早，我便来到我的母校——徐家夼村小学。学校建在西岗上，六间教室一字儿排开，红色的瓦，白色的墙，淡蓝色的门窗，具有典型的胶东建筑风格。这里是全村的最高点，站在校门口可以鸟瞰整个村子的秀丽风光。过去的校舍已荡然无存，建公路时早已夷为平地。

学校仍保持着过去的做法，没有暑假，只有麦收、秋收和春节三个假期。我来到时，学生们正在上早自习。教室里传出琅琅的读书声。这声音多耳熟，多亲切！几十年过去了，他们读书的声调还没变，与我小时候读书的声调一样，这是真正的唱读。一代传一代，很难改。我忽然发现，唱读也有优点，唱读更投入！我忽然又觉得唱读是一种美的音乐，悦耳动听！我甚至想，应该请音乐家把它记下来。

现任校长于奎考是本村人，他和我同庚，是一起光着屁股长大的。学校的老师除了于成瑞以外，其余的都不认识，奎考把他们一一向我做了介绍。

不需介绍我，他们都知道我是徐家夼人，是特级教师。他们都说经常在《山东教育》《江苏教育》《小学语文教学》等刊物上看到我写的文章和有关我的教学改革的报道。

我向奎考打听教过我们的老师的情况。奎考说："张敬斋老师在莱阳党校，孙秀英老师据说到湖南去了，梁老师、王老师、徐老师都相继过世了。"真是"到家成远客，访旧指新坟"！听了奎考的介绍，心里不由涌起一阵悲凉。

不过，使我非常欣慰的是张敬斋老师还健在！我站在办公室门口，遥望南山，在心里说：张老师，从我离开家乡再也没有见到您。但您的学生始终把您铭记心中！张老师，您还是留着分头，还是那么朝气蓬勃吗？您的一双眼睛还是那么锐利、亲切、慈祥吗？张老师，我们把一根竹竿放在肩膀上，您还能一跃而过吗？

我感谢母校，感谢教过我的张敬斋、孙秀英等老师！他们给了我那么多的美好的东西。我感谢他们在我作文本子上画的许多波浪线，在我的大楷、小楷本上画的红圈圈，感谢张老师亲自为我画的奖状……

熟悉的、亲切的读书声消失了——下早读课了。该上第一节课了，我和奎考在校门口握别。我抬头望着校门上方的"山东省莱阳县赤山乡徐家夼村小学校"几个字，心里突然一热，立正站好，朝母校深深地鞠了一躬。

五

我和二弟、四弟从陡峭的南山下来，正好奎照工作单位的一辆大拖拉机到莱阳城路过我们村，我们匆匆收拾行装，准备搭乘它到源水夼四舅舅家里去。上午十点半，拖拉机发动了。我们站在车厢内向故乡、向所有认识的人告别。

快出村了，公路旁枝繁叶茂的柳树伸出手来抚摸我们的脸。那刺槐也把长长的枝伸向我们，"似牵衣待话，别情无极"。

一层层梯田，一道道山泉，一片片庄稼，一个个果园被拖拉机迅速地抛向身后。

我的泪珠在眼圈里打转。

我直想哭。

我只能在心里说："再见！生我养我的故乡。"我不能把话说出口，否则眼泪会跟着一起出来。

看到汩汩地向我的村庄方向流去的溪流，我又激动了，我的泪珠终于忍不住滚落下来，岑参的《西过渭州，见渭水思秦川》的诗异常清晰地浮现在脑际，涌上唇边：

> 渭水东流去，何时到雍州。
> 凭添两行泪，寄向故园流！

故乡的山

一

1972 年春节，我携妻第一次回故乡——山东莱阳徐家夼。一天，我带她去爬星山。星山在我们村子的东面。在我们徐家夼村的周围，除了小天、摩天岭两座山之外，就数它高了。山顶上有许多巨石，老辈说，那是从天上落下来的星星，所以取名星山。我们当地人把"星"读儿化了，叫"星儿山"。巨石中好像含有石英，阳光下，闪烁着宝石般耀眼的光。它遍身的黑色和淡绿色的干苔藓，是它的"老年斑"，表示着它的年代的久远。巨石有青松相伴。那山上的青松确实永远年轻，18 年前什么样子，现在似乎还是什么样子。一条小溪沿着北面山脚，由东向西蜿蜒流去，一直流入靠近村子的一个小水库。水库上面覆盖着一层薄冰，阳光下闪闪发亮。有了石，才有星山的名字；有了树，星山才有生机；有了山泉、溪水，星山才有了灵气。那嶙峋的石和突兀的峰，则是它的风骨。

我抚摸着一块块巨石，追忆童年的梦。

山南坡比较平缓。山坡上，地窖星罗棋布。每个地窖口上盖着一块大石板，每块石板下都有一块石头垫着，露出一点儿洞口的缝隙，为的是通风。石板有了坡度，下雨也不至于使水流进地窖里。

我指着这一群地窖问妻子："知道这是什么吗？"

妻不假思索地说："防空洞。"

我告诉她，这是地窖，是用来贮藏地瓜、芋头、萝卜、大白菜等东西的。这些东西存放在里面一可防冻，二可保鲜。有一户挖一个的，也有两家合挖一个的。

妻子惊愕了："没有人偷？"

"偷？在我们胶东人的字典里，是没有这个字的，至少在我们徐家夼人的字典里没有。世世代代都是这样的。"

妻子慨然道："地窖离村子那么远，要是在徐州……"

那天的阳光格外灿烂，格外温暖。我和妻子伫立在山脚下。仰望星山，巨石隐约可见，青松似与我们招手。

——嘿！故乡……

二

我最喜欢的是南山。它耸立在村庄的南头，所以取名南山。它虽然不算高，但比较陡峭。山上长满了柏树。每年春节，家家都要祭祀祖先。我们家挂字画，擦香案，摆供品，一般都由我来做。其中我必做的一件事是到南山折柏树枝插在供桌上的一对花瓶里。我先把折来的柏树枝用火微微烤一烤；一烤，那叶子便立刻变得嫩绿而有光泽。再把炸的玉米花染上颜色，粘在柏树枝上。那时，我觉得它是最美的艺术品。供桌上有了它，春节便真的有了"春"的意味。大年初一，我和小伙伴穿着新衣服，带着鞭炮，爬到南山上，尽情地放。这是我童年中最快乐的时刻。大人说，放鞭炮可以"驱邪"，但那时我并不知道"邪"为何物，便问长我两岁的于世友，世友摇头。又问于全贵，全贵也不知道。于全树小大人似的，神秘地对我们说："邪就是鬼！"鬼？于是我们把点燃的鞭炮扔向四面八方，让"邪"远离我们村庄。在我的想象中，那些看不见的"鬼们"，一定在噼里啪啦的鞭炮声中，在我们的喊叫声中，逃之夭夭了。

南山的脚下也有一条河。河水绕着山脚由西向东，再由东向南淙淙地流淌。东山脚下有一水潭，水潭西侧立有一块刀削似的巨石，水潭因此得名"石头湾"。夏天游泳的时候，巨石就成了我们的天然的跳水台。那时我们不懂得这姿势那姿势的，都是站在上面双脚跳下。小伙伴们练的是胆量，展示的是勇敢，寻求的是欢乐。

游泳结束，我们常常或顺水而下，或逆水而上，到河里捉鱼摸虾。我捉鱼的本领不高，只能摸些小虾，捉几条泥鳅，偶尔也能逮到螃蟹。

1972 年春节，妻子和我回老家时没跟我爬南山。30 年之后的 2001 年夏天，我们又回了一趟老家。这次我没爬，她倒爬了，似乎去替我寻找那童年的欢乐，倾听那似乎还未散尽的驱"邪"的鞭炮声。

——哇！故乡……

三

还值得一记的是金龙山。金龙山屹立在清澈明丽的富水河畔，在村的东南方，离我们村约有三里。山上有座"金龙奶奶庙"。庙的西侧有一个石头砌的大戏台，那是每年春天赶庙会唱大戏的地方。我第一次感受京戏就是在这里。不过最初留下的印象只有两点，一是戏里人物的服饰，二是京剧锣鼓。京剧服饰华丽耀眼，京剧锣鼓振奋人心。最热闹的是 1952 年的庙会，"正会"那天，护驾崖（一个村庄的名字）京剧团演的"失·空·斩"非常精彩，饰诸葛亮的演员嗓子真好，唱得又亮又有味。庙会过去不久，一天，我忽然肚子疼，疼得在炕上直打滚。奶奶和妈妈无奈之中，便求助神灵。奶奶把一个鸡蛋竖放在一面镜子上，口中念道："金龙奶奶保佑，保佑俺孩子，俺孩子的病好了，一定还愿……"

那鸡蛋在镜子上三转两转，居然站住了！不多时，我的肚子居然也就不疼了！——难道真有神？

过了几天，奶奶备了香纸、供品，领着我到金龙山还愿。

路上，我对奶奶说："奶奶，老师说了，没有鬼神的。"那时，我已经上小学四年级了，懂些事了。

奶奶说："不怕你不信神，就怕家里有病人。没神，那鸡蛋怎么会站起来？没神，你的肚子怎么不疼了？"

"老师说，那是巧了。"

"胡说！——哎，马上到庙了，你可不能乱讲啊！"

奶奶挎着一篮子供品，尖尖的脚一颠一颠地走着。她给金龙奶奶烧的是香纸，寄托的是希望；香纸燃烬化为乌有，爱却实实在在，永远留在我心中。

2001 年 7 月 20 日，我来到金龙山，想看看那个石砌的大戏台和那座古老的庙宇。非但大戏台，连金龙奶奶庙也早已荡然无存，取而代之的是一所美丽的九年制的学校。依山傍水而建的一排排红瓦白墙的校舍，掩映在绿树红花之中。故乡的莘莘学子，成了名副其实的龙的传人。——变了。只有青山依旧，绿水依旧，蝉声依旧，故乡人唱京戏的山东味儿依旧，奶奶生前的音容笑貌依旧。

——哦，故乡……

贤内助

一

大雨如注。

真是天有不测风云。妻子走时，只是南边的天际潜伏着几块乌云，没想到，只几个闪、几声雷，就把它们催了上来。一阵大风扫过，豆大的雨点从天而降。

我算计着妻子现在会在什么地方。越算越觉得她淋在了路上。我望着窗外的雨帘，企足而待。

约摸半小时，雨终于停了。一会儿，妻子回来了，还好，身上没淋透。

"要不是到一家商店避雨，早淋成落汤鸡了。"妻子一边取下身上背着的一个邮递员使用的绿色帆布包，一边说，"邮递员穿的衣服、戴的帽子全在里面，都是新的。告诉你，邮递员送信专用的自行车也借好了，明天一早人家就送来。既然装，就装得像一点。"

明天，我要上两节三年级的作文公开课。内容是看图作文——看语文课本中画的一幅老邮递员冒雨为学校送报纸、杂志、书信的图，写作文。我打算把这幅图变成活生生的画面——请人扮演邮递员，到我们学校送报送信。妻子一听，满心欢喜，说她有个同学正好当邮递员，衣服、帽子由她去借。这下好了，连邮包、自行车也借来了。

"辛苦你了！你考虑得太周到了。"说到这里，我学着京剧里的小生："娘子，请受我一拜！"念白的同时，向她深深地施了一礼。

◎ 2012 年冬，与老伴杨玉芝摄于青岛黄岛区海滨

"明天把课上好，比什么礼都好。"

我拾起包说："我这就去找扮演邮递员的孙老师，一来让他试试服装合不合适，二来再和他对对台词。"

说完，我拿了衣服，"噔噔"上了五楼——孙老师住在五楼。

二

一年春天，我路过七里沟果园，发现了一大片桃花、一大片梨花。我欣喜若狂走了进去。漫步在果园里，仿佛置身于云霞之中，仿佛踏上了故乡的土地。

回到家里，我对妻子说："麻烦你到果园去联系一下，我想带学生到那里去春游。没想到那儿有那么大的一片桃树和梨树，还有杏树。以前只知道那儿有苹果。"

妻子曾在果园工作过，那儿的一切她都十分熟悉。二话没说，第二天，她便去了。她一出马，我们便如愿以偿。

我和学生徜徉在花的海洋里。我对杏花、桃花、梨花有着特殊的感情，因为它们与我快乐的童年、与我可爱的故乡有着密切的联系。

虽说"桃花开，杏花败"，但桃花盛开的时候，杏花并未败尽。绽出了嫩芽的杏树枝头上，仍缀着许多接近白色的花。树下，落了一层如雪的花瓣。我不觉产生了"惜春"的情绪。学生们则不然，有人吟诵起志南的名句："沾衣欲湿杏花雨，吹面不寒杨柳风。"有人吟诵出了宋祁的《玉楼春》里的名句："绿杨烟外晓寒轻，红杏枝头春意闹。"

学生在春的怀抱里欢笑着，嬉戏着。

杏花、桃花在我幼年的心里播下了美，播下了憧憬；同样，我也要让它们在我的学生们的心里播下纯洁，播下向上和追求。

春华秋实。

在苹果成熟了的时候，我设计了"认识苹果"系列说写课，中国教育电视台准备拍成教学片。张朝俊、张庆同志写好了脚本后，我对妻子说："你还得去趟果园，而且这次麻烦事不少。"

妻子颇带难色地说："你不能设计认识别的什么东西的课？偏设计认识苹果课。你不知道，春天那次活动，果园的人就不大情愿让学生们去，因为是花期，园内不好进人。这次……"

"这次无论如何还得去，因为要拍电视片。"

"好吧，让我说说试试。"

一试就成。毕竟妻子在果园工作过，而且人缘很好。看在妻子的面上，还特地安排果园里的"技术大拿"——潘农艺师帮助搞这次活动。因为重头戏在潘农艺师身上，我带上脚本，又专门到果园找到了他。潘农艺师确实很热情，答应一定把台词背得熟熟的，尽量拍好。

一切按计划进行。电视整整拍了一天。妻子从头到尾地跟着，忙里忙外，跑前跑后。

片子拍得很成功。审片的时候，我请她去了。有人提议在片尾的"技术指导"一栏里写上我妻子的名字。

她淡淡一笑说："有永正的名字就行了，他代表了我。"

大家听后，都称赞我妻子是个真正的"幕后英雄"。

三

更值得一提的是，她从"幕后"走到"幕前"的一件事。

一年春天，我患了痔疮，每挪动一步，都得付出巨大的痛苦。家离医院很远，妻子每天用自行车把我推到公共汽车站，扶我上车后，再骑着车子到下车的那一站接，然后推到医院。我要坐六站路。可我每次下车，便看见妻子扶着车子在站台旁边等我了。

"你的速度比汽车还快？"我惊讶了。

"我是抄近路来的。"

哪里有这么近的路？分明有一种不言而喻的力量在支持着她。

离星期五我的两节作文课越来越近，可病尚未痊愈，我有些着急。妻子说："那只好请假了。"

"你能不能替我上？除了你，我不想再麻烦别的人。"

妻子大吃一惊，说："你是不是发烧？"

"我琢磨着你能行。"

"那你得把每句话写下来。"

于是，我一句一句地口授，她一句句地记，再一句一句地背。

"话说得再自然一些，表情再亲切一些，别把三年级的孩子们吓坏了。"我躺在床上指导着。

她一夜没睡踏实。

第二天，她代表我走进了课堂，自称是"杨老师"。她恐怕是世界上"速成"得最快的老师了。如果课上得成功，我想完全可以载入吉尼斯世界纪录。

下次我上课的时候，小朋友纷纷问："于老师，杨老师还给我们上课吗？她是哪个学校的？"

"她讲得好吗？"

"好！讲的话，还有讲话的语气、表情都很像您。"

回家后，我对妻子说："门里出身，不会也懂三分。我看，你对教育这一行，不是懂三分的问题，而是懂八九分。知道吗，小朋友对你上的课十分满意，还希望你再去上呢！"

"是吗？"妻子像小孩子似的，眉飞色舞，一双眼睛又弯了起来。

"今天是不是我该杀只鸡，向你这位由幕后转到幕前的英雄表示谢意？"

四

我每写好一篇文章都请妻子过目，她是第一读者。不同的是，她有修改权。有时写出了得意之作，我还念给她听。把写好的文章念给别人听，可以促使自己的文章写得口语化。念起来，不朗朗上口，自己也别扭。久而久之，每当我提起笔来的时候，就觉得妻子坐在旁边看，坐在旁边听。

请妻子改文章的最大好处是"一家人不说两家话"，不管看法正确与否，都直说。

一次，我在一篇文章中提到了有位老师让学生家长织毛衣的事。妻子看了，摇头说："不妥。这事最好不写。写了，有打击别人、抬高自己之嫌。即使要写，也不能写得这么具体，而且语言要委婉。"

我没舍得删去，只是改得简略了一些。可是文章发表时，还是被编辑删掉了。

妻子说："怎么样？我没说错吧？"

旁观者清。

凡是被妻子首肯的、修改过的文章，百分之百地发表。妻子很得意，更尽心地为我看稿子、改稿子了。有时我忙，她还帮我誊写。我的字再潦草，她总是认得的。

我呢，自然更高看她一眼，事事、处处不敢怠慢她。

五

请我讲学的单位越来越多。妻子看我有些招架不了了，便主动担当起了我的"经纪人"的角色。哪里可去，哪里不可去，什么时间去，都由她定。在时间的选择上，她有一条原则——尽量不影响我在本单位的工作。

"温州城南小学一位姓唐的校长请你去讲学。"一天，我下班回来，妻子说，"我已和他说好了，时间定在下周的双休日。你在星期五下午乘车去南京，第二天，坐8点10分的飞机飞温州。下午和第二天上午讲学。当天中午乘 12 点 45 分的飞机回南京，然后改乘下午 4 点钟的南京北到东营的火车返徐。这样不耽误工作。"

"能不能给我留点喘息的时间？"

"没办法，只有这样。机票我已订好了。火车票提前三天才卖，到时候我再买。——至于上什么课，讲什么内容你自己定。"

"还是领导定吧！"我故意说。

"你不是说《新型玻璃》有新意吗？上这一课就是了。"她俨然是"领导"，一本正经地说。

"是，就照您的意见办。"我越发装得像个被她领导的一个"普通群众"，心里却很得意，很感激。

"唉，"她长长地出了一口气，"我哪里是领导，都成了你的'小秘'了。"

我修正说："不是'小秘'，是'老秘'，看你那个岁数。"

每次外出讲学，她都提前一天把我所需的东西准备好。有一次，我到太原拍电视片，出发的那一天，妻子不在家，我虽然把要带的东西列了个清单，但还是忘记了带剃须刀。放录像带时，我的胡子茬看得十分清楚。她问："怎么不刮胡子？"我说："忘带剃须刀了，谁叫你不在家呢！"

"啊，责任还在我呀！"妻子的一双眼睛不再向上弯，而是变成圆的了。

六

我在原稿的这一部分里，写了妻子为了支持我，承担起繁重的家务劳动的事。可是她"审阅"时，大笔一挥，给删去了，说："这些事，是任何一位做妻子的都应该而且能够做到的，不值一提。"

我尊重了她的意见。但如果就这样结束这篇文章，我心里总觉少了点什么，有"挂一漏万"之感。可是妻子淡然一笑说："你压根儿就不该写这一章！"更干脆！这个"一"，索性也不要了。我想这正是中国女性的伟大之处。

但是，在本书付梓之前，我瞒着她，还是把删去的部分内容给"捡"

了回来——

妻子在果园工作的时候，同事们都喊她"胰子"（徐州方言，即"肥皂"），因讲卫生而得名。名不虚传。婚后，她洗洗涮涮的，果真十分讲究。我见她一双小手整天那么洗呀、涮呀的，很过意不去，说："瞧你那双手，鸡爪子似的，有什么力气？衣服还是让我来洗吧。我从小独立生活，练就了一身洗衣、刷碗的过硬本领。"

她不信，让我"试活儿"。妻子见我一双大手"嚓嚓嚓"地，搓洗得果然有些力气，衣领、袖口处洗得"基本干净"（妻子语），便应允了。从此，家里洗衣服的活儿就由我"承包"了。她很自豪，常常在别人面前夸我。谁知，这事传到我的同事们的耳朵里了，于是，他们送给我一个雅号，叫"洗衣机"。男同事和女同事喊的语气和表情有明显的不同。前者贬的成分多，后者褒的成分多，但我都接受。不仅接受，还为他们做了修改，是"省电牌洗衣机"。

后来，妻子退休了，又把洗衣服的活儿接管了过去。她嫌我承包得太久了。一天，我见盆里放着几件衣服，端起来便洗。妻子发现了，说道："怎么抢我的生意？"

我小心翼翼地说："习惯了。再说，我想，脑力劳动和体力劳动应当结合一下。"

"想结合一下？可以。走，跟我到院子里打一趟太极拳。"

不知从什么时候开始，我家餐桌上的红枣多起来。到几乎天天早餐有，有些不想吃的时候，我奇怪地问妻子："你从哪儿弄来这么多的红枣？是不是你用蒙汗药将卖枣的老板麻醉倒了偷来的？"

"你没听老人讲，'一日三枣，长生不老'？"

"可是，吃了这么多，我的白发怎么不见减少，反而日渐增多？"

"还没到时候。"

"不吃不行？"

"不吃不行！"

我的食谱不断变化。今天是南瓜，明天换洋葱；今天啃窝窝头，明天喝玉米粥；今天煮花生，明天清蒸鱼……她特别留心报纸杂志上、电视广播里的关于"吃"的报道。听了风，就是雨。而且她买的、她做的，非得让我吃下去不可。一天，她见《彭城晚报》上说，一天吃一个苹果可以使心脏病的发病率减少45%，便信以为真，当即买了一箱苹果。晚饭后，削了一个，硬往我嘴里塞。——"爱你没商量"。

一天，她做菜的时候，竟为平菇和什么东西搭配而发愁。

我打趣说："你别费这么多心了。哪怕你炸猪食，我保证都吃到肚子里去！"

"那不行，得讲究科学。我们吃饭不仅是为了填饱肚子，还要看吃的东西是否有利于我们的健康，看它有没有治病、防病的作用。你没听报上说，'药疗不如食疗'吗?"

"还是顺其自然吧。咱母亲从来不讲究什么食疗，90岁了，还十分健康。"

我虽然嘴里这么说，但妻子做什么，我还得吃什么。

有人觉得"妻管严"不好受，我却觉得很舒服。

七

"得贤内助，非细事也。"帝王治理天下尚且要有"贤内助"，何况我们这些想成就一点事业的平民百姓呢?

写到这里，我只好怀着对妻子的深深敬意，说一声：

"你辛苦了！我成功的背后（如果说我有成功的地方的话），有你一大半的功劳！"

女 儿

天刚蒙蒙亮，女儿的声音便从门缝传进房间里来，轻轻的、柔柔的、甜甜的、乞求的："爸爸、妈妈，起床吧，陪我去溜冰吧！"那时，她刚刚跟她的同事学会溜冰，正在兴头上。我和老伴相视而笑，没搭理她。

女儿见无动静，而且知道我们已经醒了，于是用更甜的近乎撒娇的语调把刚才的话重复了一遍。

我们仍不作声。

片刻之后，女儿的声音变了："哼，坏爸爸，坏妈妈！"

我们还是没有反应。——反正是坏了，坏就坏到底吧。

于是女儿的话变得更难听了："睡吧，睡吧，你们睡成猪吧！"说罢，噔噔噔地走开了。那脚踏地板发出的声音也是女儿的语言。它传递的意思，自然不言而喻。

估计女儿走远了，我偷笑起来，老伴嗔道："还笑！看你把她惯的！"

我悄声对老伴说："这就是女儿，女儿是撒娇的代名词。你小时候，有一天，娘忘记及时喊你起床，你不也是朝娘大发脾气，扒着床腿，硬是不愿去上学吗？"

在女儿的眼里，妈妈无疑是最值得信赖的，其次才是我这个爸爸。她在妈妈面前无话不说。也许正因为如此，当女儿心情不好时——不知什么时候，也不知什么原因，她的脸便会突然变得阴暗起来——妈妈就成了她的"出气筒"。十有八九，她妈妈是忍着的，而且有时还笑脸相赔。这是母亲对子女的一种特有的宽容。别说她妈了，女儿有时向我撅脸，我还不是如此，有时甚至比她妈妈还软。不过，女儿在我面前耍脾气，多少有些收敛，即使说些不中听的话，也常常嗔中带娇，只能算是"娇嗔"。不过，这"娇"的成分微乎其微，只有做爸爸的才能分辨、体味得出来。

一天吃晚饭，女儿刚吃了一口菜，便双眉紧蹙说："妈！跟您说过多少次了，菜还是这么咸！一定要减少盐的摄取量！"更有甚者，有一次吃早餐，女儿硬把我们正吃得津津有味的咸菜给"端"了！"烂咸菜有什么好？这里边不知有多少亚硝酸盐！亚硝酸盐是一种强烈的致癌物质……"她妈妈望着她，半天才憋出一句话："可知道你有文化了！"我本想说句："人生识字糊涂始呢，还是人生识字聪明始呢？"可话到了嘴边，又回去了。说真的，爸爸对女儿确实更宽容，用她妈妈的话说，就是"更会惯她"。她每次这样指责我，我便说："什么是女儿？女儿还有个代名词叫'使性子'，懂吗？咱女儿还没朝咱们撒野呢！看似使性子，甚至撒野，流露出来的却是对父母的爱。你说是也不是？"

老伴说："这纯粹是一派胡言！"我说："那你想一想，除了女儿外，还有谁在你面前用这种语气说过这样的话？没有吧？只有女儿呀！"

这话说过不久，一天早晨，我刚想外出，女儿大喝一声："不能走！看来好习惯还真难养成啊！"她把我经常说她的话"还"给我了。说罢，把一袋牛奶递给了我，不知什么时候，塑料吸管早就插好了。

自从女儿听说我膝盖疼，就和她妈商量好了，给我订了一份牛奶，还是什么"AD钙奶"。她说："喝也得喝，不喝也得喝，时间长了，就愿意喝了。"这才叫"爱你没商量"呢！我只好天天捏着鼻子喝下那带有一股浓烈的"牛味"的牛奶。

只要女儿在家，她便不让妈妈做饭、洗衣服。"妈，有我呢！"这是她常说的一句话。一天中午，女儿从外面回来，一看她妈正在厨房里忙活，气呼呼地说："谁叫你干的？"她妈只好退下来。我悄声对老伴说："话虽然听起来逆耳，但这是不是好意呀？"

老伴不再言语。

女儿最担心我们生病。我们一有个头疼脑热的，她的表情、语言就全变了，好像病不是生在我们身上，而是生在她身上，至于对我们的照料，更是无微不至，什么时候我们的病好了，什么时候才能看到她的笑脸，才能恢复她的活泼与爽朗。有时我不舒服，怕她担心，故意装着若无其事的样子，但从来没瞒过她的眼睛。"爸，是不是哪儿不舒服？""没有哇！""不对，你怎么眉头老皱着？"

什么是女儿？女儿是父母的"贴身小棉袄"哇！

一天傍晚，女儿从外边回来，兴高采烈地喊我们替她拿东西。我们出门一看，自行车上挂满了"货物"，那车累得似乎随时准备趴下。前有南瓜、番茄、土豆，后有一大袋桃子。

"干吗买这么多桃？"她妈妈打开塑料袋子一看说，"哎呀，你没挑挑吗？怎么大的小的、好的赖的都有！"

女儿说："我看天已晚了，一个老年人还坐在那儿守着一堆桃，于是就包圆儿了。卖桃的说，包圆儿便宜，8毛钱一斤。"

"不包圆儿呢？"

"一块。"

"一共多少斤？"

"18！"

她妈妈买水果是老在行了，一拎袋子，说："绝对没有18斤。"一称果然才15斤。

女儿气得脸色发青说："这个老东西！我对他发什么恻隐！"这大概是女儿说的最脏的话了。

我笑笑说："吃亏是福，干吗骂人呢？为什么不这样想：也许因为天色已晚，他看错秤了呢？恻隐之心不可无啊！"

女儿的嘴很少有闲着的时候，一个话题完了，另一个话题又来了。说一个话题时，常常来个"插叙"——旁逸斜出，节外生枝。有时，我和她妈妈不得不向她发出"暂停"的信号，但只能管一会儿。可是，一旦女儿不在家，静是静了，又觉得空荡荡的。如果女儿外出，长时间不回来，她妈打电话的语气就变了，连女儿的名字也不喊了，改称"宝贝"。女儿以往对她说的近乎训斥的话，她早已忘到九霄云外了。这就是母亲。伟大呀！

女儿喜欢睡懒觉，我担心她一旦有了工作不适应；还担心她会对同事"使性子"，事实证明我的担心是多余的。这时我才觉得女儿长大成人了。但在父母面前，她永远是个未长大的孩子。

一天早晨，女儿对我说："爸，夜里我做了一个梦，梦见您给了我哥很多钱。我哭了。——爸，可不是高兴得哭了，是气哭了。"说完，咯咯地笑了。她坦诚得像一泓清水。

女儿就是女儿。

我儿子不到一周岁时，鬼使神差妻子又怀孕了。那时国家计划生育的政策是：一个不少，两个正好，允许生二胎。但我怕岳母受累，便和妻子商量堕胎，岳母坚决反对："一只羊也是放，两只羊也是放，俺不嫌累！"就这样，女儿出世了。

女儿大了，岳母向她讲了这件事，女儿对我们大为不满，说："还不想生我。要不是我奶奶，你们后悔去吧！"——她向来喊姥姥为"奶奶"。

感谢上苍赐予我们一个女儿。

有女儿真好。

致马金花

马金花同学：

读了你充满纯真感情的信，心中十分欣慰。这种欣慰之情，只有做教师的才会体验到。我努力在字里行间寻觅你童年的踪影。可惜，怎么也找不到哪怕是一丁点儿的孩提时代的你了——你长大了。我真为你的成长感到高兴。这种感情也只有当老师的才能有。

你确实长大了，我能感觉到，从你那端庄秀丽的字迹中，从你那充满尊师、爱师之情的深沉、动人的话语中。你竟然能罗列出那么多的令人回忆的儿童时代的往事！你甚至没有忘记老师办公室门前的那一棵木香花！

你确实长大了。你毅然放弃了出国的机会，决心把自己学得的一切报效亲爱的祖国。读到这里，我激动不已！

你说，你的记忆里有太多的温暖，太多的爱；心里有太多的尊敬，太多的思念。

我的确是爱你们的。但是，我爱你们是因为你们可爱。

还记得我刚教你们的第一天下午发生的那件"藏教鞭"的事吗？开始，我真莫名其妙。好好地挂在黑板边上的教鞭怎么会不翼而飞呢？我生气了。但我立即把火压了下去。已过了而立之年的我，记住了教育家赞科夫的话："教师这门职业要求于一个人的东西很多，其中一条要求自制。在你叫喊以前，先忍耐几秒钟，想一下：你是教师。这样会帮助你压抑一下当时就要发作的脾气，转而心平气和地跟你的学生说话。"不几天，教鞭又回来了！你知道是谁送来的吗？是崔世成！就是坐在最前排的那个长着圆脑袋的小男孩！他告诉我：在这以前，一位老师好用教鞭敲学生的头，而他，首当其冲——又调皮，又是坐在前排嘛！他一看我的教鞭又粗又长，心想：这家伙敲到脑袋上可怎么受得了？就偷偷地藏了起来。但他发现我并不厉害，于是又送回来了。多么坦诚的话语，多么可爱的学生！我幸亏开始没有发脾气。试想，如果发作，哪会有这样的结局？

可是，人绝不是一下子聪明、成熟起来的。我刚刚工作的那阵子，也够幼稚可笑的。

一天，我放在讲桌上的备课本竟然被人撕烂了两张。我火冒三丈。"知情人"立刻"揭发"出撕本子的人。我一看那个学生，心里咯噔一下，愣了。我思忖良久，对全班同学说："我先向大家检讨。昨天，因这位同学写字潦草，我一气之下，将整个本子撕为两半。我撕了他一个本子，而他只撕了我两张纸，说明他还是给老师面子的。他比我好。"教室里静静的，几十双眼睛一眨不眨地望着我。

第二天早上，在我的办公桌上端端正正地放着一个和我的备课本差不多大的新本子。

不用我说，你也会猜出是谁送的。这位才上三年级、不到 10 岁的小学生给当时 20 岁的我上了难忘的一课。

这样的学生能不叫人爱吗？

发生在 1976 年初冬的一件事更是深深地触动了我。那年，唐山大地震，震得人心不安。徐州城的人都住在用塑料薄膜搭的防震棚内。

初冬，天气已经很冷。突然有一天，我过去教过的两个学生找上门来。一个说他是木工，一个说他是瓦工，要给我搭一个能过冬的防震棚。说干就干，不消两天，一个坚固的防震棚搭好了。这是两个什么学生？都是所谓顽劣学生！望着他们忙碌的身影，我内疚极了。我教他们的时候，给他们的爱最少，而他们长大之后，给我的爱却最多！我的心被震撼了。这件事彻底改变了我的学生观、教育观。从那时起，我的爱的天平开始向所谓"差生"倾斜。他们更需要老师的爱，就像虚弱的婴儿更需要母亲的精心哺育。十个手指有长短，为什么用一个标准来要求所有的学生呢？尺有所短，寸有所长，为什么看不到寸的长处呢？说来也怪，我这么一"倾斜"，这些学生跟我上个一年半载的，语文成绩居然都有所长进！是不是因为他们喜欢我，于是爱屋及乌，就喜欢我教的学科？

金花同学，你在信中动情地回忆起我在你的一篇关于写大扫除的作文上几乎通篇都画上了波浪线的事。你说，那长长的波浪线载着你的理想之舟驶进了山西大学中文系，驶入了充满憧憬的漫漫的人生航程。

我完全相信你的话。我深知老师表扬、鼓励的话的分量。

德国教育家第斯多惠说："教学艺术的本质不在于传授的本领，而在于唤醒、激励、鼓舞。"平心而论，我没有多少学问，口才也平平，但我对学生从来不吝啬表扬和鼓励。而且，你知道，我的表扬总是很动情的，并带有鼓动性的。

金花同学，不知不觉竟滔滔不绝写了这么多。对了，小刘扬现在在什么地方？听说他也在山西。小学时，他的体质较弱，我至今惦念着他。

祝你进步！

于永正

1992 年 9 月 1 日于徐州

致潘早云等

潘早云同学并转师三（3）班全体同学：

亲爱的同学们！

夜，很静。偶尔从大街上传来一声汽车驶过的沉闷声。一天的工作结束了，我现在提笔给你们写信。我非常乐意和你们交朋友，和你们谈心。这倒不只是我们志同道合，而是我被你们的信深深地感动了。从你们的坦白的泉水一般清澈的话语里，从你们的略带稚气的字迹中，我仿佛看到了你们——一群健康的、纯真的、求知的、对未来充满憧憬充满思索的、求实但又带点罗曼蒂克的、坚定但又多少带点迷茫的可爱的青年！看到了你们的信，我仿佛又回到了青年时代，仿佛成了你们中的一员。

你们很想知道师范时代的我，是吗？

二十三年前的今天，我就像你们现在一样。那时，我们虽然生活比较艰苦，但苦中有乐，学习很用功。我最喜欢去的地方是图书馆。站在书架前，我总觉得自己很矮小。在这种感觉的驱使下，我不知疲倦地、贪婪地读书。那时我爱好文学，但我涉猎的知识绝不限于文学。史学、哲学、美学、经济学，我都去探索，就像牛进了菜地什么都吃一样。我看书有个习惯，就是边读边做笔记，看不懂的地方就向老师讨教。我和书结下了不解之缘，书是我的亲密的伙伴。它能使我忘掉一切烦恼。我每天都有读书计划，一直坚持到现在。除了读书，就是写作，写小说，写诗歌。读书、写作占去了我大部分课余时间，占去我全部的寒、暑假。我那时确实惜时如金，爱书如命。什么力量在支持着我？理想。——当一名学生喜爱的优秀教师的理想。我经常这样对自己说："人生不过几十个春秋，绝不能在世界上白走一遭，不留一点痕迹。"我还喜欢和同学漫谈。每当听到别人谈的事、想到的问题我却茫然无所知时，就觉得身上像挨了一鞭，催我奋进，教我自新。我绝不与庸碌之辈为伍。记得，有一个星期天，我到一位朋友家去。朋友的父母都是军医，家里很讲究。也许是我穿得寒酸吧，朋友的母亲对我有些冷淡——一丝稍微能觉察出来的冷淡。它刺痛了我的自尊心。我对她产生了鄙夷感。我拎起书包走了。是不是向朋友的母亲说了声"再见"，我记不得了。我在心里说："物质上，你比我富有；精神上，我比你要高尚。"他们从另一个方面、另一个角度鞭策我，催我发奋，促我上进。

但是，你们切不可认为我是书呆子。我热爱生活，爱生活中所有美好的东西。我爱好广泛，美术、体育、音乐、戏剧我都喜欢。那时，我的语文老师说我将来是一名很好的语文教师，我的音乐老师说我将来是一名合格的音乐老师，我的美术老师说我将来是一名杰出的美术教师。不过，在我的爱的天平上，砝码最重的还是文学。它为我成为语文特级教师奠定了基础。

但是学生时代的我，有时"桀骜不驯"，甚至和老师顶撞。孔子云："四十而不惑。"而今回头看自己学生时代的一些作为，连自己也忍俊不禁。幼稚是难免的，"顶撞"也不见得是坏事，它是"年轻"的代名词。

亲爱的同学们，说到我对你们的希望，当然很多。你们马上要毕业了，希望你们做好走上工作岗位碰钉子的准备。我可不是吓唬你们。我刚踏上工作岗位时，最大的感受是书本上写的和现实生活距离太远，并为此陷入深深的苦恼之中。同学们，如果困惑、苦恼、无聊、束手无策一齐向你们袭来，请不要抱怨自己不该选择教师这门职业。一定要挺住。只要多请教，多反思，多探索，不久便会"柳暗花明"。任何时候，都不要失去对美的追求的信心和勇气。浅尝辄止，鼻尖上碰点灰就打退堂鼓，是所有一事无成者的通病。

当然，人人不可能都成为"家"。但至少不能也不应该成为玩世者。只要根据自己的特长（请你们相信每个人总有其特长。某一门学科没学好，固然令人烦恼，应当努力，但不要由此以为自己是低能儿），选择努力目标，入迷地、执着地追求，从小事做起，从学一首古诗做起，从读一本书做起，从钻研一篇课文做起，你就会感到生活的充实和快乐，就会有所作为，就会体会到人生的价值。不付出，什么价值都不会有。"付出"和"价值"成正比。

珍惜时间，爱惜精力，认准一门，兼顾其他，这是我对同学们在学习上的希望。大家不要像"青青园中葵"那样，只知发出"常恐秋节至，焜黄华叶衰"的叹息；与其叹息，不如去做。

亲爱的同学们，街上沉闷的汽车声渐渐减少。我想之所至，便信手写来，谬误一定不少，请你们指正。

匆匆及此，草之不恭。

祝你们进步！

于永正

1985 年 10 月 30 日于彭城

致三弟永一（1）

三弟：

得知你被评为小学高级教师，很高兴。职称只是个标志，就像我们上小学佩戴的"一道杠"的小队长标志一样（在我的记忆中，你小时候当的最大的"官儿"好像和我一样，也是小队长），重要的是我们更要脚踏实地做点事儿。

在阅读教学中为什么要摒弃烦琐的内容分析，我和张庆等老师已经在好多文章中说过，再谈便有饶舌之嫌了。不过，最近我在学习时，有两个事例对我启发很大，想说给你听听。

其一，美国内华达州的一位3岁的上幼儿园的小朋友，一天回到家里，指着礼品盒上的字母"O"说："妈妈，我认得这个字母了。"说着，便读了出来。"谁教你的？""幼儿园的薇拉小姐。"母亲听了不但不感谢这位老师，反而把薇拉小姐所在的劳拉三世幼儿园告上了法庭，说老师剥夺了孩子的想象权利。她说，在孩子没认识这个字母以前，可以把它想象成许多事物，现在再也没有了。结果胜诉！而且就因为这件事，内华达州的《公民教育保护法》做了修改。现在美国的《公民教育保护法》规定，幼儿在学校里拥有两项权利：1. 玩的权利；2. 问为什么的权利。

其二，一位美术老师让学生画太阳，他把事先画好的太阳往黑板上一挂，要学生照着画。结果就不用说了——全班50名学生只有一个太阳。另一位老师则不然，他让学生自己画。这样，50名学生便有50个太阳。

这两个例子是不是对我们教语文的也有很大的启迪和警示作用？语文

课上，以老师的分析代替学生的阅读实践、以老师的见解取代学生的感悟的例子可以说更是屡见不鲜。读了第一个例子，我也担心起来，一旦我们国家公民素质提高了，法制意识增强了，是不是也会把我们这些总是喜欢"告诉"的老师告上法庭？

还是以前多次说过的，老师对课文的某些精辟、独到的见解，当然也可以而且有必要和学生交流交流，但不能强加于人，应是和学生"平等对话"。老师的独到见解对提高学生的理解、欣赏能力，对激发学生读书兴趣，引导学生"潜心会本文"，无疑都有积极作用。有一条，只要我们教完了一篇课文，全班50名学生不是只有一个"哈姆雷特"就行。

文学性的课文，更应当引导学生自读自悟。还记得苏东坡的那首有名的"花褪残红青杏小"的词吗？词的后半阕是："墙里秋千墙外道。墙外行人，墙里佳人笑。笑渐不闻声渐消，多情却被无情恼。"这首词写得多妙啊！妙就妙在有一堵墙隔着。由于这一堵墙把佳人的容貌和荡秋千的动作全部挡住了，这就为那个"行人"和读者留下了一个想象的空间。在想象中可以产生无穷的意味，想象可以飞越围墙，创造出一个瑰丽的诗的境界。我们课文中的好多东西，也只可意会，有些东西即使能讲个明白，也不一定讲，或者不要全部讲，要留有空白。在教学中，如果把"墙"拆光了，一览无余了，反而什么都没有了。正如美国的那位幼儿园老师把不该教的"O"讲明白了，那个幼儿却什么也没有了一样。

关键是理念。只要我们心里始终想着学生是学习的主人，尊重他们的权利，老师在课堂上只是个组织者、引导者、激励者，就不会做越俎代庖的事儿了，就不必担心家长会以"不尊重学生的学习权利"为由，把我们告到法庭上去了。

我特别欣赏并赞同《全日制义务教育语文课程标准（实验稿）》中的这一段话："培养学生广泛的阅读兴趣，扩大阅读面，增加阅读量，提倡少做题，多读书，好读书，读好书，读整本的书。"吕叔湘和张志公先生都说过，他们的语文能力，70%得益于课外阅读。现在，咱们老家生活更好了，办学条件也更完善了，一定要千方百计（包括动员家长）让孩子多读课外书。

　　春天来了。家乡的杏花又开了吧？小时候，杏花盛开，我们村掩映在如霞的杏花之中的景色常常在我的脑海里浮现。正是因为小时候在故乡有了这样美好的感受和体验，并出于对故乡的怀念，长大了，我才非常喜欢"绿杨烟外晓寒轻，红杏枝头春意闹"、"沾衣欲湿杏花雨，吹面不寒杨柳风"等描写杏花的诗句。可惜，我离家40多年，从来没在春天回去过。

　　顺祝
春安！

胞兄　永正

2002 年 3 月 20 日

致三弟永一（2）

三弟：

见字如面。

来信收悉，内容尽知。你调到了一所新学校，意味着一个新起点开始了，是件好事。我不主张一个人老是待在一所学校里。新单位，对你来说，什么都是新的；而你在这所学校的老师和学生眼里，也是新的。人一穿上件新衣服，就会处处小心、处处留意，以免把新衣服弄脏了。我想，你调到新的学校，定然会有换上一件新衣服的感觉，会洁身自好。换个新环境，绝对有利于你的进步，应该为之高兴。当然留恋过去的学校也是人之常情。

信中所谈的关于激发学生学习兴趣的问题，的确很重要，现在，城市里也有不少孩子厌学，对学习不感兴趣。我想说的是，这法那法，最重要的是关爱学生，激励学生，让每个学生都能获得他所能获得的成功。中央电视台"东方之子"节目主持人问丁肇中先生取得成功的经验是什么，丁答："兴趣。"当主持人得知丁先生在校学习期间，历史成绩也很突出时，问他何故。丁说："考试成绩好。历史经常考 100 分。总是考不及格，恐怕就没有兴趣了。"你我兄弟二人都喜欢语文，还不是因为我们小时候考试成绩好？所以，我们要想方设法让每个学生取得好成绩。学生考不好，需要的是鼓励，而不是指责。没考好，讲一讲再考嘛；作文没写好，指导指导重写嘛，有何不可？当老师的要想开点儿，怎么有利于学生的发展就怎么做。

江苏省教科所成尚荣所长曾经给我们讲过这样一个真实的故事：一个

小学生上课时偷看一本刚买来的小说，被老师没收了，并叫他回家把家长请来。该生边走边思忖：请爸？爸厉害，会打我；请妈？妈和爸一个鼻孔出气，把此事告诉爸，还免不了挨打；请外婆？对，外婆好。于是他到外婆家，把此事告诉了外婆。外婆去了，很长很长时间才归。该生怯生生地问："外婆，老师说什么了？"外婆说："嘿！老师夸你呢。他说你从小喜欢看书，说不定长大了能成为作家。——这不，老师叫我把书给你带回来了。"该生深受感动，也深受鼓舞，从此更喜欢读书了。长大了，这个学生果然成了作家！一天，师生聚会，老师对这位已成了作家的学生说："我对不住你呀！上小学时，我不该没收你的书，更不该叫你请家长到学校来。现在，我把这本书还给你……"该生喟然，在心里说道："外婆不懂教育，但她懂得关爱和激励！"

三弟，这个例子多么生动，多么深刻啊！王中力在《激励论》中说："一个人在没有受到激励的情况下，他的能力只能发挥到20%—30%，如果受到正确而充分的激励，能力就有可能发挥到80%—90%，以至更多。"为什么说老师的一句话可能成就一个人，也可以毁掉一个人？道理就在这里。但是，激励也好，表扬也好，让学生获得成功的体验也好，它的前提是个"爱"字。少了这个前提，一切都成为空的了。

我的话是不是说多了，给你我"以老大自居"的感觉？我是老大不假，但如果说出的话让三弟觉得有"老大味儿"，就不妥了。好了，就此打住。一笑。

祝好！

胞兄　永正

2002 年 8 月 5 日

后记

　　我是一个容易被感动的人。一感动，就想拿起笔来写下自己的感动。因为抒的是真情，所以，凡是读过《张庆外传》《为了岳母和妻子》《故乡行》《师生聚会》《琴之韵——陈琴小记》《"最美教师"张芬英》等文章的人，都会为之动容。书写高尚，心里就留下了高尚；书写了一份感动，心里就积淀了一份真情；把感动凝固成了文字，感动就变成了一份精神财富，这样，就可以与别人分享了。

　　我热爱生活，热爱大自然，热爱一切美的东西。我的广泛的爱好，即是见证。就拿京剧、书法、国画来说，真的太美妙了，太有韵味了，我一接触就喜欢它们，欣赏它们，然后学习、研究它们。的确，美是到处都有的。

　　学会欣赏，欣赏一切美的东西——哪怕是一棵小草——心里就会充盈着美好，充盈着愉悦，充盈着自在。崇尚美，让我的人生充实而清澈。有了这样的充实，我就不会"赤裸裸地去"了。

　　我经常对自己说：为什么不去欣赏美，而让丑陋的东西缠身呢？

　　美，是大自然和无数崇尚美的人馈赠给我们的礼物。

　　其实，人人都可以创造美，可以用心灵去营造美——例如用笔写下心中的感动；例如在朋友的生日那天，发一则祝福的短信；例如在庭院或花盆里栽一株花，在房间里挂上一幅画；例如把摔倒的孩子扶起来，或者给学生讲一道数学题，等等。

　　过好每一天，每天让自己和别人收获充实和愉悦，是爱生活的最重要的标志。

　　不断总结自己发现并创造美的经验，不断克服影响自己发现并创造美的消极因素，是我一生思考、践行的课题。

　　如果我能做到南怀瑾先生说的"佛为心，道为骨，儒为表，大度看世界"就好了。但，我会努力—— 一直努力到底！

于永正

2013 年 10 月 10 日于徐州南湖花园

出　版　人　　所广一
项目统筹　　代周阳
责任编辑　　代周阳
装帧设计　　许　扬
责任校对　　贾静芳
责任印制　　叶小峰

图书在版编目（CIP）数据

于永正：忆师友、谈人生 / 于永正著. —北京：教育科学
出版社，2014.1（2024.5 重印）
（于永正教育文集）
ISBN 978－7－5041－8206－7

Ⅰ.①于…　Ⅱ.①于…　Ⅲ.①回忆录—中国—当代
Ⅳ.①I251

中国版本图书馆CIP数据核字（2013）第 315736 号

于永正教育文集
于永正：忆师友、谈人生
YU YONGZHENG：YI SHIYOU、TAN RENSHENG

出版发行	教育科学出版社				
社　　址	北京·朝阳区安慧北里安园甲 9 号		邮　　编	100101	
总编室电话	010－64981290		编辑部电话	010－64989422	
出版部电话	010－64989487		市场部电话	010－64989009	
传　　真	010－64891796		网　　址	http://www.esph.com.cn	
经　　销	各地新华书店				
印　　刷	运河（唐山）印务有限公司				
开　　本	720 毫米 × 1020 毫米　1/16		版　　次	2014 年 2 月第 1 版	
印　　张	16.5		印　　次	2024 年 5 月第 10 次印刷	
字　　数	240 千		定　　价	58.00 元	

图书出现印装质量问题，本社负责调换。